苏肃 著

股市套中人

——一部全方位描写普通人投资生活的现实主义小说

作家出版社

图书在版编目（CIP）数据

股市套中人/苏肃著. －北京：作家出版社，2012.1
ISBN 978－7－5063－5715－9

Ⅰ.①股… Ⅱ.①苏… Ⅲ.①长篇小说－中国－当代
Ⅳ.①I247.5

中国版本图书馆 CIP 数据核字（2010）第 247213 号

股市套中人

作　　者： 苏　肃
责任编辑： 郑建华
装帧设计： 梦　石
出版发行： 作家出版社
社址： 北京农展馆南里 10 号　　**邮编：** 100125
电话传真： 86－10－65930756（出版发行部）
86－10－65004079（总编室）
86－10－65015116（邮购部）
E－mail： zuojia@ zuojia. net. cn
http：//www. haozuojia. com（作家在线）
印刷： 三河市华业印装厂
成品尺寸： 152×230
字数： 261 千
印张： 18.5
版次： 2012 年 1 月第 1 版
印次： 2012 年 1 月第 1 次印刷
ISBN 978－7－5063－5715－9
定价： 30.00 元

前　言

看似风光无限好的股市利好，其实是一个个精心策划的圈套，逃脱不掉的“被套”命运让再聪明的普通股民也措不及防，将全部家当赔光。长篇小说《股市套中人》给读者展现了一个特定时代背景下特殊群体的无奈。这是一部全方位描写普通人投资生活的现实主义之重磅巨作，又是一部揭露人生无常和社会黑幕的力作，也是提示炒股技巧和规避投资风险的教科书。它通过对身不由己、难以自控的人物命运的精微演绎和广阔的多侧面生活场景的丰富展示，深刻解剖了日常表象下隐藏的人性，向现实存在发出强烈的质疑与拷问。

全书主要叙说古锋放弃仕途下海经商的坎坷遭遇和心路历程，同时栩栩如生地描摹各色人物在人生舞台上的不同表现。女操盘手申彤驰骋股场战无不胜，国色天香的申慧横刀夺爱，风流倜傥的鲍辉情场玩火，胡氏姐弟爱情的磨难境遇，身为高官的王进礼公然包养情人，平民背景的刘氏兄妹在政界飞速攀升，无业游民蒲松靠非法证券行骗，财技高手田伟利玩弄上市公司重组圈套……生动而辛酸的现实背后，到底暗含什么玄机，爱恨情仇，扣人心弦。

小说中各类人物的命运或多或少地受到了全民炒股浪潮的冲击，迷失了自己的本性。多数人被股市深深套牢，被情感套牢，被工作套牢，陷于困境。小说对现实投资领域内的社会热点给予充分关注，着重刻画股市对人性的改造和对生活的冲击，告诫人们炒股别炒把自我炒没了，千万不能被赌徒心理所左右，迷失生活方向，成为新时代的“套中人”。

《股市套中人》对经济弊端和市场诡计的揭露，尤为入木三分，往往一语中的。无论是揭露无耻骗局给人的创伤，还是对底层人民生活最本质的体察，这部小说都以一种独有的方式暗示着哭和笑的淋漓，为这个投资新时代里如何求得快乐生存提供了可贵的建议，体现了作者对新经济环境的深刻洞察力。这也是每一位想寻求财务自由之路的青年人的必需之物，更是启发人们去探讨情感、家庭、事业等一系列生存困境及突围空间。

整体而言，这部小说以官场、情场和股场为背景，故事情节曲折复杂、跌宕起伏，塑造了一批鲜活的时代人物，展示了人性怎样被冷酷的现实扭曲，欲望膨胀下的丑恶如何在生活中滋生，美好的人生梦想被无情撕碎。作者以悲悯之情痛惜芸芸众生为了追求财富增值和幸福自由所付出的惨痛代价，出神入化地再现了个体陷入生命旋涡中的痛苦与挣扎，启发人们思索如何摆脱“股市套中人”，以及如何避免在生活中沦为新“套中人”的命运悲剧。全书读起来惊心动魄而又缠绵悱恻，令人啧啧称叹，爱不释手。

这是一本所有股海淘金者的必读书，是股民的心灵鸡汤，又是大众的心智调料，实际上适合老中青三代普通读者阅读，能引导人们去探究生活中的诸多困境与悖论。炒股也好，爱情家庭也好，事业也好，都有着数不清的“套子”，人人都可能沦为新“套中人”。如何实现自我“解套”，享受快乐幸福的生活，是我们现实人生中无法逃避的大命题。相信这部《股市套中人》将给广大读者提供有益的启迪和思考空间。

股市套中人

目录

第一章 滥用同情心是官场大忌

不规则的曲线，起起伏伏，恰似一幅涂抹上色彩的心电图，如同红苹果、黄苹果、青苹果，幻化出不同颜色的线条。呼！呼！呼！听得见心跳加速的声音。

古锋俯在办公桌前，目光如同主审大法官面对杀人凶犯似的，紧盯对面的液晶显示器，屏幕上快节奏地变换着股市交易图片。他点击了几下鼠标，屏幕变成了蓝天绿地。

真没想到，才刚够三个月股龄，在姐姐古雯的指点下，凭着好运气，自己竟然赚到了这么多钱。如果老老实实当公务员，不吃不喝攒三年工资，也赚不到这个数啊。投资证券交易，不仅个人财富增值，还为上市公司提供了资金，支援了国家经济建设，岂不是利国利民的好事？

古锋装作漫不经心，活动了几下颈部，目光顺势瞥向了同事杨明。这家伙正聚精会神地敲击着键盘。“啪啪啪”，键盘欢快地歌唱着，他嘴巴咧着，脸上乐得像开了花，仿佛听到他心里发出呵呵的笑声，屏幕上隐约扭动着一个美女图，八成他是与网友聊得入戏了。

古锋下意识地瞥了瞥杨明对面的办公桌，干净得让人发慌。不久前科长调走了，这位子一直空空的。呵……他收回视线，夸张地打了个哈欠。站起身来，奋力伸张双臂，划了个半圆弧线，踱到二楼办公室的窗子前，向南望去。

隔着一大片返青的绿地，市政府大门被“铁将军”把守住了。门外聚集了黑压压的人群，隐隐听到有些纷杂的声音。那些讨要公道的人自发维持了相当的秩序，并没有什么特别举动。如果有人一心想闯进来，完全可以攀着栏杆架子，越过一米六高的铁门。可跳进来又能怎么样？市长等大班子领导今天根本没来办公。

古锋揉揉饱受电脑屏幕折磨的眼睛，狠吸了一口气，折回到座位上，重重地坐下去。还是年轻的缘故啊，工作三年了，仍然有些书呆子气，自己赚了钱确实值得大庆大贺，可看到外边那么多赔了钱的股民，情绪就变得犹如吃了鸡肋般嚼之无味。

滥用同情心可是官场大忌。当然，他这次抛售股票与上访的股民毫不相干。ST科源因为财务舞弊受到了上边的处罚，股价大跌十几倍，股票一夜之间变得形同白纸，而科源公司财务困难的根源，据说是市里让它兼并掉其他几家企业后内部整合不力所致，所以这些股民才会找政府要说法。不然，股市有风险，无论赚钱还是赔钱，都应该如同日常吃饭睡觉一样，是生活的一部分，怪不得别人无情，怪不得市场无情，一切都需要坦然面对。正所谓出来混的，早晚都得还！既然参与这样的游戏，就需要摆正心态，痛并快乐着！

“古科，今儿个财政局王局长又请客，要不您先过去，我再呆一会儿，坚持革命？”杨明用讨好的口气说，手指却飞快地敲着文字。实际上古锋只是正科级秘书，还没有安排实职。不过，眼下他们秘书五科的科长一职，前几天刚好空缺出来，如果不出意外，古锋接到任命只是手续的早晚而已。

“上哪走？”古锋一摊双手，皱皱眉。“大门还堵得紧紧的，东侧门一定也挤满了人。”

其实，他对于请客应酬一类事，实在不感冒，但也没办法，圈子里的人都这个样子，你如果老找借口不参加，就会人缘淡薄，甚至得罪人。况且当请你的人官职比你大得多时，你理应感到荣幸，这是很多人想巴结还巴结不上的好事，你只不过工作接口衔接，才有享此待遇的机会。古锋似乎已经闻到热辣辣的酒气扑面而来，让他沉醉的心神稍显疲惫。他没有理由推辞。比如这次请客的是王进礼，市财政局局长，按级别一般人还求之不得。五科负责每周编发三期内部资料《G市政务》，为了让本局稿件能多多益善地被采用，王进礼才亲自出面。

杨明不以为然地朝他努努嘴："这有什么难，老办法呗。"

古锋恍然大悟，表示会意地一笑，俯下身子，伸出右手的食指，朝电源插座的绿色按钮一戳，那小小的红色指示灯马上熄灭了，他听到电脑主机也马上停止了蚊子般讨厌的嗡嗡响声，电脑屏幕也由绿草蓝天的桌面图片，转而刷地全部变黑了。还是这样关机快，古锋抬起身时如释重负地喘了一口气。

"六点半开饭，你看好时间，别只顾着聊天。"

古锋嘱咐一下杨明，抄起黑色公文包，正要出办公室。门外有人将今天的《G市晚报》塞到他手中，他看也没看，回身扔到一边的玻璃茶几上，急着出门。

这份报纸的头版朝上，头条新闻的标题十分扎眼：

"昨夜我市女股民服毒自尽！"

从办公楼北门走出来，古锋沿着左边的砖头甬道转去，一直走到围墙边，再折向北，便进了锅炉房与围墙之间的狭长过道。这时他停住脚步，借旁边墙壁的凸角掩住身子。

过道尽头的女孩叫刘宇春，是团市委青少部的副部长。她拢了拢紫色套裙的裙摆，然后踩着靠墙的铁梯子朝上爬，站在墙头上的另一个女孩俯下身子拉她，她顿时如同蚂蚱触热油锅似的朝上一蹿，也到了墙头上。刘宇春个子高，身材好，玲珑剔透线条逼人，在机关里很吃得开。有一次上办公楼台阶时，古锋曾亲眼见过，堂堂G市二号人物贾市长大人，竟然屈尊主动地与她打招呼，"这么早就来上班，年青人上进呐。"贾市长那张脸啊，笑得如同章鱼的爪子，似乎要把刘宇春整个人给缠绕起来。呸！自己在市政府工作三年了，也没有捞着贾市长跟他说过一句完整的话。

古锋回头观察了一下，暂时后边还没有人跟过来。他心里想的是，尽量不让别人发现自己爬墙，俗话说得好，做贼心虚，一点也不假。他慢慢地走过去，一手拿着包，一手扶着梯子敏捷地攀上去。等他站在墙头上时，刘宇春她们早已下到地面，朝北离去了。围墙只有两米多高，古锋用手撑住靠墙的电线杆，一脚踩住被抠掉半截砖的凹处，轻轻一跳，便站在两年多都没清理掉的一堆建筑废沙石上，再顺势就着斜坡，下到市政府大院西边的这条小巷里。

小巷西侧是居民区的围墙，这段过道上行人寥寥无几。古锋整理了一下西装，加紧步伐走到南边的路口。

“嘎”地一声，斜对面一辆轿车开过来，停在他面前，一个劲地鸣喇叭，驾驶员位置上伸出一只手臂挥舞着。

“古科，我琢磨着，你会从这儿出来，飞檐走壁，成蜘蛛侠了。”刘宇泰笑着向古锋打招呼。他来得稍晚了一点，不然就能看到他堂妹刘宇春的身手也不简单。

古锋心想，这家伙才年长自己两岁，却精明能干、八面玲珑，王进礼一上任，就把他提拔成财政局办公室主任，前程似锦。不过古锋提醒自己，不能表现出嫉妒的情绪。据说嫉妒是为官者必备，而又不可外露的心理素质，它可以鞭策人们去追求进步。

车向东驶过市政府大院时，不得不放慢了速度。靠近门口处停下辆奔驰，斜横在路面上，一个衣冠楚楚的胖男子跳下车来，路边马上有几个人围上去跟他交谈。后边几辆车争先恐后“嘟嘟”地叫嚷着，直到挂着外地车牌的奔驰车朝右前方挪了挪，让出足够的通行空间。堵车之际，路旁一个快板节奏的声音飘进车窗来：

股市老鼠大如斗
见人割肉亦不走
散户无粮百姓饥
谁遣朝朝入君口
……

古锋侧脸看到一个穿夹克的中年人，背对着马路指手划脚，他的声音滑稽得很有东北小品语味，周围人送他一阵热烈的掌声。

车开到市政府大门前，古锋转头朝向左前方，恰好瞥见了胖男子的一张脸，皮肤黝黑、眉毛浓密，眼神正警惕而傲慢地朝马路上瞄。古锋忽然猜测到，这男子莫非是股民闹事的幕后主谋？如果没有人联络组织，照理说买科源股票赔钱，怪不得市政府。确实，市里去年拿出几家国有企业让科源并购了不假，但谁也没想到，竟会为科源财务危机埋下导火线，盈利的企业并入科源，还没有一年时间，却全部转盈为亏，这也是市里不愿看到的、却不得不接受的事实。股民今天集体来上访，背后肯定有组织者！

第二章

想发财就要进股市

古锋跟在刘宇泰身后，在迎宾小姐的指引下，走进国酷大酒店的高档包间。市政府办公厅主任徐伟正对着门口坐着，他的左边是王进礼，右边是财政局副局长吕刚。背着身的是一头浓黑长发的马丽，财政局计财科的科长。坐在马丽和吕刚之间的，是市政府小车班司机孙师傅。他们五个人正围坐在一起，玩扑克游戏。

“哎，古科，你来。”吕刚要把手中的牌让给古锋，他是转业军人出身，快五十岁了，已经当了多年的副局长，原本可以扶正，可王进礼的异军突起，无疑让他的这一梦想破灭了。

古锋忙推辞了，就势坐在他后边。刘宇泰则坐到王进礼一边看牌。他俩都明白，这里还轮不到他们有摸牌出牌的机会，能否进入一个牌局，要看在场人的官职高低。当然，还要考虑性别因素，男女搭配，干活不累，尤其是这种牌局，有一位女士加入再好不过，即使你的职位高于她，但低于其他人，你就只有看牌的份儿，除非是她不会打牌。可这年头，在这圈子里混却不会打牌的，就像大熊猫一样稀有。

这一局很快就结束了，徐伟抢着洗了牌，那动作干脆利索，让人联想到澳门赌场上的发牌手，应该也不过如此。他们玩的是“谁是套中人”的游戏，刚才徐伟和王进礼一个是“套中人”，一个是“套主”，刚刚输给了另外三个“自由党”结成的一方。

“小古，上访的人散了吗?”徐伟头也不抬地问了一声。

他是鲍辉的表哥，古锋跟鲍辉是大学同班的铁哥们。基于这层关系，古锋对他比较敬重。

“还没呢，徐主任。”

“老徐，市里态度怎么样?”王进礼的一张国字脸不胖不瘦，额头上有浅浅的川字，鼻子略大，显得性感挺拔。

徐伟摸着牌，随口应了一句：“还能怎么样，书记、市长都去证监局协商了。”

“市里这次，可是做了冤大头啊。要是说ST科源严重违规，这也不是一天两天的事，前一段它的股票上涨幅度，有二十多倍，在上涨过程中，一点都没听到监管部门的声音。股票价格下跌了，市场才开始流传监管部门调查的消息，这时那些操纵市场的主力，早已逃之夭夭，而持有科源股票的无辜投资者，不明真相，当然要蒙受巨大损失。我看，这是监管部门不力，市里没什么责任。”

“行啊，你王局长，真不愧是市直部门最年轻有为的干部，说得极是。”徐伟扶了扶稍微有点倾斜的宽边眼镜，“按理说，证监局查处ST科源提供虚假财务报告，是对股东的保护，应该受到股东特别是中小股东欢迎，但一些人就是执迷不悟，认定了如果政府不查处科源，他们就不会遭受损失。这次围攻市政府，本来就是无理取闹嘛。”

“是啊，其实在我们国家，中小股东作为财务报告的使用者，他们有时并不需要真实的财务报告，在这种情况下，ST科源进行财务报告的欺诈就不足为怪嘛。”

古锋学社会学专业出身，对财经的了解很少，对证券市场本来是一窍不通。他忍不住插嘴道：“为什么说股民不需要真实的财务报告?”

“呵呵，在目前的经济环境下，中小股东只关心股票收益的结果，而不是过程，超额报酬只是对分析、选购股票的报酬，而不是对行使权利的一种补偿，或带来的收益。所以对一些小股东来说，他们并没有对真实财务报告的需求。真实财务报告似乎与他们无关，虚假的财务报告有时呢，反倒可能会给他们带来额外的收益。”

王进礼说完，把手中最后的两张牌一摊，“哈哈，这次我终于走个‘头科’了。”

“王局长工作很专业，这牌打得也专业。”

马丽有点嗲里嗲气地说，这跟她三十多岁的年龄不太相称。古锋这才注意到，她穿了个灰黑色小马甲，看上去简单大方、中性十足。她圆圆的小脸上，显示出青春的张扬，挂着肉嘟嘟的厚嘴唇，涂了红润的唇膏，无论从哪个角度看，都仿佛在撅着嘴嗔怪得到的亲吻太少。

“小古，你发什么呆？该不会是也买了ST科源的股票，被套牢了吧。”王进礼漫不经心地问了一句。

“噢，我没买。股票这东西，我不怎么懂。”

“可以买点嘛，年轻人，多尝试新鲜事物好啊。”徐伟空出一只手，朝半空中点了几下。

“不错，股市就是一个放大镜，能够把人性放大，尤其是贪婪和恐惧。当干部，对这个得有点研究，不然的话，将来我们的事业需要你主政一方，抓经济建设，对股市太外行可不行。我建议你不妨试一试。”王进礼瞟了一眼古锋。

马丽在旁边接话道，“对啊，我就买了一点。局里很多同事，现在见面时，聊的话题已经不是什么官场趣闻，或是娱乐八卦，而是‘你的股票今天涨了没’、‘明天要不要抛’这类话题。”她的妆化得太浓，显出妖冶的风韵。

刘宇泰站起来说：“买点好，我们工薪阶层收入有限，靠股市可以增加一点收入来源。”说完，他拨弄着手机出去了。

马丽又轻声细语地说：“如今这股市对于想发财的人来说，是一根可以轻松抓住的救命稻草，想发财就要进股市，要不一辈子都发不了财!”

王进礼使劲将两张牌朝桌子上一摔，眼睛瞟了瞟。“呵，股市都把你变成哲学家了。不过，股市风险已越来越大，入市还得谨慎啊。”

古锋做出很谦虚的样子说：“那就请王局长指点一二，改天买个两三千玩玩。”

“呵呵，你这心态不错，炒股一定能赚钱。指点嘛谈不上，我就讲一个和尚炒股的故事吧。你听过没有？”

“没有，王局长请讲。”

“嗯，这故事说的是有一位和尚，到北京大学进修宗教学，有天到中关村大街上，经过一处证券交易厅，看见里面空空如也，就问旁边卖报的老太太，这里怎么没有人？老太太说，股市正在下跌。那和尚又问，股市怎么会下跌？老太太说，只有人卖，没有人买，所以就下跌。于是和尚双手合十说，阿弥陀佛！没有人买，我来买。和尚进去买下了很多股票。不久后，和尚又从这里经过，看见里面熙熙攘攘，又去问那个老太太，这里怎么这么多人？老太太说，股市正在上涨。和尚又问，股市怎么会上涨？老太太说，只有人买，没有人卖，所以就上涨。和尚便双手合十说，阿弥陀佛！没有人卖，我来卖。和尚走进交易厅，卖掉了全部股票，结果他赚了一大笔钱。”

王进礼说完，借徐伟洗牌的功夫，接过马丽递去的茶杯，轻轻吮吸了一口。

古锋咧咧嘴说：“好啊，整天忙着上班，没时间去炒股，跟那和尚学倒不错。”

吕刚也点点头：“对，适合当公务员的。”

王进礼开始摸牌，嘴上又说道：

“还有呢，不仅那个和尚赚了钱，卖报的老太太早就开始炒股，赚得更多，每次行情都盈利颇丰，证券交易所的工作人员百思不得其解，因为那个老太太，斗大的字识不了几个。于是营业部的职员去问她，每次你都赚钱，你是怎么弄的？也给我们传授传授经验？老太太说，我也不知道怎么弄，我也看不懂那些红红绿绿的。只是人多的时候忙不过来，没功夫，人少的时候，没事做，闲得慌，也进去转悠转悠，也买买股票。后来一琢磨，还真是这个理，买报的人少了，闲得慌，我就买，买报的人多了，忙不过来，我就卖，就是这样。哈哈，再后来，就有个股评家跑去帮老太太卖报纸，他注意观察那些买证券报纸的人，看看他们的表情，然后就跑电视上去评论股票行情，到如今，已成了股民追捧的所谓经济学家。哈哈哈，你们别笑，这人还有名有姓，叫石中金，证券市场上很名。嗯，小古，炒股其实是很简单的事，玩玩看，一定赚！明儿个就去买点，啊。”

古锋赶紧应了一声。这时刘宇泰回来了，大概刚才是出去打手机，他后边跟来一个服务员，问要不要现在开始上菜。徐伟抬起头来：“上菜，上菜。哎呀，就这一把了，晚上我还得回政府大院，把那些股民劝回家去。”

刘宇泰笑了笑，跟服务员摆摆手，等服务员出门去了，他奉承说：“徐主任，股民折腾一天，也该累了，我看您这是避其锋芒啊，到时候三言五语就能打发掉。”

“呵，这是周副市长的主意。老实说，股民闹事也有道理，谁叫去年市里非得给科源公司拉郎配，并购了几家貌似赚钱的企业。否则，股民赔钱就去堵政府大门，影响正常工作秩序，成何体统！该抓就抓，该关就关，市里可不会手软。”

“晚上周副市长过去吗？”王进礼问。他在打牌的过程中，经常浓眉紧锁，似乎十分投入地思考如何出牌，但时不时扔出一张臭牌，错失赢牌良机。古锋觉得，他今晚打牌心不在焉。

“对，他当然得过去压阵，那么多人，没个大头出面可不行。”徐伟狠狠地将手中最后的牌一摔，喊了声：“‘解套’！怎么样，我当‘套中人’，总是图穷匕首现，包你们不到最后关节，不知道我的真实身份。”

剩下的四个接二连三地放着牌，马丽笑得嘎嘎叫：“好，好，我肯定能拖住一个‘自由党’，这下我可又要吃贡了。王局长，快点缴枪投降吧。”

王进礼闻听此言，发出一阵爽朗的大笑，夹杂着如释重负的意味：“行，我认输了。今儿个到此为止，就叫服务员来‘上贡’吧，大家一定吃好喝好，尽情享用。”

屋里人说笑之间，将座位收拾一下，按主宾礼次就座。外边进来两个服务员，开始上菜。王进礼朝着古锋说：“兄弟，你编《G市政务》，可要多给我们刊载稿件啊。”

古锋忙答道：“肯定的，财政局这方面，发稿量年年排在全市第一。”

吕刚点头说：“这可多谢啦。”

徐伟客气地说：“哎，王局长领导有方，财政工作做得出色，谁想掩饰也掩饰不了，啊。”

大家又一起哈哈哈地笑起来。

古锋看看表，正想着杨明怎么还没来呢，他的手机在口袋里振动起来。杨明发来了短信息：

“大院仍被围，墙头有美味。聊天充饥肚，插翅也难飞。我这小卒就不去凑热闹了。杨明。”

服务员很麻利地摆上十几盘色彩绚丽的菜肴，香气诱人。一屋人开始举杯，碰杯，喝酒，吃菜。可古锋忽地想起了那墙头上大粪喷溅的情形，嘴里咀嚼的动作不由地变得僵硬。

酒过三巡后，外边敲门进来一个男子，他左手握着一瓶茅台，右手端着高脚玻璃酒杯，红彤彤的脸庞掩饰了皮肤的黝黑，一对浓密的眉毛。这人见过呀！古锋想起前来酒店时，在市政府大院门口看到的那一幕，当时猜测他是股民集体上访的组织者。

“我来大家介绍一下，这位是我们省长的外甥，X市伟利电子公司的老总，大名田伟利。”

徐伟站起身来，介绍了来者的身份。在座的人都站了起来，一一跟田伟利握过手，互相交换名片。看样子，王进礼已经见过他了。

田伟利顶多有三十岁出头的模样，一身笔挺的西装，气度不凡，说话声音很洪亮，寒暄几句后，开始大大方方地敬酒。早有服务小姐接过酒瓶，把各人酒杯全部斟满。他们共同干了一杯。马丽也喝白酒，她的两腮绯红得像天边烂漫的彩霞，目光时不时盯着田伟利，似有万种风情油然而生。

徐伟又说：“田总的公司今明两年，要到美国上市，到时候能进福布斯富翁排行榜，自古少年出英雄啊，来，我敬你这亿万富翁一杯。”

田伟利忙说：“这不敢当啊，我公司早就开展了员工持股，我要造就几十个千万富翁出来，多为国家创造税收，造福社会大众，个人资产排名微不足道啊。”

“那好啊，田总，你能不能分点原始股出来，让我们在座的人都沾沾光呀。”马丽娇滴滴地说。

刘宇泰也应声附和：“原始股赚钱容易，田总一定给大家点机会。”

田伟利哈哈一笑，很优雅地举起杯来。

“我这次来G市，就是为了与合作伙伴谈少量原始股代理转让的事情。上市后，五元钱人民币一股的原始股，立即就能翻上十几倍，我是希望股价在百元以上啊，感兴趣的话，到时我一定优先提供。来，就一起干了这杯。我还得去另外的场合应酬，一帮生意上的朋友在等着。”

“好，干。”王进礼观察到马丽看田伟利的表情，心里略有些不快，这会儿忙急着干了杯，把田伟利送走。

第三章
杀手是谁不重要

田伟利松了松脖子上的浅黄色蓝圆点真丝领带，顺着国酷大酒店富丽堂皇的走廊，慢悠悠地拐了几个弯，然后朝前走到最里边，闪身进了位置十分隐蔽的包间。

这个包间和王进礼他们那个风格迥异，在三个似隐似现的壁灯照射下，房间里满是一种人为设计出来的暧昧氛围。柔曼的小夜曲在舒缓摇曳，空气中酒香四溢。屋里坐了十多个男男女女，每个人的面孔辉映在如棉絮般缠绵轻软的灯光下，一概显得模糊不清。

田伟利一进门，早有一个花枝招展的小姐起身相迎，她的手驾轻就熟地挎住他的胳臂，身子也腻歪歪地如泥鳅一样黏上来。他们走到最里边的沙发边，纠缠地坐下去。

“田总，再给您满上?”

旁边的一个青年边说着话，边用手很不安分地在他搂着的小姐身上摸来摸去，那个小姐并没有感到难为情，还配合着他的动作。

“不行了，刚才出去劝酒，喝得太猛了。蒲松，你们玩得好爽啊。”

蒲松受宠若惊地说：“不是您大老板的关照，我这流氓破产者，哪里还能有这样的享受。以后有您栽培，就再也不害怕被套牢了。”今天遵照田伟利的旨意，领头到市政府上访的就是他。他在ST科源上栽了大跟头，一百多万块血本无归。

旁边有几个男人也都点头附合，有人正下流地对陪酒的小姐动手动脚。田伟利瞥见了，低头去把烟灰弹到茶几上的玻璃缸里，脸上露出轻蔑的一笑。他从心底里瞧不起这些人，不过在他白手起家的过程中，还少不了这类人物的参与。他出身于普通农民家庭，跟省长只是远房亲戚，但打着这面招牌，没几年，他便在X市从一个打工仔混成了大老板……

“哈哈哈，好一个流氓破产者。无产无业，怕谁啊？正好可以白手起家。这次的事情也有劳你和这些弟兄了，股民闹事必然会形成一种压力，这是件大好事啊。套牢并不可怕，牛市是这样，熊市也是这样。可怕的是不知道为什么被套，错把买套当解套。哈哈，我们如果早点认识就好了，你就不会把ST科源的股票全部抛光，倘若留在手里，过上个把月岂不是大发横财嘛！春宵苦短，你们好好玩吧。”

田伟利一手搂在身边小姐的腰上，一手捧起她的脸，仔细打量着。这是他今晚精心挑选的，在国酷大酒店的所有小姐里边，姿色可是数得着的。这小姐撒娇地靠在他肩膀上，说：

“大老板您少壮有为，以后多来照顾一下小妹这下岗女工啊。”

“噢，你真是下岗女工？那我可要向你表示敬佩了，为了不给社会增添负担，自谋职业再就业，可敬啊！不过，你现在做这种生意，好啊。屁股扭得快，财源滚滚来。”

田伟利说话声音亮堂堂的，蒲松听了后嬉皮笑脸道：

“就是嘛，下岗女工莫流泪，挺胸迈进夜总会，夜总会里睡一睡，工资翻上几百倍。这生意如果能IPO，我马上全仓买进，保准是绩优股、价值股！上了市，这个就叫休闲板块。”

屋子里掀起一阵淫邪的狂笑。

田伟利开始伸出手揉摸着，小姐白皙的肌肤在手指间像水一样润滑，这让他从心底飘飘然地觉得舒坦。如今，他喜欢过这种花天酒地、活色生香的日子，为了维持奢侈的消费，他必须不断地追求财富。金钱在他眼里，比什么都重要，为了赢得更多的金钱，他不惜采取任何肮脏的手段，甘愿付出任何代价。

宴会结束后，古锋一行人摇摇晃晃走出酒店，如同走在云里雾里一样轻飘。古锋搭上刘宇泰的车，走了一段，觉得有些想呕吐，就要求下车。

“你别再绕路了，我从这边走几步就到家了。”

“好吧，改天我们哥俩单独再聚聚。”

刘宇泰开着车掉了个头，一溜烟消失在夜色里。天色黑沉沉的，可街上很热闹，酒楼饭馆一律灯火通明，大大小小的商场店铺被灯光映得明亮如昼。

空气清凉，古锋不由地咳了一通酒味出来，脸上的表情放松了许多。他从一处旋转着彩色光柱的美容店门前走过，有两位浓妆艳抹、衣着暴露的女孩倚在门外，摆出大胆的姿势，伸着手朝他示意。他没有停步，倒略有点慌张地加快脚步，顺着这家店面一侧的小巷，向右拐了个弯。这段路面两边是些平房，有点暗，他小心翼翼地走了五六十米的样子，然后再朝右一转，穿行到一条宽敞了许多的街道上。他的目光投向左前方的那些楼影，心里定了定神，步伐又慢了下来。

路人稀少，偶尔有车辆驶过。远远地，古锋能看见小区大门口高高悬挂的霓虹广告牌了。坐在前方路边石墩上的两个人，倏地起身，径直朝着他冲来。他心里稍有点发毛，但觉得也不应该有什么值得惧怕的，就挺了挺胸膛继续向前走，胳臂下意识地夹紧公文包，里边装着钱包、钥匙等随身物品，还有，晚宴结束时马丽给塞了个易拉罐饮料。

路被挡住了。两个青年都二十来岁，铁青着脸。那个剃光头的家伙样子凶狠地问：

“你是古锋?”

“你们是谁?”

“男子汉敢做敢当，你到底是不是古锋?”问这话的另一个家伙更有造型，毛茸茸的脑袋，一块黄一块绿，像杂交水稻试验田。

古锋警惕地点了点下头，将身体的重心朝下移了移。

“呸！一个挖社会主义墙角的小公务员。”

光头嘴上骂着，早抡起粗壮的胳臂，一记右直拳朝古锋的面门打来。古锋忙侧身一闪，就势身子往后退了一步。接着凭直觉，一记老拳也回了过去，光头始料不及，脸上被重重地砸了一下。这时那个毛脑袋早一脚飞来。刚好古锋在后退间也堪堪地躲开，他转身飞起横直腿朝毛脑袋扫去，被对方踉跄着躲开了。未等两个家伙再出凶招，他已冲上前去一记飞爪，击中了光头。光头急忙侧身向马路边一跃，古锋顺势去追。毛脑袋朝古锋侧面狠狠抓来，落空了，用力过猛，滑出一步才停住，他从口袋里掏出一把明晃晃的尖刀。

古锋跑着，眼看要追上前面的光头了，冷不丁前面的歹徒也拿出家伙，猛地朝他刺来。他心知好汉难敌众手，何况对方手里有凶器。他一侧身躲过这一刀后，顺着路边狠命地朝前跑，前边有家大酒店，这会儿灯光显得格外地亮。他身后的两个歹徒穿着运动鞋，眼看着一步步追近了，路面上本来有三三两两的行人，看到有人持刀行凶便都像躲瘟神似的闪得远远的。

这时，一辆黑色轿车飞快地从后边冲到前边，“嘎”地一声，停在了百十米外的前方。跳下两个人，迎面直奔过来。

前有阻击，后有追兵，这下可坏事了，怎么办？古锋情急之中，想避开已来不及了，他硬着头皮继续朝前边跑，做好格斗的准备，并回头望了望，那把明亮的尖刀离得非常近了，刀刃上挥动着一股迫人心魄的寒气。

“快来人呀，抓凶手啊。”

轿车里跳下来一个女孩，声音喊得似乎能刺破夜空。

“别跑了，抓住他们。”一个有力的男声也叫响了。

听来了救兵，古锋刹住脚步，转身将手中的公文包狠狠地砸去。“唉呀！”后边的毛脑袋措不及防，正好被劈头盖脸砸个正着，硬梆梆地摔倒在路面上，尖刀也滑出去老远。

光头扑过来，兜头就是一拳，打在古锋又抡起的包上，“啪”的一声，古锋被力道一震，身子朝旁边晃了晃。就这一瞬间，光头拉起毛脑袋，返身撒腿就跑。

古锋跟着向前追了二三十米，那两个歹徒向右一拐，进了一条黑不隆咚的小巷。古锋赶到时，看到两条黑影转个弯不见了，脚步声更远了些，心知追不上，就扶住墙角，忽忽地喘着粗气。

“怎么，给这俩小王八溜了，你没事吧。”拎铁扳手的男子气喘吁吁，赶到古锋面前。

古锋朝他点了下头，“没事，鲍辉，多亏你了。”他们边说话，边回到大街上。

“嗨，老同学救驾来迟，别见怪就好。你说你，好歹也是市里的干部，给人追得满大街跑，真狼狈。以后打个电话，我来车接你。”

鲍辉停下来，一手拍拍古锋的肩膀。他穿着一身藏蓝色的西装，在炽亮的路灯光照耀下，显得英俊好看，高高的鼻梁，周正的脸，挺直的背，被电吹风吹得过于蓬松的发型，不怎么流行，但配上这样一副身架和这样一张面庞，却恰到好处。

后边一个人早赶到了，古锋不认识。鲍辉简单介绍道：“这位是小胡，胡蒙。”

胡蒙大口大口喘息着，朝古锋一点头，算是打了个招呼。

古锋又向他们表示感谢，“谢谢两位路见不平，拔刀相助。”

“这次不是英雄救美人，而是美人救英雄啊。”鲍辉朝后边一指，“瞧，那是谁?”

古锋这才定下神来，仔细向旁边望去，有个女孩亭亭玉立。

“还是她在车上认出了你，不然，这年头可不敢在街上乱管闲事，得罪人咋办？走，车还丢路边没熄火呢。”

鲍辉一摆手，和胡蒙扭头往回走。古锋早抢一步，朝着女孩迎过去。不明不暗的路灯下可以看到，她身著一件黑色短外套，斜挎着一个印有骷髅头装饰图案的半大帆布包，还戴了顶黑色报童帽，真是休闲有型，但她的神情十分浓重。

“胡蓉？你什么时候来的？也不打声招呼。”

“晚上刚到。怎么，你很惊讶?”胡蓉停下来，将歹徒丢下的尖刀递给古锋。“你招惹谁了？他们这么狠毒，你好像很有故事啊。”

“不知道怎么回事。哎，难得见你一面，是来出差？要待几天?”

古锋问。

“X市的工作我辞掉了，以后就在这儿发展，胡蒙是我弟弟。”

“是吗？太好了，周末时大家聚一聚……”

“你经常联系李雅吗？”胡蓉音调颤抖地打断古锋。

“不，不，好长时间没有了。”古锋迟疑了一下，“怎么，你们俩情同亲姐妹，这次来没通知她？”

胡蓉没有回答古锋，只是用一种怪异的眼光，盯着地面上的光影。

鲍辉站到轿车旁边，整理了一下领带，弄好了，摆大腕地身子朝后一挺。在他心目中，坚持认为没有钱就没有地位，就得不到别人的尊重，因而他在人们面前，从不掩饰自己对于财富的欲望。他觉得自己只是很自然地把个人生活追求，以一种平静的毫不夸张的姿态呈现出来，没有不可一世，也没有骄横跋扈，即使古锋说过好多次自己爱显摆，可显摆的是品味爱好，又有什么错呢。

“胡蓉，你不是打110了，怎么半天还没有动静。”

鲍辉东张西望地喊，但胡蓉也没有理睬他。

这时候，古锋已经放松下来，微醉的酒意随风而去。他朝着胡蓉说：“住处安排好了吗？我怎么跟你联系？”

胡蓉神情漠然地回答：“在我弟那，手机号还没变，等换了新号，就告诉你。”

“时间很晚了，你们别陪我待着，早点回去休息。警察来了录口供，还要耽误不少时间。今天的事可多谢各位了。周六晚上聚会，给胡蓉接风洗尘，就安排在……”

“不必了。”胡蓉又打断古锋：“李雅，你不知道，你不和她联系？”

“知道什么？我们定下来啊，周六见面……”

胡蓉别过头去，样子十分感伤。“以后再说吧，反正，我要留在这个城市了，有的是机会见面。”

远处响来刺耳的警笛声，愈响愈烈。鲍辉的身子剧烈抖动了一下，似乎受到了什么惊吓。等十字路口拐来一辆警灯飞闪的警车，他便带着胡蓉姐弟俩，匆匆离去了。

古锋低下头去打量手中的尖刀，乱糟糟的心里开始盘算，怎么跟警察讲今晚发生的事情，他一时想不出有什么事，得罪了什么人。

杀手是谁不重要，重要的是杀手背后的主谋是谁。

古锋嘴里嘟囔着，望着驶近的警车，使劲挥舞手中的刀子。夜幕里，蓝黑色的天空如同一块褪掉了光泽的丝绸般没精打采。

第四章 九三特攻队

次日，古锋拖着酸痛的腿脚，一踏进办公室，就听到杨明说："徐主任让您过去一趟。"

古锋把包朝桌子上一撂，拉了拉领带，脑中一片困乏地问：

"什么事呢？"

"不知道。好像昨晚徐主任没回家，值了一夜班。"

"噢。"

古锋出了门，向右边转，轻轻敲敲侧对面的门。听到里边应了一声，他拧开门锁，走进去。徐伟正懒懒地瘫在椅子上，满脸疲倦的模样，一只手触摸着鼠标，大概在上网，见到他马上抬起头，翻了翻桌面上厚厚的材料，然后找出一份来。

"昨晚想改，没改出来，你今天务必帮我完成，电子文档我发你邮箱里边了。"

"好的，您放心。"

"你快去忙吧。五科的工作你来主持，我一百个放心。"

古锋微笑一下，接过文件，迅速扫了两眼，不过是一份办公厅日常工作的总结罢了。他转身出了门，回到自己的办公室。

"小杨，这个你处理一下，电子文档我一会发你邮箱里，记得中午前，一定把定稿发给我。"

杨明迎了几步，把文件接了过去。古锋走到办公桌前，俯下身去，打开电源，再起身打开电脑主机，屏幕开始亮起来。他趁着开机的空儿，从桌上的盒子里掏出些茶叶，放进茶杯里，然后去门口处的桌子边，拎起一把暖瓶，打开盖子，将茶杯里倒满水。

这时，手机响了一下，他忙端着杯子回到座位上，拿起手机看短信。

我升职了，请大家吃饭，能否赏光？申彤。

又是她，上周说赚到大笔佣金刚请了次客，这一周又要设宴。这个女人真不简单！这种职场得意的女子，以前他是不放在眼里的。可她却不同，因为她是操盘高手，和她交流，向她请教股票秘笈，他正求之不得呢。

“古科，这个电子文档？”

“噢，等一分钟。”

古锋急忙上网，给杨明转发了徐伟发来的邮件，然后给申彤回复短信。

门开了，徐伟领着常务副市长周全走进来。古锋和杨明都刷地站起身来。

“啊，你们坐下，接着忙。”

周全右手掌朝下，轻轻拍了几下，然后他摆出领导气派，踱着方步，在十多平米的办公室里转了一遭。

“昨天有股民说，我们公务员大多加入了‘九三特攻队’，我吓了一跳。现在看来，不管其他市直部门如何，我看，我们办公厅的同志们，工作还是很认真，徐主任，你说呢？”

“对，对，这会刚好九点半多，您都看到了。”

周全和徐伟一前一后走出去了，古锋和杨明这才坐下身。杨明竖起耳朵，听了一会外边的脚步声，压低嗓门问：

“加入‘九三特攻队’？什么意思啊？难道他们敢九点上班，三点下班？”

“呵呵，少见多怪了吧。没听股民说吗？那些炒股的上班族，每天都坐在办公室里炒股，从早上九点到下午三点是最精神的，九点半时他保准会在电脑前，守着股市开盘，只要一会儿不看行情，心里就憋得慌，坐立不安，一看见那些红红绿绿的行情显示，就浑身舒畅、精神百倍。这中间还要在网上查一些股票交易经验和推荐个股资料，只有下午三点整，股市收盘后，才能把心思收回到工作中来。所以嘛，就被戏称为‘九三特攻队’。”

“嗨，闹了半天，是这个呀。”杨明摸摸后脑勺，“赶明儿，咱也买点股票去，与时俱进。”

两个人哈哈一笑。

杨明又说道：“我打游戏的水平没得说，不过，股票知识少得可怜，我只知道今天买的股票，第二天才能卖出，要低买高卖，至于怎么样才能赚到钱，想必很费脑筋了。隔行如隔山呢，公务员炒股热，我没知识，也还没心思去操那份心，不过哪天您要玩，一定喊我也去开个户试试。人们都说，现在的股市，白痴都能赚钱!”

“嗨，也没什么，炒股所需的具体知识，少的可怜。你说的低买高卖很对啊，股票无非有两条路可走，不是上就是下，影响股票升落的因素就那么多，真正重要的因素罗列出来，恐怕占不满我们的手指，甚至不识字的，也可以到股市上露一手，比你打网络游戏可简单多了。说起来，从政为官一般也是两条路，不是上，就是不上不下，除非贪赃枉法的事儿被曝光，才会下，这简直稳赚不赔……”

这时电话铃响起来，古锋拎起话筒，一连嗯了几声，就挂了。

“小杨，刚才通知下午三点半钟，大院里搞一次消防演习，呵，这时间选得好，炒股的误不了看当日收盘。”

“嘻嘻，到时候说不定能闹出点好戏呢。我看过一个笑话，说某市府大楼搞火警演习，铃声大作，五百余人从大楼里一拥而出，消防队长的秒表显示，只花了三分五十秒。演习顺利结束，人们都返还各自岗位，很快下班铃响起来。这时，收拾好东西刚要离开的消防队长，又按下秒表，你猜怎么着？这次仅用了两分十五秒。”

说完，杨明发出一阵狂笑。

古锋也跟着笑了笑，这笑话他早听说过了，可他的心里蓦地一下，笑容僵化在脸上，一丝失落或是嘲弄的情绪，从心底油然而生。参加工作以来，他有很多事情看不惯，却一直习以为常接受着。他实在不情愿这样平庸地度日，还要老瞅着上级的脸面行事。从炒股初试身手赚了钱后，他更多了些感慨，这官场太复杂，想往上爬，就得脸皮厚、心地黑，六亲不认，心狠手辣，勾心斗角的学问大着呢，作为年轻人，如果不把自己变成橡皮脸、弹簧腰、头上插着风向标，挤在这条路上，是不会有什么出息的。而相对陌生的股场，似乎更适合自己的个性，自由自在，不拘一格，你如果足够努力，前景如旭日东升般光明，内心世界也会感到轻爽利落。

可是，当他随手拿起桌角的一摞报纸，翻阅片刻，他蓦地一下呆住了！

昨天出版的《G市晚报》刊登了一则重头新闻，前天晚上一个名叫李雅的年轻女股民，因为炒股赔了一百七十多万元，在郊区的寓所服毒自杀了，报上说，送牛奶的人知道这名女子一直深居简出，今天早上见她昨晚的奶还没有取，生怕她不在家，鲜奶放在外边坏掉，就去敲门，可门没有上锁，喊了半天也没人答应，便找了小区居委会的人一同进去……

李雅?！报上刊登的这幅头部照片无比狰狞可怖，古锋急忙闭上眼睛，心里顿如滔滔江水般泛滥。

她属于那种无可挑剔的女孩，长着一张乖巧可爱的脸庞，加上匀称的身材，无论从哪个角度看，她都可以称得上漂亮。而且她家境富裕，衣着十分考究，又是很有内涵的女子。她的性格有点怪异，她看人的目光里有种捉摸不定的神秘。有时候似乎高不可攀，有时候又似乎躲藏着些许自卑或是怯弱的光芒。对待同一个人，她有时候热如火炭，有时候又冷如冰霜……

杨明起身倒水喝，瞅见古锋手中的报纸，凑过来说：“还说要炒股呢，看到这就不敢了。都说情场伤心地，如今股市也成掘墓人了。这个李雅够傻的，每天躲在寓所里上网，以炒股为生。这次在股市动荡中，损失了她的全部积蓄，精神就崩溃了。可惜啊，可惜。怎么了，古科，你的神色很难看。”

“没什么，昨晚没睡好。是啊，人们往往只看到股市是棵摇钱树，拿金钱赌明天，好酷好爽！却忽略了炒股也会使人堕落，弄不好还会赔上小命。”

古锋放下报纸，掩饰自己的失态。幸好，杨明放下杯子，出门去了。

考虑良久，古锋拨通了胡蓉的手机号。

“胡蓉，我刚知道李雅出事了，这太突然了。”

“突然吗？我怎么觉得，你应该会知道。”

“没有，我刚看到报纸。唉，她真是的。怎么会这样呢。”

“难道一个人会变得这么快吗？”听起来，胡蓉的嗓音有些颤抖。

“也许她本来就有许多面目，只是不为人知罢了。”

“噢，听起来你很了解她？你们都在G市，常见面吧？我可记得她提起过，上大学时收到过你的情书。”

“不，不，很少见面。那时的感情很朦胧，她是校花，我只是写给她一首小诗。她没理我，毕业后基本没什么联系。唉，没想到她会发生这样的不幸。你来，就是为了她吧？”

胡蓉沉浸在失去好友的悲痛中，这下子仿佛找到了知音。“今天，我和弟弟刚去福利院为她送了行。她太可怜了。就这样，一下子消失在无边的黑暗中。她没有享受过多少亲情，也没有赢得真正的爱情，甚至友情也是淡淡的。”

她大概陷入了回忆的深渊中。“上大学时，我们俩上下铺，这你知道的。她死得太惨了，报上还登了照片，我都没敢看。她曾经多么美啊，是我们学校的校花，多少人想追求她，却没机会说出口。凭她这样的长相，就算是个傻子，也能老老实实找个好男人嫁了，稳稳当当过一生没问题。可她又那么聪明，你不知道她的诗文写得有多么唯美。那时候，连我也常常嫉妒她这个天使般的命运宠儿。”

古锋叹了口气，“你不要太为她难过了。”

“可她为什么偏偏要去炒股呢？我一直觉得很奇怪，她又不缺钱，她把父母留给她的资产都捐给福利院了。她这样一个不为钱所动的女孩子怎么会去炒股呢？又怎么会因为股票，因为那些虚拟的金钱，迷失了本性呢？就因为赔钱，竟然轻率地选择了自杀？不，我不相信！这里边一定有问题！她不愿意再活下去，肯定跟感情有关。她是个唯美主义者，她能够为了爱付出一切，哪怕是生命也在所不惜！"

话筒那边的胡蓉，让人感觉堕入了冰川世纪。

第五章 上了我的当了

这家西餐厅位置离市政府比较远，古锋没有来过。他进门后四处环顾，来的顾客基本上是一对对情侣，在柔美的轻音乐中细斟慢饮。

让他吃惊的是，在最靠里边的角落里，只有申彤一个人玉女般地坐着。四周的背景有些黝黑，用红色光投照，在墙上和地板上形成红色光晕，整个空间显得幽暗、静谧，又具有刺激感，洋溢着独特的氛围和情调。

古锋的情绪这才放松下来，跟胡蓉通过话后，李雅的事情如影相随，让他压抑无比。

“怎么，就你一个人来了呢?”

古锋话一出口就觉得有点后悔，这问题好像问得有点儿愚蠢。古锋猜想她去美容店做了新发型，一缕复古味道的挽发，柔顺地淌过额际，结发处挽上一朵红艳的蝴蝶结，别了一束头发百转千回迁绕在脑后。看来这是她精心设计的一次两人约会。

“呵呵，是不是觉得上了我的当了！”申彤脸上挂着浅浅的笑，慢慢吮吸了一口牛奶。

她是个直性子的女孩，前两次他隐约感觉她有那么一层意思，不料她竟导演了这么一出戏。她调皮的样子十分可爱，这情景这气氛让他有些感动。他看着她的眼睛说：

“恭喜你啊，步步高升了！”

“没什么，不足挂齿。”

一阵沉默后，古锋忽然恨自己太笨了，怎么就没有话说了呢？本来不是想讨教炒股秘笈的吗？现在却开不了口，也不知道该说什么好，总不能让人家女孩子找话题吧。

就在他寻思话题的时候，胡蓉迈入餐厅，朝里边踱了几步，目光快速搜寻，然后停住，在古锋和申彤身上定格了十多秒。她冷冷地一笑，返身离开了餐厅。古锋根本没有注意到她来过了。

“嗯，申慧现在好些了吧。”话一出口，古锋就后悔了。

“怎么，想她了？我妹妹很漂亮，男孩见上一面就会被她迷住。”

“说哪去了，你的嘴可真不饶人，我怎么会是那种人呢。还是早点给她定个工作的好。”

古锋跟申彤的相识，源于两个月前他在元都洗浴城英雄救美的豪情壮举。当时他跟鲍辉去洗桑拿，凑巧从嫖客手中救出了被人骗入火坑的申慧，申彤为此很感激他。

“是啊。如果她知道你这么关心她，一定要嚷着让我天天请你吃饭了。”

“哎，可别，我只是一个小小的公务员，总不能因为做了一次份内之事，就老赖着你们寻求回报。”

古锋突然想到了夜遇歹徒袭击的事。公安局立了案调查，但小小的事情，是不会有结果的。他琢磨来琢磨去，觉得那两个家伙可能是冲着他解救过申慧来的，因为他曾向周全交了个报告，周全批示让公安局严加查办，元都洗浴城马上被勒令停业整顿。歹徒行凶的幕后主使者应该是洗浴城的老板，停业一天就是几万元损失。看来，十有八九是元都洗浴城在找人报复。哼，就算以后还会招来更大的麻烦，也在所不惜……

申彤瞧见古锋想入非非的模样，笑笑说：“公务员还小啊？现在可最吃香了，你没见刚毕业的大学生都抢破头了。我们姐妹俩不过是平民百姓，也没什么能回报你的。也就靠着股市行情好，我有佣金请你吃饭罢了。不过，昨天你的股票出货，净赚了十多万，记得哪天请我吃饭呀。”

“好啊，这周末吧。像我这样初入股市的人，竟然瞎蒙也能赚上一笔钱。嗐，真有点不敢相信！”

古锋很开心地说，英俊的脸庞因笑容而更显得生动了一些。

“一言为定，到时候不许找借口推辞啊。”

坐在他对面的申彤举止谈吐之间，显得温婉秀气，让人觉得特别舒服。她左手托着腮帮，开始出神地望着他，这让古锋心头更涌上了一股滚热的暖流，上上下下涌遍了他的全身，叫他有些莫名的冲动和不安，他的目光躲闪地朝着四下里游荡。眼前的申彤，才见过几次面，却感到她身上有一种难以言传的东西在吸引着自己。

“你在想什么？”

古锋深深地吸了一口气，尽量淡化自己的关切之情。申彤被他问到了心事，脸颊燃烧起像晚霞一样绚丽的火烧云。

“没什么，工作了一天，稍微有点累吧。”

“女孩子干证券操盘手，太操心了。”

“是操心，可是干这一行，女孩比男孩更会赚钱。”

“噢，是吗？何以见得？”

“有数字为证啊。我在大学读书时，有份全美投资协会的统计材料显示，纯粹由女子组成的股票投资俱乐部，年平均收益达到21.3%，而纯粹由男子组成的股票投资俱乐部，年平均收益只有15%。你瞧，这差别挺大的。”

“难怪呢，我们办公厅里的女人现在都炒股。”

“炒股对女人来说非常有好处，起码可以让最初的小女人开始投身于大世界。这样在家里，她们就不再守着电视、只顾看言情剧，而是开始看新闻联播，关心GDP，关心政治，关心经济。可以说，股票改变了女人的钱袋，也改变了女人的生活方式。”

“噢？女人与金钱，天生一对啊！”

“其实，不在于钱。你想，过去男人说足球你心烦，说军事你打瞌睡，你来谈购物呢，人家又不感兴趣。现在好了，谈谈股票吧。不再霸占电视频道，也关心起国家大事，偶尔指点江山，做做三流经济学家。这样就会跟男人有更多的共同语言，婚姻生活可以更和谐。”

“可没结婚的呢?”

“对单身女子来说，会变得独立、坚强、勇敢，股市行情大好时，寂寞就会变少。即使失恋也不会再痛哭流涕、痛不欲生。如果股票跌停，正好有空先去救股票，梦里梦外一片红盘绿盘，那个让你伤心的男人就会被股市无情给淘汰掉。只要张口公司业绩，闭口市盈率，就会令你自信爆棚，重燃生活信念。”

“噢……难怪你现在安心做单身贵族，敢情嫁给股票基金了。”古锋听了，又想起李雅的事和胡蓉的怀疑，不由一阵情绪黯淡。

“你取笑人家呀，不跟你讲了。”

申彤端庄的脸颊上燃起了更为绚烂的火烧云，一只纤细滑嫩的小手只顾搅弄杯里的咖啡，袅袅地弥漫出丝丝香气。四下里响着柔和的音乐，满是温馨浪漫的情调。

古锋飞快地眨了眨眼睛，说：

“哪里是取笑，你说的这些很有趣。我想起一个故事，也可以解释女人为什么炒股更会赚钱。”

“是吗？什么故事啊?”

“就说女娲娘娘造出人类后，男人靠力气赚钱，养活女人，搞男权统治，女娲觉得这不公平，应该给女人一点机会，便创办了股市。一开始只有男人买股票，股市跌的时候，男人进去抢反弹，女人则怯生生地在一旁愣着。可股市稍作反弹后又越跌越猛，男人纷纷割肉出局。这时，女人就来买了一部分股票。股市继续下跌，男人就嘲笑女人的笨拙，坚信凭自己的能力可以抄到最低点。女人却在想，割肉太心疼，反正钱不急用，放着吧。于是她们放手去一边打毛衣了。后来，股市大幅反弹。男人还在等待更理想的出手机会，想着能比女人买得更便宜。不料股市像疯牛一样上涨迅猛，男人不得不高价位把股票重新买回来。接着，行情突破历史最高点，男人疯狂地把所有积蓄都投入股市。这时，打毛衣的手却停了。女人想，辛辛苦苦打工这么多年，也没挣下这么多钱，在做梦吧？得把股票换成钱，取出来瞧瞧是不是真的。她们就卖出了股票，拿到了钱。好景不长，股市大跌，男人大多赔了钱。为什么在股场上会输给女人呢，他们跑去问女娲。女娲说，你们去问上帝吧。他们又跑去问上帝，上帝说很简单，因为女人只有一块骨头，她缺根筋啊。”

申彤听了，扑哧一笑，略带嗔意道：“没想到你这么坏！欺侮我们女同胞……”

古锋一听涨红了脸，急忙申辩：“对不起，对不起！这是听财政局长王进礼讲的。只是觉得挺搞笑，我绝对没有想要欺侮人的意思。”

申彤淡淡地说：“哼！你们官场上不分黑白，不明是非，比股场可复杂多了。要是你们公务员都来炒股，那股市准让你们炒糊了、炒黑了。”顿了一下，她接着说：“不过，炒股风险极大，股民战战兢兢，如履薄冰，不如在官场上有权有势，可以为所欲为。呵呵，老百姓还是整天盼着你们办点实事儿。”

“呵呵，这回可让你报了一剑之仇，把官场贬成这样，你也太偏激了。”

“我啊，还真是看不惯官场作风。”

“那你也看不惯我了。”

“你啊，你例外。”申彤的脸红了，与红色的蝴蝶结一起，映衬在红色的背景下，显得异样艳丽。

“哎，说真的，我总有种身不由己的感觉。呵呵，我希望能跟你一起去炒股。我听说啊，你在公司里负责证券业务，给公司创造了大量利润，真是女中豪杰啊。我很佩服你，也很想知道，你操盘时，关系到大笔大笔资金的盈亏，你竟然能泰然处之，稳操胜券，有什么赚钱秘诀，怎么样，传授一下吧。”

“世上哪有什么秘诀可言，我也算不上什么豪杰。不过说到操盘，最重要的就是严格遵守原则。而所有原则中最重要的，就是首先确保不赔钱，再去赚钱。你别笑呀，这可是巴菲特和索罗斯这样的投资大师，倍加推崇的一个基本观点。绝大多数股民都有过买了股票，跌了一点舍不得割，再跌更舍不得的情况。结果呢，无非有两种，一种是涨回来，没亏，甚至赚了；再一种是没涨回来，甚至继续下跌，那么就被套牢、亏得很惨。这一年多的牛市往往前者居多，但这同时也让大多数人，特别是新股民，少了一些操作原则和风险意识。”

“对，孙子兵法中讲过，‘善战者，先为不可胜，以待敌之可胜’，和你说的有着异曲同工之妙。操盘股票说到底，最简单的一条，就是当你赔钱时，要尽量减少损失，将赔钱的股票尽快卖掉，而当你赚钱时，要尽量让赚钱的股票，为你赚到更多的钱，不要把能为你赚钱的股票过早地卖掉。我的理解力还可以吧。”

“你很聪明。不过，这个道理看似简单，但知易而行难。任何人买股票，都不可能百分之百地正确，总是有相当多的时候要赔钱。问题是，赔钱时尽量要把赔钱的数量控制到最小的范围之内，在你赚钱的时候尽量多赚，最后的结果才能使你成为一个股市的赢家。因为股市涨跌是正常的，没有永远上涨的股市，也没有永远下跌的股市，所以最重要的是，把握所持股票较长时期的走势，为自己设定买进和抛出的底线，及时买进或抛出，一定不能总被股市变动牵着鼻子走，那样不仅心理压力大，而且还会影响自己的判断能力，到头来得不偿失。”

“哎呀，我头有点大了。你说女人搞这些东西真的不累吗？你一天到晚总是忙个不可开交吗？上次申慧说你半夜两三点也在看投资分析、财务报告，太辛苦了，那些报告我可都看不进去。”

“其实你不用看的，每天大量的分析报告并不是都有用的，有的也就仅仅是了解而已。出报告的金融机构，大多是这个市场的参与者，他们的观点不带感情色彩是不可能的。单纯的感情色彩还没什么问题，怕的是故意搞的报告，在这个圈子里都应该清楚，大报上搞篇报道，五万也能搞定了。所以在这个市场里，你不要相信任何人，只相信自己的判断才行。读报告需要学的是他的思路和分析能力。比如说吧，现在缺电了，你想想看，谁有机会挣钱？电网？不对，电网的传输量是确定的，发电总量不上去，他怎么可能多利润呢？原来的电厂？也不对，电厂就那么大的装机容量，500W的不可能发出800W的，电价不涨还是那么点利润。那是谁？就是造发电机的啊，因为要多发电只有新造电厂啊，看一看造发电机的企业，现在除了南方电机还有谁？那就买定南方电机了，不涨才怪。所以思路才是最重要的。我之所以晚上看，是因为白天的时间不够用，隔三差五，我还得跑在外边搞实地调研……”

古锋听得出神了，一直没做声。炒股看似很简单实则很难，本来以为向她学点技术分析的功夫就足以应付，可股场上还蕴涵了无限的玄机，需要哲理和大智慧，需要囊括宏观微观的诸多信息。她选一只股票，要多次去上市公司调研，开数十次分析会。蜀道之难，难于青天，选股之难，也难于走蜀道啦。他双手托腮，痴痴地盯着她身上穿的橙黄色连帽针织开衫。

申彤被他看得有些不自在，将目光转到桌子边的红色细纹手提包上。她摇了摇头说：“算了，不说这些了。”她起起伏伏的胸脯上，仿佛散发出青春诱人的芳香。

在国酷大酒店豪华包房里，王进礼和周全副市长隔着精致的小餐桌相对而坐。

“科源公司毕竟多年来，一直是我市重点培育起来的优势企业，对我市经济有举足轻重的地位。就算前几天股民不闹事，我们也不会撒手不管。现在，市委的意见是，只要ST科源未被终止上市，它再经营不善，财务状况再恶化，其上市资格也还是具有利用价值的壳资源，因此，我们必须想办法扭亏保壳，避免科源公司出现摘牌退市的命运。”说话间，周全的左手始终捏在下巴上。

“我认为可以有两种方案，周市长，一个是让市国有资产经营公司下属的那两家公司成为重组主体，其控股的一家公司用以收购ST科源的资产，控股的另一家公司用以承接ST科源的大部分债务。”

“实施代价有多大?”

“我估算过，为了拯救ST科源，市国有资产经营公司不仅要拿出一点六亿元的现金，用于收购科源已经停产的资产，而且要承接它绝大部分债务。真实的财务报表显示，ST科源资不抵债五点二亿元。据此，市国有资产经营有限公司为了保住科源公司这只净壳，将要付出六点八亿元的高昂对价。”

“不行，这个方案代价太大，实施起来太难了，弄不好市里的包袱会更沉重，万一再出什么问题，股民又会去围堵市政府，政治上有风险。另一个方案呢？”

“另一个就是，由市里通过财政补贴的方式，帮助科源公司暂时渡过持续亏损的不利局面，化解财务舞弊的负面效应。这样，可以给ST科源赢得宝贵的重组时间。从财政局资金角度来看，我觉得大致提供一千五百万就够了。”

“是吗？这个方案倒是可行。不过，这对科源来说，也不过是杯水车薪吧。再说，也容易受到投资者的短期炒作。”

“我们需要的就是这个短期炒作，我的建议是，分两步走，先给予财政补贴六百万，ST科源势必会在第一个交易日公告后涨停。等隔上一段时间，再公告财政补贴九百万，股价肯定会连续以涨停报收，这样一来，或许会对科源公司全年度的损益产生重大影响，估计到时候摘掉ST的帽子不难。”

周全听了，松开下巴，直了直身子，认真思索王进礼的话。王进礼起身，拿着茅台酒瓶给周全斟上了满满的一杯。

“您放心，周市长，届时我们帮科源把几项不良资产剥离出去，让它迅速增加利润，肯定能在短期内实现财务状况的大幅度改善。”

“嗯，你的办法不错，但方方面面，需要想得细致些，确保这次操作一定成功。我希望在自己主管的经济领域内，国有资产要不断得到增值，同时让老百姓生活安定。”

“周市长一心为国为民，可敬啊可敬！来，我敬您一杯。”

“干了！”

周全豪情澎湃地一仰头，将杯中的酒一气喝干了。王进礼忙喝光了他的这一杯，然后要向周全的杯子里添酒。周全拿手轻轻推开剩下的小半瓶茅台，说：

“到此为止吧，我要连夜向市委两个大头汇报，争取尽快动起来。”

“那好，我明天做好资金上的准备工作。”

“好。”周全站起身，到衣架上取下西装搭在胳膊上。王进礼也穿好衣服，跟在他后边出了包间。周全朝走廊两头看了一眼，小声对王进礼说：

“记着，财政补贴这事，口风要紧，千万不要跟任何人讲！还有，那个伟利电子公司想借壳上市，ST科源的领导层太老朽，下周他们谈的时候你去盯一下。”

王进礼如小鸡啄米般一连点了好几下头。

目送周全的车辆消失在夜幕中，王进礼环顾一下四周，回身走上国酷大酒店的台阶。他脚步矫健地穿过气派非凡的大堂，走到电梯边，早有一位服务小姐帮他打开电梯的门，他进了电梯，一直上到八层。迈出电梯，服务台的小姐忙站起身来向他问好，王进礼点了点头，摆了一下手示意这位小姐坐下去。然后他沿着铺着红地毯的走廊走了十多步，再向右转过去，走到一个房间门口，轻轻按了两声电铃按纽。

隔着门传来一个女人的声音：“谁呀?”

王进礼理了理衣领：“我。”门一打开，他便大步闯进去，迫不及待地将侧身站在门后的马丽一把抱住，“叭”的亲了一下她的脸颊。

“哎呀，门还没关呢。”

马丽轻轻挣脱出来，上前一步关了门并挂上保险链。

王进礼很兴奋地走到房间的软椅边，重重地一坐，笑眯眯地打量了一下马丽。她刚刚洗过澡的样子，穿了件真丝紫红睡衣，长发直直地披在肩上，身体肌肤的美感纤毫毕现，整个人显得非常丰腴。她犹如一只熟透了的水蜜桃，汁水饱和，渴望能肆意横流，却迟迟找不到出口。

“小丽，好消息，我们手头的科源马上就能解套了，今晚要好好疯狂疯狂，庆贺一番。”

“这套套不是还没戴上嘛。”

马丽上前一步，将身体靠拢过去，坐到王进礼的腿上，让一肩刚洗过的黑发扫在他肩膀上。她的睡衣领口处有些折松了，两只乳房在一片玫瑰红中，好像随时会蹦跳出来。她坐下来时，顺手抄过旁边床头橱边的小花篮，捏起一个包装上贴有标价的避孕套，朝王进礼脸前摇晃着。

王进礼大笑起来，顺势抓过马丽的手，像闻到了血腥味的蚂蟥一样，将她紧紧地搂在怀里。他觉得自己这辈子离不开女人，他需要有女人环绕的良好感觉，来支撑自己的自信与自尊。

“我可不喜欢被套，不舒服。啊，哈哈哈。过些天你把科源的股票全部出手，我们就解套了，一定会大赚特赚。”

“周市长同意你的意见了？”

“由不得他不同意。谁不愿意当甩手掌柜？G市还有两家上市公司，扔掉ST科源这个包袱也好，可如果它被摘牌，用不了几天就得破产，那时候到市政府大院门前静坐的，就成了大批下岗职工，谁能撑得住。”王进礼应该是个很自恋和有个性的人，有很强的进攻性，给人的感觉很体育，很好斗，怎么看都像一个美国西部片中的英雄。

“市委书记如果不批呢？听说他不想再让政府替企业买单了。”

“哼！那就让股民再去围堵市政府。好了，我们开始干正事吧。为了你这亲爱的，我心甘情愿一辈子都被你套住。”

说着，王进礼抱着马丽站起来，颤颤悠悠地走向宽大舒适的席梦思床。马丽还想说点什么，但她的嘴被他吻住了，接着她的身体被抛在软软的床垫上。他的大手拉扯了几下，她的睡衣已被褪去。他的目光像嚼黏了的泡泡糖一样黏上她的身体，马丽一阵心跳若狂，故意做出一丝羞涩的神情闭上了眼睛。这样一来更激起了王进礼的情绪，刚刚饱餐过一顿的他，三下五除二就脱得光溜溜的，好像听到了内幕消息的股民一样，猛扑上去。

很快，房间里响起了马丽放肆的叫声。她要把自己送走，送到云端去。她仿佛高高在上，看见她的丈夫正趴在别的女人身上撒欢。那看起来一本正经的教授、博导、国内名牌大学经管学院的副院长，自从有了权力有了金钱后，就经常沾花拈草、夜不归宿。

她为此闹过几回。可婚姻不是爱情的庇护所，也无法禁锢多情男人蠢蠢欲动的心，慢慢地她斗不过命运和生活的捉弄，就接受了他留学美国海归后学来的新观点。她现在也认为男女之间除了性和金钱之外，其他说什么都很虚伪，也很飘渺。可是这样一来，一个女人还有什么呢？所以她要不停地放飞自己，忘了自己，忘了一切……

古锋和申彤辞别后，坐上出租车，到小区门口下了车。他警惕地站在门卫室一边，朝昨夜遭遇歹徒的地方，仔细观察了一阵子。回到住所的时候，墙上的石英钟嘀哒嘀哒地指向了十二点。

这是套老式的两居室，是以前姐姐古雯买的房子。后来，她结婚时买了套新三居，离她上班的科源公司更近，这边房子就留给他一个人住，省得他整天赶十多里路，回父母那边的家。从这个小区出发，步行十多分钟，就可以到市政府。虽说房子的布局过时了，但去年刚做了一次新装修，加上古雯常过来帮他清理家务，房内显得井井有条，很有家的温馨气氛。

古锋觉得有点困，也没有洗漱，就直接上了床。一个人躺下了许久，辗转反侧睡不着。他的脑海里一会儿是贼吃贼喝的酒店，一会儿是歹徒行凶的马路。慢慢地又浮现出申彤的音容笑貌，还有相貌出众的申慧。

从家里到办公室，从办公室到酒场，日复一日，生活就这么单调无味。没有强大的人际关系背景，他只能耐心等那张任命书发下来。明明科长调走了，科里人手少，安排他个实职理所当然。以前提携他的是市政府办公厅郝主任，他爸的好朋友，去年不知为什么得罪了贾市长，给安排到市工会当主席去了，谁都知道那只是个闲职罢了。幸好郝主任临走时去组织部做了做工作，给自己弄上了个正科级。虽说科长不过是个平级职位，但毕竟是下一步升迁更为有力的基础。而如今，背景没了，连个顺理成章的任命都困难起来。

刚大学毕业时，他可谓是一腔豪情，恨不能马上就能做一番惊天动地的大事，用句俗话说其实是不知天高地厚。顺应老爸的旨意，市直机关面向社会公开招考机关干部时，他报名参考，笔试时成绩优异，郝主任又在面试时给了高分，让他顺利地拥有了一个很好的仕途起点。原以为做了机关干部，就可以施展宏伟抱负，不料每天不是埋没会山会海里，便是干巴巴地趴在办公桌前，装模作样熬到下班时间，还不得不参加种种场合应酬，难道自己的生活天生应该是这个样子？

这么多年了，一事无成，庸庸碌碌，这样下去，一辈子有什么意思？

他实在睡不着，便起了身，打开电视，连续按着摇控器，将所有频道挨个儿过了几遍，再关上电视，坐到一张写字桌前，拧亮台灯。他拉开抽屉，拿出几张用别针关在一起的打印纸。映入眼帘的是一行大大的标题：少儿主题乐园项目建议书。这是他还在上大学时就产生的一个商业创意，利用G市东郊的荒山野岭，搞一个表面上类似迪斯尼的乐园，而他设想中的少儿主题乐园，将成为中国创新教育的一块实验田。

他随手寻了只圆珠笔，在纸上涂涂写写，再翻来翻去看了好一阵子，才重新上床休息。

深夜，屋子里静悄悄的。他努力从一开始数数，可数着数着，他耳边仿佛又听到申彤吃饭时跟他说过的话：

"和你们官场上的人不同，股场上的人都很单纯，大家在股场上相识，惺惺相惜，很容易交朋友。置身其中，你不必与你身边的人貌合神离、勾心斗角，也不必月明星稀时，如没头苍蝇似的打点人情，大家可以对什么股票走红、什么股票走跌持有不同看法，而不需要费尽心机算计你什么……"

"我的星座是天蝎座，据说这种星座的女孩，从来不会因为有了钱，就会满足于不思进取，她喜欢长期投资，更喜欢自己是有帮夫运的女人，就算当了少奶奶，也会帮着夫家忙进忙出的，或是开创自己的事业……"

申彤气定神闲的面容，不停地闯进他的脑子里捣乱，古锋拉过闲放着的一个米黄色枕头，紧紧地搂在怀里。

外边，漆黑的夜和厌倦了冬眠的城市，是并不紧闭的防盗门。

一阵阵骚动，他被惊醒了。

啊，床头什么时候结成了蜘蛛网。一只硕大无比的蜘蛛正吐着舌头爬来爬去。他气急了，拿起枕头狠狠地砸过去。

啪，蜘蛛落到了地上。他正要起身去踩死它。不料，一条蜈蚣不知从哪里钻了出来，猛地一下拖起蜘蛛就跑了。一只黑乎乎的蝎子举着一对大钳子到处追着它。那里，墙角还有一只大眼睛蟾蜍正气鼓鼓的。“咝，咝”，花斑蛇扭动着头和身子也游了过来。

他正不知所措时，那些家伙们猛然扭结在一起，变得越来越大，又变作一团团黑包子，朝他飞来。他急忙举起手来挥舞着，咆哮着把那些令人作呕的东西挡开……

“啊，啊”，他打到了自己，猛地从床上惊起。推开窗，有人家的灯竟然依旧亮着，不知道这个不眠的夜晚人们在忙些什么。

第六章

有贼心没贼胆

阳光透过玻璃窗射进来，好像探照灯般在左前方分辨着空气里的灰尘。古锋盯着光影有一段时间了，他的眸子里充满了灰尘的身形，跳跃着，飞舞着，翻旋着……

想到前天的凶杀，昨晚的恶梦，古锋心里的苦闷越来越重。他正趴在电脑前，偷偷察看股票行情，古雯打手机过来。他接听了几句，觉得在办公室里讲很不方便，便叫她稍等一下，他将带密码的电脑屏保打开，然后疾步走出办公室，快速下了楼，跑到楼北边的空地上，瞅瞅四下里没人，这才小声地将手机贴紧耳朵：

“姐，你没说错吧？让我买你们科源这只烂股？”

“对，跟任何人都不要讲啊。现在股价奇低，你可以吃进。”

“为什么？你们现在是垃圾股啊，我这业余选手，可不敢碰。”

“垃圾股机会才大呀，正好可以股价飚升、涨幅惊人。”

“姐，是你跟我讲过，缺乏经验的新股民，才偏爱低价股，错误地认为低价股有更多上涨的机会，而忽略了其潜在的风险。”

“不错，我还说过，这类股票的市盈率、换手率大多高出市场平均水平，弥漫着浓厚的投机气氛。如果缺乏实质性的投资价值作支撑，低价股风险确实很大，一旦大盘风云突变，低价股更可能出现以连续跌停方式急剧回落，中小股民根本没有出逃的机会。是不是？但ST科源不一样，前几天大家都割肉了，我现在消息确凿，你买了准没错，我会告诉你抛出的时机，到时你买新房结婚的钱就够了。好了，我得挂了。”

古锋拿着手机，在原地站了一会，盘算着是不是马上落实姐姐的指示。上次市政府大院因为科源公司的事，被围个水泄不通。这只股票如同烫手山芋，股民们扔都唯恐扔不及。自己的账户上，刚刚挣到了相当于三年工资的钱，现在再拿去做赌注，是不是风险太大了些？但上次正是听姐姐的话，才赚到了钱，眼下她的话不就如同圣旨一样嘛。

朝办公楼北门缓缓地走了几步，古锋停下了，给申彤打电话，向她征求意见：

“我开始炒股没多久就赚钱了，很想再出手试试，你看ST科源怎么样，买一点如何？”

“应该可以吧。你在市里没听到什么风声吗？”

“什么风声啊？”

“如果纯粹从价值分析角度来看，我不主张持有它。不过，短期内的炒作，大概是个好题材。等我再跟你联系，好吧？”

“好，再见。”

古锋挂了手机，舒张手臂，做了几下扩胸运动。有几只鸟儿在树枝间跳来跳去，叫喳喳的欢歌犹如一串串绿色的音符，提前飘溢出春的气息。

当古锋踏进办公室时，杨明刚好在拿办公室座机，跟网上女友电话聊天。这家伙只混了个专科学历，能力平平，不过能说会道颇会讨领导欢心，他的表舅在省人大当副主任，两年之内就把他从一个乡镇调到县里，然后再调到市里来，据说眼下他的主要任务是，尽快拿到省委党校函授的本科文凭，以备下一步的升迁。有时古锋不得不羡慕杨明放松的心态，但这小子太年轻，贪玩，除了经常上网打游戏，还时不时泡个网络美眉。

杨明瞅见他回来了，忙止住话茬，“嗯，嗯，好啊，我得工作了，晚饭后网上见！”他放下话筒，双手一摊，“唉，我这人特实在，网友问我办公电话，我总实话实说，弄得电话追着屁股转。”其实，他经常趁一个人的时候，四处拨电话找女网友聊天。

古锋笑了笑，问：“还是上次那个女孩吗？人家千里迢迢跑来跟你见过面，可真是情深意浓啊。”

“早吹了，离得太远，她是企业单位，到这边来怎么安排？”

“啊，又一个啊。你小子收敛点，市里那么多女孩追你，怎么全看不上眼？非得把钓鱼杆伸到网上钓一个。”

“唉，古科，这日子过得太单调了，个人生活上，我想赶赶新潮吧，关键环节上不出问题就行。”

“呵呵，还真得当心，别弄出什么一夜情、三角恋绯闻，影响远大仕途。”

“嘿，您还不了解嘛，我可是有贼心没贼胆。”

两个人正说笑着，古锋收到了申彤的短信息：

立马全仓杀入！

古锋神色平静地打开电脑，一步步进入操作界面，从网上发出了买入ST科源的相关指令。跟上次一样，他把账户里的所有钱都押了进去，足足有十八万元多，购得了十三万多股的ST科源。忙完了这些，他才拿起手机，将刚才股票买入的价格和数量，分别发给古雯和申彤二人。这时，他觉得心跳咚咚咚地加速了，脑子里有点儿后悔他在资金上的全力以赴，没有留任何退路。如果被ST科源套住了，毕业后这三年的全部积蓄还有前段时间炒股的盈利，便有可能化为泡影。

对于股市，他本来没有多少研究，没有专门花时间去买什么速成教材，靠的是道听途说得来的零碎知识，更依赖于姐姐提供的内幕消息。想着想着，他越发变得忐忑不安，给申彤回了一条短信，问：“你的判断依据？”

申彤很快回复一句过来：“G市经济全局，强力资金拟大举建仓。”

古锋在心里反复念叨了几遍，才有所醒悟。看来，自己在这方面太不专业了，连常识性的简单道理都给忽略了。市里难道不会力保科源公司？去年促成并购的失败和前几天的冷处理，让人觉得好像要尊重市场规律，甩掉ST科源这个包袱，所以它的股票跌至历史最低点。但如果市里再次插手呢？情况当然就不一样了。更何况，股市上你跟对了庄家，不啻于官场上你跟对了人，这一点非常关键，决定了事情的成败与否。

他不由地冷笑了一声，马上变过脸色，装作无所谓的态度，开始翻阅桌子上厚厚的文件材料，可无论如何，他还是集中不起精力来，心里老是在想股票的事情。恍然他想象着自己如同坐在拉斯维加斯富丽堂皇的赌场里，倾囊下上了全部赌注，单等着发给他牌，但那张牌迟迟没有发下来，他的心里实在难耐。

中午在食堂里吃过工作餐，古锋跟几个同事讲，自己有事要办一下，没有像往常那样去凑牌局。他从东门出去，漫无目的顺着街道直直地走下去，不一会儿走过了两个路口。他脑子里空空荡荡地，莫明其妙地有些百无聊赖。

虽说是残冬，阳光却泛着和煦。一转眼，他来到新民路上的证券交易所门前，看到这儿挤满了来开户的人，排起的长队足足有三五十米的样子。他顺着路边继续朝前走，耳边听到人们的议论声：

“麻烦问一下，户口本可以开户吗？”

“驾照开户行不行啊，我也没带身份证？”

“我听他们在说什么股票涨停了，涨停是什么意思啊？”

“听说什么股票要公布业绩了，什么是业绩啊？”

“我什么都不懂，只是听说最近进股市就像来捡钱一样，我就来凑个热闹。”

“成天听周围的同事们说赚钱了，我们也忍不住了。”

“现在进股市就像去捡钱一样简单。”

……

古锋走远了，还隐约听见有人在焦急地喊：“快点嘛，我还得赶回去上班呢。”

从人们的穿着打扮上来看，多是些上班族。股市上午十一点半收盘到下午一点整开盘期间，是他们开户的高峰时期，有不少人是成群结队结伴来开户，上次听姐姐说过，她有七位同事便是趁着午休时间集体开的户。有些人可真有我是散户我怕谁的牺牲精神，还不懂啥叫涨停就敢来开户。记得鲍辉说过，股市中只有机构和大户才是主力，而对于散户，特别是对目前奋不顾身杀入股市的个人投资者来说，在战略上要像对待烈士般尊敬他们。

古锋转弯向北走了一条街，再向西拐回来。经过一家药店门前时，路边有个算卦的老先生拦住他，非要给他算一卦，说是只要两块钱。他本来对这一套不感兴趣，眼前这位老先生形容憔悴，卦摊前冷冷清清，令他忽然动了恻隐之心。四下里看了一下，没见有什么熟人，他就停下来，随便抽了一个木卦出来。

老先生把木卦放在桌面上，瞪圆眼睛，仔仔细细打量了一下古锋，说他红光满面，印堂发亮，半月之内，必有鸿大财运，哇里哇啦一通算卦术语，让人听得迷迷糊糊。

古锋就问自己做什么事业好。老先生吹了吹嘴角一缕褐黑色的胡子，大概认定问卦者是个生意人，说如果经商，则如鲛龙入海兴风作浪，三年内必成巨富；如果当官，则如虎落平阳空被犬欺，前途坎坷莫测。

古锋笑笑，还想再问几句，却瞥见刘宇春和团市委的两个女孩由远而近。一个市政府公务员相信算命先生，岂不惹人笑话。他匆忙付了钱，装出随意的模样慢慢走过去。刘宇春她们“咯咯咯”说笑着，侧身进了一家食品超市，她们女孩子老爱买零食，带到办公室里，上班时想吃就吃。于是古锋加快脚步，回到市政府大院。

孙师傅正从水房出来，提了桶水要去擦车，老远朝古锋招手打招呼。他们交叉着走近了，孙师傅朝四下里瞅了瞅说：

“小古，这么悠闲去哪了？”

“瞎转了一下，散散步。您可真勤快，开出去洗车多省劲。”

“嗨，咱跟年轻人不一样，自己擦车，习惯了，倒不是为了给单位省钱。对了，你现在掌管五科了，哪天请客给祝贺一下。”

“这可不行，说不定明天给调个科长来呢。”

“调谁来？我给郝主任开过五年车，早听他讲你的文笔好，又有头脑，工作能力很强。你又是正科级秘书，这当科长也顺理成章啊。”

郝主任在机关里以克己奉公、铁面无私著称，但他的工作方式在当前官场风气下，显得方法欠妥，原则性有余，灵活性不足，上下左右得罪人很多，而且平日总爱板着一张脸，不苟言笑，让人望而生畏，缺乏亲切自然、平易近人的领导风范，也难怪会被平级调任。由于孙师傅多年跟着郝主任，所以古锋对他也敬重有加。

“呵呵，孙师傅您高抬我了。”

“小古，听老哥说句实在话。”孙师傅神秘兮兮地又朝周围看了一眼。

“办公厅里几个头儿家，抽空去坐坐，他们都常去，啊。人往高处走，水往低处流。凡是自己的事儿，不怕跑断腿；凡是不关自己的事儿，就怕动动嘴。就说眼前这事儿吧，省得老给拖延着，万一半路杀出个程咬金呢。”

古锋心里明白，“他们”指的是办公厅的同事们，其中至少有三个人都对五科这边的空缺职位虎视眈眈。于是他堆起笑脸，表示感激地朝孙师傅说：“多谢指点了，到时多敬您两杯酒。”

孙师傅哈哈一笑，拎着水桶去擦车了。

古锋朝办公楼北门走了几步，回头望了望孙师傅，不由地叹息了一声。他知道同事们晚上经常提着礼品，到领导家汇报工作。这一点他向来比较反感，从来也不屑那么做。他也清楚，这种偏执的性格不利于他官场上的前途，甚至会令他越来越举步维艰，但他还是本性难移，没有足够的动力尝试去改变。

说到底，是当官欲望不强烈。这年头，当官是需要欲望的，你一心想着当官，平步青云的梯子就会垂到你触手可及的地方。跑关系、拜门子，这些我不是不会，只是没兴趣去做罢了。每每想到这里，他总在心底这样自我解嘲一番。

“晚上还得加班开会，我走了。”

第七章

赚钱是早晚的事

晚饭后，古锋斜躺在沙发上发呆。外边门锁被打开了，古雯走了进来。她面色丰腴红润，露齿微笑，眼镜后面射出智慧而绝不呆滞的目光。

“姐，你来了。吃饭没有啊？”

“嗯，吃过了。有几件衣服放在这边，我想还可以穿一穿。”

“越赚钱，越节省了，呵呵。”

古雯轻轻一笑，没有说话。她风风火火地，跑到一间卧室的壁橱前，手脚麻利地向外挑衣服。很快，她整理好打了个包裹，回到客厅里。

古锋忙站起身来，向她表示心中的担忧。

“你这回的消息没问题吧？姐，我所有的钱可都押上了。”

古雯站在客厅当中，把包裹揽在肋下：“谁叫你满仓呢？唉，不过，这次还行。你给我记着，现在是进入了后股权分置时代，大股东炒作自己股票更直接、更容易了。我一天到晚待在科源，就是堵住耳朵也挡不住风声。看来，想赚钱，你出手就得彪悍一些。当然危险总是会有的，我们对炒股也没有什么特别的天赋。所以，只要你还没有拿到现钱，就保持如履薄冰的心态吧，因为你的脚下确实只是薄冰。”

在上市公司工作的古雯一月有六千元左右的稳定收入，自从炒股后，她发现，那些工资根本不叫钱。她用十万元入市，半年时间已经翻了两番。

古锋听了姐姐的话，心里有些欣慰却又有些失意。因为他注意到，她上身穿了件草绿色短针织开衫，下身则是一条新买的淡绿色牛仔裤，这让他觉得很不顺心。谁知道自己是怎么回事呢？听说有些股民害怕熊市，害怕跌停，不愿看到绿色的东西。可绿色象征着生机、象征着希望啊。还好，她这条格纹绒围脖是紫红色的，像一团燃烧的火焰。

古雯并没有感觉到古锋情绪的微妙变化，和往常一样，她跟古锋随便聊着天，开始帮他收拾起房间来，先是洗抹布擦了桌子椅子之类，又从卫生间拿来拖把擦地。她蓬松的头发上盘了个小发髻，侧边别着蝴蝶发卡，举手投足之间，散发出一种高贵而妩媚的气质。

古锋不由地感受到一股温情，他上前将拖把抢过来擦地，却一不小心让湿湿的碎布弄湿了她的裤脚。她朝墙边后退了一步。牛仔裤的裤管很窄很紧贴腿，裤腿没有磨边，接近鞋面处有皱褶，整体给人纤秀柔和的感觉。

姐弟俩很快忙完了，就到沙发上坐下。

古锋得意地说："第一次买股票就大赚特赚，太过瘾了。早几个月要求跟你入市，你还反对我，不然我腰包会更鼓一点。"

古雯听了，反倒愣了半晌才仰起头，打量着古锋，似乎进入一种难以言说的意境，尔后才慢慢地说：

"赚了钱是好啊，其实，我老想着，不如见好就收吧。现在大家都疯狂入市，我们部门的同事原来从来没炒过股，现在全跟风跟进去了。我觉得这不是什么好事。股市里有很多不确定因素，好的时候随波逐流，也能赚钱，可一旦出了问题，后果无法想象。人家不都说股市如赌场吗？我怕的不是赔钱，而是被钱迷住了心窍。有言道，人在套中无所逃！我总有种不安的感觉，觉得股市是一种无形的套子，甚至是更可怕的一种套子。我不想你炒股，是怕你进去后出不来了。到时候你会被股市牢牢控制住，你就变成了套中人。"

"姐，还把我当小孩子啊。"古锋不以为然地说，"等着瞧，很快就会大丰收。"

"嗯，时机一成熟，就把你的本金收回来，毕竟还是放在银行里保险。然后只留赢利收入继续投入股市，这样可以少一些风险。我就是这样做的。将来不管是赚是亏，反正都是羊毛出在羊身上，自己心里也不会觉得太心疼。你说呢？”

“哈哈哈，没想到你的小算盘敲得这么精！”古锋大笑起来。“姐，你的帐算得精，我也来给你算一笔帐吧。在银行存款两年多的利息，只想当于股票一天涨个6%！现在把钱放在银行里，简直是一种浪费。这个真理不是我说的，是经过实践检验证明了的。我虽说没学经济，不懂得分析什么公司基本面的变化，但我了解中国经济的大趋势。如今人民币升值，百年一遇的黄金十年。我是尝到甜头了。这股票啊，只要买了就会赚。一年来的大牛市吸引了越来越多的人参与到股市当中，怎么也得紧跟形势啊。学习科学的发展观，就是要与时俱进。当然了，世界上没有无风险的投资，也没有可以规避的风险。没有血的教训，就永远没有成熟的股民，而没有成熟的股民，就不可能有成熟的股市。只要遇到合适的，我就全力以赴。”

“你才炒了几天股，就这么牛气？哼！我算弄明白了，你们男人呀，天生就有股赌性。你要记住，赌场里有两句格言对股市有借鉴作用，第一，见好就收；第二，久赌必输。”古雯摆出一副教训人的姿态。

“好，好，你放心，我一定会从理性的角度来看待风险，尽量克服骨子里的赌性，一切从实际出发，牢牢地把握住赚钱这一基本点。”古锋嘴上说着，心里又想起申彤跟他讲过，在散户中，能够真正理性地靠技术手段或其他方式进行投资的人极少。嗨，管他呢，入市就是投机，能赚一笔是一笔。

上次与申彤约会，古锋似乎被她洗了脑，一有空就关注股市动态。现在，中国的股市不断创出新高，对于任何人来说都无经验可依，只有摸着石头来过河，风险也越来越大。去年以来，国家密集推出了政策“组合拳”，如加息、加税、提高准备金、扩大汇率波动幅度、严打内幕交易等，都是为了防止股市狂热，但政府采取的措施并不是要打压股市，而是想恢复股市的正常秩序，让股市稳步发展，慢慢走，千万不要出现超速狂热，欲速则不达。在这种情况下，大盘走势仍然见涨。可见，股市之势不可挡。自己满仓买入的，是古雯和申彤一致看好的消息股，赚钱是早晚的事，哪里会有什么风险？

“我该回去了。”

古雯看了一下表，拎起包裹，走到门口，恍然想起一件事。

“古锋，听说你得罪了什么人，拿刀子要杀你？”

“哪有那么严重？都过去了。你甭管，我自己小心就是了。”

“警察有没有查出什么线索？”古雯还是有点放心不下。

“指望他们，黄花菜都凉了。我心里有数。”

“倒也是，这年头警察最大的本事就是，把没有的事弄成有的事，把小事弄成大事，或者是把大事弄成小事，小事弄成没事……唉，你没事就好。”

古锋点点头，起身出门送姐姐。

第八章

警察有多么弱智

天说变就变，中午时分，天放晴了。下午更是万里晴空，阳光透过薄云，播撒出万缕光芒。不过，已经下降了的气温还没恢复，风中带着丝丝凉意。

按照与古锋的约定，胡蓉提前赶到了市人民公园。满眼的青翠迸发着春的气息，她的心情却如冬季的河水一样冰冻着，对周围游园人的欢欣一概熟视无睹。

她缓缓地步行，来到湖心岛靠西较僻静的一隅。她找了张空闲的旧木椅坐下去，四下张望，古锋还没有来。她抬起手腕看了一下表，距离约定时间还差五分钟。

从湖面几只鸭状的游船上，时时传来欢快的笑声嬉闹声。这种船是采用脚踏力量来带动螺旋桨运行的，以前她和李雅坐过好多次，两人一起用力踩着脚踏，嘴里含着泡泡糖或是吃着冰激凌、喝着饮料，让船驶向她们所乐意的方向。可如今，李雅已然作古。

想到这，胡蓉不觉发出一声沉重的叹息。

湖边的碎石甬道上，一对老人步履蹒跚地走过来。他们满头银发，皱纹早已爬满了整个脸部。老太太跟在老伯伯身边，互相搀扶着踽踽而行。正好从湖面上掠过一阵风，凉兮兮的，柳树上飘下一枚叶子，在空中优美地划了一道弧线后，落在了她头发上。老伯伯忙伸出手去，轻轻地拿掉叶子，再拉过老太太的双手，哈了几口暖气，然后又解开上衣皮夹克的扣子，把她的手放在他的心口，那里最暖和。斜阳下，他们构成了一道极美的风景。

胡蓉静静地看着，看得出神，也不知道古锋什么时候站在了她身边。“对不起，让你久等了。”

胡蓉没有说话，身子朝一边挪了挪，古锋便坐到她旁边。两个人之间留了有几十公分的空隙。

等那对老人走远了，胡蓉又把目光投向湖面上。

“你还好吧？老同学。”

“好怎么样，坏又怎么样？”

“你情绪不太好，还在为李雅的事伤心？我知道，你们俩比亲姐妹还要亲。”

“看来你心里有数啊！”

胡蓉猛地用冷冷的目光盯着古锋，这让他心神有些紊乱。他叹了口气，“你怎么了，好像我得罪你了？”

“就让我给你讲讲李雅的故事吧。那是大三下学期，有个男生追求她，她当时很在乎。毕业后，他们都生活在G市，慢慢就走在了一起。可这男的欺骗了她，有另外的女人，根本不想和她结婚。于是她一时糊涂，选择极端做法，结束了生命。她曾幻想过，他们能够相依在窗台边，看月出星灭，春来冬去，花开花落，膝下是孩子们纯真如雪的面容，还有银铃般的笑声。疲倦时有他的肩膀可以依靠，风起时与他共披一件外衣，花开时与他倾听一只夜莺的歌声。她最大的悲哀在于，她从不贪图钱，只贪图男人的真爱。而真爱，呵呵，几曾见过？”

胡蓉发出一声冷笑，接着说下去。“她付出了全部，最后爱神却什么都没有给她，并且索取了她的命。感情已经付出了，她的命，也付出了。讽刺，荒谬，这就是命运对她性格固执的回报。”

“你是说，李雅的轻生，是因为感情？你怀疑，那个男的是我？”

“对，‘套中人’！”胡蓉说话的音阶提高了八度。“是你这‘套中人’害死了李雅，你还装作若无其事，你的良心呢，你的良心何在？”

古锋不知所措地回答：“你，你这么说我？”

“难道不是吗？我在李雅的住处，找到许多诗，都献给她最心爱的人——‘套中人’。鲍辉已经告诉我了，你的网名就叫‘套中人’，都用两年了，这你可没法抵赖吧。”

“胡蓉，你弄错了。这只是巧合罢了。”古锋的身子有些发颤。

“你听我说下去。李雅经商的父亲已经去世了，她母亲改嫁后去了美国。他们给她留下了巨额财产，不过她一点也没有接受，全部捐献了出去。瞧，警察有多么弱智！这种案子，没油水捞，就应付了事。像李雅这样，她会为了钱……为了钱自杀？甚至，我都想过是有人杀了她。”胡蓉的模样相当激动。“她没有找过工作，是个自由作家。不过，她写的诗歌晦涩难懂，她也从不与所谓作家圈子的人打交道，难怪她没有什么社会影响。这样一个人，她的行为是常人无法理解的……可我，我了解她，我知道她是太过于痴情了，可也想不到结局会那样凄惨。”

“唉，你今天约我出来，就是为了跟我讲这些。可你，你冤枉我了。我本来也怀疑，李雅怎么会为了炒股想不开。没想到，她是受了感情的愚弄。”

“难道不是你？在那家西餐厅，我亲眼目睹，你跟一个女孩约会。”胡蓉紧盯着古锋的脸色。“告诉你，我是专程跟踪你的，没想到吧？如果真的是你移情别恋，李雅自然会伤心绝望了。”

“你还跟踪我？”古锋表示很诧异，他努力冷静下来，说：“我……我发誓，我与此事没有任何关系。虽说在一座城市，可最近一年我都没有见过李雅。真的，我用‘套中人’的网名，是来比喻自己的工作处境，觉得好玩罢了。你的意思是说，李雅被一个她称作‘套中人’的家伙给骗了，这个揣测，我同意。可谁是‘套中人’呢？”

古锋埋下头，陷入了沉思。胡蓉半信半疑地观察他。

又一阵风起，树上发出哗哗的枝叶响声，和着时光飞流的节拍，让人忍不住有些感伤。两个人一时没有说话，沉默了好长时间。此时无声胜有声，他们已经清楚，彼此之间的隔膜已经无可救药地厚重起来。

“天偏凉，你穿得薄了些，这季节，脱掉毛衣还早了些。”古锋看到胡蓉紧了紧淡黄色风衣里边的衬衫领子，关切地说。

胡蓉的嘴角翕动了一下，神情有些感动，又低下头去。“是啊，天还是这么冷。该穿厚些。看起来，你很会体贴女孩子的心。”

“你还是不相信我？李雅曾是我心目中至高无上的女神，如果那个人是我的话，我会感到无比幸福，怎么会移情别恋？看来，你这段日子，还沉浸在失去她的悲痛中……”

“也许，我是乱猜疑，你不要怪我。但直觉告诉我，一定有某个人，对李雅的死负有全部责任。”说完，胡蓉抬起头来，朝湖面上漫无目的地张望。太阳正无可挽回地向西边的尽头落去。

游船都停靠到岸边了，湖面上波光鳞鳞，周围显得很宁静，公园里的游人越来越少了。

“我们走吧，一起去吃晚饭。”古锋站起身来，感觉脖子后边的颈椎有点酸疼。可胡蓉依然出神地坐着，似乎没有听到他的话。

“你还在怀疑我？”

胡蓉抖动了一下身子，双手手指交叉在一起，手掌朝上地放在膝盖上。

“我在想李雅付出的爱情，她那么义无反顾，让我不敢轻易触碰。”说完，她的泪水忽然从眼眶里逃逸出来，落在手心里，无处可去。

第九章

突破口在哪里

一大早，古锋来到办公室，比往常提前了半个多小时。他动作迅速地打开电脑和打印机，花了十多分钟写出一份辞职报告，他不想这样干下去了。

他心里模模糊糊地，有时候他很难集中精力来应对工作上的事情，比如说跑跑关系、找找升迁的门路，面对这些他力不从心，应该说他不会用力。虽然他戴着正科级秘书的帽子，表面上轻松自如，实际上虚弱得很。好多次他觉得自己就像一只困兽，来回盘桓在自己的笼子里，却找不到突破口在哪里，只好原地踏步，好像他每天清晨都要进行一次出发，可黄昏的时候总是发现，自己其实还是停留在原来的地方。

还有，上次跟胡蓉谈李雅的事，让他也很受触动。李雅的青春，就荒废在了爱情的圈套中。很多人认为当公务员油水大，依自己的性情与梦想，他可不想有朝一日被功名利禄套牢了，成为“套中人”。

辞职，这是他昨天晚上大半夜失眠、左思右想后才下的决心。他站起身来，走到放打印机的桌前，将辞职报告拿起来，仔细看了两遍，然后又在办公室里来回踱步，一会儿对自己的做法作出肯定，随后又是否定，就这样在脑子里折腾，直到杨明来上班的时候才停止。

“小杨，我要辞职了。”

“犯不着吧，古科。不过，刘宇春调来当科长，我心底也有些接受不了。官场上就这样，接受不了的东西，多得像蚊子苍蝇一样数不清，可个人服从组织，该接受就得接受，顺应了上级旨意，就会有凤凰缠身的那一天。您可别意气用事，说到底也没什么了不起，您的级别在那，说不准，改日就提拔你当个副局长。”

“嗨，我这是个人原因，考虑好久了，与刘宇春要调过来没什么关系。”

古锋释然地笑了一声。

他选择的这个时机，不能不让人觉得，自己是因为刘宇春从团市委调过来就任五科科长，便闹情绪要辞职。辞职的想法早就有了，可如果说与刘宇春要来没有一点关系，这也确实只是他嘴上说说，实际上昨天得知这个消息时，他很有些气不过，凭什么组织上要这么安排？

这年头，好些事情弄不明白，也不需要弄明白。无官一身轻，何况要放弃的也不是什么了不起的乌纱帽。

古锋要辞职的消息通过刘宇春，第一时间也传到了古雯那里。她满脸愠色地跑到了他的办公室来。古锋见到她时，愣了一下，马上做出镇静的样子，勉强朝她笑了笑。

“姐，我正有话要跟你说。”他急忙拉着她往外走去。“这里不是说话的地方。咱们去公园坐坐吧。你先不要生气。”

“你真行啊！这么大的事，你不吭一声就自作主张？你知道吗，从市政府辞职，这可不是扔一件外套那样的小事。你事先不跟家里人商量，就把现在的一切都抛弃了，你眼里还有我这个姐姐吗？你知道会让爸妈多伤心吗？”

“姐，你听我说。不是我有意要瞒着你，是……是我还没想清楚怎么跟你解释，更不知道怎么跟爸妈解释。我……”

“没想清楚？没想清楚，你怎么能这么轻易放弃眼前的事业呢？你知道，多少人羡慕你眼前的地位，多少人现在没有工作，还在这个城市到处漂泊？你为什么辞职？就因为炒股赚了钱？你啊，早知这样，当初打死我，我也不会教你炒股！你让我怎么跟爸妈交待？啊？你说啊！”古雯无法控制自己的气愤，她很少这么大嗓门的说话。

古锋尽量使自己平静下来，“我没有觉得那是什么事业。那不过是政府机器中的一个螺丝钉，事业应该是自己想要实现的理想。人不能庸庸碌碌地过一辈子，不能像个机器人似的任人摆布，做功名驾驭的奴隶。那种生活太被动了，我早已疲惫、厌倦了。我想做回自我，做自己真正的事业，做一番与众不同的事业。相信我，姐，我有能力把握自己的命运，现在也有这个机会。”

“不是我说你，你不觉得自己太自私了吗？以后的路你怎么走啊？爸妈把希望都放在你身上了，你这样对他们的打击太大了！”

“姐，我现在打算拿一段时间来全力炒股……”

“你看，都是我的错吧！我没想到你这么大了，还这么冲动。现在股市是一片大好，人人都觉得只赚不赔，个个都赚得红光满面。可总归炒股这事儿是悬的，现在你看到在涨，要是跌下来哭都哭不赢。你也工作过几年了，怎么还会头脑一发热，就草草率率做决策？你一定要炒股，干嘛非得要辞职呢？全国股民当中，大多数都是上班族。专门以股市为生的人没几个！你没去过证券交易厅吗？尽是些退休离岗后赋闲在家的人，你一个大小伙子，本来前程似锦，往后也去那儿挤啊？”

“姐，我知道炒股是高风险投资方式，需要占用大量精力和时间。我有自己的理想，以前跟你讲过的，我需要项目启动资金，要在股市中从事一段时间的短线操作。这需要我随时了解市场信息，还要有一定的技术水平，这些恰恰是大多数上班族股民所不具备的。同时，频繁短线操作的风险较大，成本也较高，同样不适合上班族。再说，官场上的日子我腻烦了，如果逢上开会、换届等事情多了，就忙一阵，没事时就上上网、看看报纸、喝杯茶水，编选些八股文之类的政务信息，这日子我早腻烦了。”

“可股市有风险啊，你没经历过熊市，不晓得厉害。牛顿不是很了不起吗？我听说，他算是牛人炒股的先锋，炒股却赔了钱，只好灰溜溜地退出，他还哀叹道，我可以计算天体运行的轨道，却无法计算人性的疯狂。那你算世外高人，我们都庸俗，都是俗人！哼哼！就因为炒股赚了点钱，你就自以为是，飘飘然了。李雅不是你的大学同学吗？一个多么年轻美貌的女孩，就那样倒在了股市里，我担心还有人要重蹈覆辙。”

古雯怒气冲冲。

她确实不理解弟弟的做法，冒失、偏激、荒唐，她不知道该怎样来加以形容。炒股是一项风险投资，需要量力而行，需要有承受盈亏的心理准备，还不要因此影响和家人的关系。他至少应该先和自己商量一下，各方面考虑得全面一些，而不是这样子一声不吭辞职。如今，公务员是人们趋之若鹜的金饭碗，很多人需要付出极大的代价才能得到它，可他竟然视之如草芥，说扔就扔掉了。他这真是“股”迷心窍，头脑发昏！李雅的悲剧毕竟就发生身边，这阴影挥之不去。看来，有时候未必是钱惹的祸，说到底还是人本性中好赌的一面在作怪，赌红了眼的人什么事都做得出。他们慢慢失去了理智而不自觉，结果往往闹得人仰马翻……

古锋被姐姐数落着，一时无语以对。

他承认自己事先连个招呼都不跟她打，对她从小以来的关心和爱护是一种伤害。只是他知道，周围的亲友们肯定没有人支持他辞职的打算，如果大家都反对，他的勇气可能会被打消掉。从小到大，他在父母无微不至的关切中成长着，一切也都顺应他们的意思去做，尤其是面对生活的各种选择时，自己往往身不由己地听从命运的安排，而非出自个人迫切的意愿。这样的日子过得久了，他有些惊讶于自己缺乏对成功的执着追求，他害怕这会使他走向平庸。

“姐，其实，我是想先通过股市来积累资金，我没有失去自己的理智。我打算整合多方资源，准备一步步为真正的理想，为少儿主题乐园计划去运作。我下了决心，会坚定不移地去付诸实施。所以，我才毅然辞了职。”

“古锋，你不要以为只有钱是最重要的。你的少儿主题乐园，我已经为你设想了许多方案。虽然没有你想的那么宏大，但我可以帮你做得实际一点。你太理想化了，照你想的那样，一时半会儿根本无法启动。那样的工程耗时费力，你也说了，需要多方资源，你现在这个位置不是恰好可以帮你吗？而你，为什么要自废武功，自毁前途呢?!”

古锋沉默了。他承认姐姐讲得有道理，他也知道自己这一步的确是招险棋。但他之所以如此决绝，就是要置之死地而后生。他知道自己一向优柔寡断，容易受别人左右。所以他就是想断了后路，告别过去，走向自己的理想。可这些自我的斗争，怎么能说服别人呢？最后很有可能又被打回原地去。这是他为什么做出如此重大的决定，而不与身边任何人商量的原因。他觉得这才是真实的自己。

古雯见他不说话，以为他回心转意了。“你在听我说吗？你现在回头还来得及。组织上会对你进行挽留的，你可以趁势找个台阶下。我会跟你姐夫说，叫他托关系提拔你……”

“好了，姐！”古锋生气地打断她的话，“我不是小孩子，不需要别人告诉我什么是对、什么是错、什么事情该怎么做。我痛恨官场上找后台、拉背景、跑门路那一套。把你的好心收起来吧，我决定这么做，是我的事情，你不理解，是你的事情。为什么要我按你们那套陈规陋矩去做人，为什么你不能尊重我的选择，支持我的理想呢?”

古锋实在有自己的不得已之处，说白了，他已经感觉到，像他这样性格耿直而又固执的人，根本不适合官场。

古雯愤而离去之后，古锋一个人在公园坐了好久。虽然与姐姐的争吵让他十分懊丧，但也更加刺激着他，使他不得不义无返顾地朝前走去。开弓没有回头箭。他知道自己这一步，只能赢不能输。因为当所有的人都以你错了的时候，只有你才可以证明自己做对了。只要以后成功了，姐姐会慢慢明白的，大家也都会明白的。

无论如何，新的生活开始了。既然认定了前方的道路，就必须鼓舞信心勇敢地走下去，不要担心失败，风雨泥泞中即使跌倒了，也可以再爬起来，不值得畏惧。真正需要警惕的是对于世俗的认同，会彻底将一个人推入弱势人群。命运要靠自己来创造，从来就没有什么救世主。股市最吸引人的地方，也在于此。也许有人会说，这个市场一片黑暗，主力翻手为云，覆手为雨，个人毫无机会，但其挑战性要远远高过其他行业……

古锋这么想着，心里有些释然了。他伸出右手的食指，在半空中轻轻划了几个字的模样：相信自己，坚持到底，就是胜利。

古锋回到办公室，杨明说徐伟叫他去一趟。他明明知道这不过是一套公式，但也得硬着头皮去听。不出所料，徐伟代表组织，跟他做了半个多小时的谈话，肯定了他的工作，并对他进行挽留。古锋便客气地表达了对领导们栽培的感谢，以及自己去意已决的态度。

谈话结束了，徐伟总算问了一句让古锋觉得实在点的话："下一步打算做什么？"

古锋不加思索地回答说："炒股。"

"噢，真没想到，没想到啊。现在的牛市给股民带来了大量的财富和希望，但股市里也并非是遍地黄金。其实，很多当大官的都炒股，身价过千万。曾经有位国家部委的副司长和她的经济学教授老公，靠着炒作重组题材，夫妻双双赚得几千万把家还，那可真是举案齐眉的佳话！你上着班，不是照样可以炒股嘛，非要辞职，可有点傻了。"

古锋勉强地笑笑。

是有点傻。股市里永远不缺傻瓜，傻瓜像韭菜一样，是割不完的，多我一个少我一个都无妨。但是将来能够建设出一个独特风格的主题公园，目前全中国只有我一个人，有这样伟大的创意，有详尽的实施方案……

第十章
疑是有恶庄

上午，古锋办完了离职手续，和昔日熟识的同事们简单地道过别，就离开办公室，出了市政府大院。他心里涌上来一阵从来未曾有过的轻松，之后却略微有点怅然。

阳光斑驳地洒落下来，如流水般，在依旧显得枯黄的树木枝梢上静静地流淌，马路上人来车往，喷泄着物质的欲望，吐散着世俗的气息。

古锋这才想到，该往哪里去？

蓦然之间，他竟感觉周围的一切显得如此陌生，而这分明是他以前再熟悉不过的地方了。他的心底不由地涌上一阵隔膜和孤独，或者是一种紧张和恐惧。犹豫了足足有买进一只股票、然后再卖出的功夫，他才决定，先到附近的证券交易所转转吧，以前顾虑自己的身份，生怕遇上熟人，除了那次开户外，还真没再去过第二趟。

过了五六分钟，古锋走到了新民路上。眼前这家证券所占用了一幢写字楼的底层商用房，由南往北呈长方形。古锋从南门进了散户大厅。

放眼望去，人头攒动，人声鼎沸，这场面让他不禁想起小时候去山区的姨家走亲戚，赶乡村大集时见过的那种热闹非凡的景象。大厅内的座椅差不多都坐满了人，一块超大的液晶屏幕上，滚动着实时的沪深大盘走势和股票行情。坐在椅子上的股民，大多是老头老太，虽是早春天气，有的人手上竟然摇着扇子，有的人还不时用毛巾擦汗。

大厅里空调开得温度并不高，但人多了室温自然升上来了。靠墙的几排人更有意思，拣菜的、拉家常的、带小孩的都有，乍一看去，还以为这儿不是交易场所，而是公共休息室呢。坐在液晶屏幕对面座位上的人，一边紧紧盯着大盘走势，一边和身边的股友交流着炒股心得，关注走势之余，时不时有人起身去操作交易。

古锋走过去，站在人群背后瞧了一会儿，心里踏实下来，因为ST科源又早早地涨停了。自从它发布公告声称“收到G市财政局的财政补贴六百万元”以来，它的股价已经连续在多个交易日以涨停报收。按这强劲的走势，回升到每股三元以上应该用不了多久。

他耳边时不时听到各种各样的议论。

“哎，我说的吧，泰宝飚上去了。”

“今天申安股份要涨。”

“对，它都跌了几天了，该涨了。”

“我看江中电力还不错。”

“瞧！东山黄金又要涨停了！”

“虎头股份是八块多买的，现在只有五块多了，唉！”

“明京啤酒怎么现在也套住了。”

“上海临梅有重组题材，听说庄家已经进去了。”

“不错，价格才十五块多，也不是很高。”

……

往北边望去，隔着玻璃幕墙是独立设计的中户室区和大户室区，区域内明亮而宽敞，显得很安静舒适，里边的配置和服务都是一流的，看来钞票的多少，能决定一个人生存的环境等级。

这时，沪指开始出现惯性下跌，电脑操作区里，许多股民陆续回到中间的座位上，大部分人都没有好脸色，茫然地看着液晶屏幕。将近十一点时，多头展开了一轮上攻，一会儿许多股票打开跌停板，沪指也眼看着要翻红，一些原本坐着的股民慌忙到电脑操作区去操作。

古锋眼睛有些发涩，他合上眼皮转了转眼珠，又张开来。

有个中年男股民手指飞快地敲打键盘，几秒钟后脸色一变，狠狠地锤了一下屏幕，嘴里咒骂着，发了好一会儿呆，才万般不舍地，将电脑让给旁边一个等得有点不耐烦的股民。自己则耷拉着脑袋，拖着腿，双目无神地回到旁边的座位上，斜靠着坐下。

古锋正四处观望，忽然被人撞了一下，忙转过头去。一个五十来岁的胖子朝他摆摆手，表示歉意，接着胖子满脸懊恼，嘴上有点自言自语：

“我跌停卖的，卖拐了，卖拐了！”

古锋夹杂在人群中，关注着行情变化，不知不觉到了十一点半休市。

大厅里的人出出进进，不但没有冷清下来，反而更加热闹了。外边有人送进来一些盒饭，不少人挤在椅子上吃了起来。这时，有个响亮的东北口音唱了起来，古锋听得有些耳熟，目光早瞥过去。原来是上次在市政府大门口唱快板的中年人，依旧穿着那件夹克，指手划脚地边走边唱：

自从被套后，跑去菜市场，看见菠菜我晕啦，眼里一片绿油油，专挑红的来购买，牛肉、柿子、红萝卜。

自从被套后，不喝啤酒了，改喝葡萄红酒啦，图个牛股红火火，还得喝点金银花，被套股票降降火。

自从被套后，做梦都看盘，梦见股票反弹啦，拉升飙涨绿变红，彻夜未眠快思考，割肉补仓费琢磨。

旁边有个大妈似乎是新加入进来的，她问别人：“说得蛮好，可样子有些不太正常啊。”

一个正在打毛衣的妇女别着头说：“可不是咋的，这个人我认识，市曲艺团烧锅炉的，几个月前他拿出所有的积蓄来炒股，头一次就道听途说，都买了认沽权证，可怜他误把权证当作普通股票，在行权交易日过期之后，还懵懂不知，待他发现时，委托认购的十多万元权证全部化为乌有。”

另一个老伯也摇着头，伸出手指指南墙边说："可惜，可惜啊，我亲眼见过，他就在那，啊，狠命地用脑袋撞墙，脑袋能不坏吗?"

古锋听了，不由地向唱快板的锅炉工投去同情的目光。这种事他从报纸上看到过。有的投资者不知道权证行权日和交易日之间的区别，在权证最后交易日前一天时，仍然大量买进几乎已经成为废纸的权证。而期满仍未行权的权证，会全部予以注销。锅炉工一定是把行权期当作了停盘，等到的结果只能是权证作废，白白损失掉了他的血汗钱。

这时候，有些人匆忙扒了几口饭，开始围成一圈打起了扑克，或者拿出象棋，在座椅上"跳马、飞象"地铺开了战局。锅炉工又倒背着双手，装模作样地高声诵道：

股价多动荡，疑是有恶庄。
举头望大盘，低头思减仓！

此时，阳光明亮起来，天纯净得像刚用牛奶冲洗过，空中慢慢蠕动着几丝云彩。肚子里有些咕咕叫了，古锋孤零零地站着，拿不定主意是下馆子吃，还是弄点盒饭到交易所里吃，忽然听到有人叫他。

"古科长，您也来炒股。"

古锋听到有人和他讲话，忙侧身一看，是个二十来岁的小伙子，很面熟，他快速搜寻着脑海中的记忆，原来是胡蓉的弟弟胡蒙，那次遭遇歹徒的时候见过一面。

"哎，胡蒙，你最近好吧。"

"马马虎虎啊。这个月的生活费用完了，我想从股市里转五百元出来救急，谁知有事耽搁了，只有等下午开市再说。"

"什么？你没有其他收入?"

"嗨，除了股票，我一无所有，要用钱我就得卖点股票。"

古锋明白过来，上前一步拍了拍胡蒙的肩膀，说："时间还早呢，走，一起去吃午饭。"

马路对面，有一家两层店面的粤菜大酒楼，门上贴了封条和转让布告。酒店旁边有几家小吃店。古锋和胡蒙挑了一家人少的进去。两人落座，挑着好的点了几样菜，要了瓶红酒，边吃边聊。

原来，每个月胡蒙要靠炒股的钱过日子，因为他所有的钱都押在了股市里。还在上大三时他抱着“一夜暴富”的心态，将打工积攒的六千多元都投入到股市中，毕业时炒到了五万多。这让他认为自己已经具备了股市拼杀的能力，大学毕业半年多，他没有寻找工作单位，而是专职炒股。

现在胡蒙所有的收入全部来自于股市，他的资产也从五万变成了八万。钱是可以生钱的，胡蒙坚信这一点。他平常的花销特别节省，为的是省下每一分钱来炒股。每个月房租八百元钱，除了必要的吃穿开支，其他的基本不用钱。平日里，他的身上不会超过五百元现金，实在没钱了，就卖一百股股票，把钱取出来用。

“我现在除了股票，几乎身无分文。我也知道，钱进去了就是一个符号，说不定哪天就没有了。”

“你以后如何打算？”

古锋有些关切地问。要知道，自己已经辞职了，目前跟胡蒙的状况有些相似，只不过基础好一些罢了。

“还没想那么多，等把买房子的钱赚够了再说。如今这社会，没钱想干什么都是不现实的。我们姐弟俩在这个城市里，别无依靠，只能靠个人能力打拼。”

“噢，你姐最近怎么样，还好吗？”

“她在报社找了工作，现在好了，就是李雅姐的事情，对她打击太大。你大概知道吧，我家庭条件很困难，姐姐上大学时的费用，主要就是李雅姐给她的。唉，我姐可后悔了，说她只顾留恋以前的好工作，没有到这里来，不然，可以经常陪陪李雅姐，事情就不会落到那地步……”

从小吃店里出来，古锋说头有点难受，要回家休息一下。他顺着马路走远了。

胡蒙看了看表，还差几分钟开市了，便一头扎进交易所的散户大厅。

大厅里的电脑操作区围满了人，都在专心致志地看着屏幕，忙着敲击键盘。胡蒙排到一位老太婆身边等着用机器。

她扭头看到他，叹着气说，她买的股票这两天已遭了两个跌停，她现在想把卖单输进电脑，没想到行情仍在跌。不过，旁边一位老大爷马上说，他是有近十年股龄的老股民，这两天大跌给他入场提供了机会。他怕买不到便宜货，揣着降压灵就赶来了，想趁着下跌之机增仓心仪的股票。

一些股民靠倒在座位上，仰着头，用报纸挡着脸睡午觉。

“今天肯定又是一根阴线！”又走过来一位老者，看看屏幕叹气道。

过了十多分钟，行情突变，多方展开反攻，原本气氛沉闷的大厅里响起了叫好声。老太婆磨蹭了好一阵子，看到她的股票还是止不住下跌，终于一狠心，卖了出去。

胡蒙占到了机子，急忙快速操作着，眼睛紧张地看着电脑屏幕。他的十多种股票基本上趴着不动，即使涨也像是蜗牛慢悠悠，心里就烦躁起来，干脆扔掉最差的几种。他很快完成了卖单，再进行买进。上周他曾看中了一只连跌五天的股票，认为这一周肯定要反弹。果然，这只股票正在往上猛冲，他便大胆地追高杀入。没想到，几分钟后该票居然跌停了！刚卖出的蜗牛股却活蹦乱跳起来。

唉！趁着损失不大，不能再待下去了。自己又犯了急躁冒进的错误。再待下去，肯定想赶快换回，来一番左冲右杀。可那样的话，效果怎么样，也未卜可知。

胡蒙丧气地出了证券所，顺着路边朝北去。刚好鲍辉从转角处的停车场跑过来，上气不接下气地说：

“走，没急事陪我到大户厅里转转。”

胡蒙跟在鲍辉后边，几乎一路小跑地进入证券所大户交易室。

鲍辉动作敏捷地打开了室内空闲的多台电脑，盯着仓内股票的动向，由于所买股票较多，资金量较大，他一人占据了室内的七台电脑。

胡蒙知道，证券公司一般会为资金量较大的投资者，提供专门的场所和多台电脑。像鲍辉的资金量有时超过千万元，仓内股票较多，在一台电脑上操作，显得比较挤，又不能全面地了解行情，占用七台电脑也不足为奇。

“嘿，胡蒙，什么时候干一把权证呀?”

鲍辉最近手头上的五百多万元炒卖资金，全投在了权证上，他半个月前靠五豆液权证的行情，净赚了三万元，把炒股不顺利的损失一并赚回来了。当时五豆液的认购权证交易价最高达到了十一点六元，而鲍辉的买入价是五点八元。在短短一周内，权证价格被推高了100%，让他得以从容地出货。

胡蒙摇了摇头，“听说炒权证能赚钱的寥寥无几，甚至不到10%，我怎么能跟你一样有运气，再说我不过区区几万元小钱，也不怎么懂行。”

其实他站在一边观察鲍辉操作时，也暗自考虑是否该炒一炒权证。权证买卖具有很强的投机性，比炒股票惊险得多。股票交易期为“t+1”，一般买入股票后的次日才能卖出，而权证不同，“t+0”的交易期决定了权证即时交易，因此行情瞬息万变，谁都无法预料买入一分钟后会发生什么事情，股民们常把这种刺激性称作“现开销”、“现兑现”。

“小钱怎么了，以小搏大嘛，收益更快。炒权证玩的就是心跳，非常刺激。里边也没多少奥妙，你只要记着，与炒股时的杀跌追涨相反，炒权证有点像炒期货，权证就是认购权的远期合约，要跌买涨卖。”鲍辉得意地说。

第十一章 官场好比一个大套子

晚上，古锋赶到G市一家有名的情人餐吧。

一眼望去，这家餐吧的店面挺大，门楣上悬挂着霓虹牌匾，黄色与蓝色搭配得相得益彰，一种暧昧从中而生。餐门的把手由两只心型的镀金铜球做成，门帘上镶嵌着厚重的羽毛呼扇。

古锋进去，挑了个靠墙窗的座位坐下。透过洁净的玻璃窗，附近街上的风景一览无余。侍者过来，他先要了一壶红茶，等泡过了一会儿，开始慢慢喝上几口。

整个下午，他在家直挺挺躺着，就是睡不着，他本来没有午睡的习惯。但刚刚辞了职，他一时有些百无聊赖，不知接下来应该做些什么事情，只好关门闭户，努力静下来理理头绪。后来，他想起上次答应申彤的饭局还没有落实，因为她周末老是到外地调研，便打电话过去约她。

打电话时，他曾经担心她有事走不开，或者是借故推辞，那样的话，他真的不知道该怎么独自度过这个晚上，他会觉得非常空虚。即使两个人约好了时间地点，他提前半小时步行赶到以后，心里也一直忐忑不安。

他看着街道上熙熙攘攘过往的人群，依稀听到车声人声混杂的交响，摇摆着的心始终无法安定下来，直到发现她的身影犹如圣洁的仙子一般翩然而至。

“……我知道，人生的路，往往一步跨出，就收不回来。如果要省事省力，低着头就可以顺着人潮抵达目的地，可那个时候，我肯定不会心甘情愿。眼下，我要寻找一程新的路标，绘制一幅属于自己的地图，即使这样的路，走起来真的很困难，我也要一直向前，直到成功。”

“我能理解你此时的心情。其实，什么叫成功？人打一生下来，就好像不停地被一根又一根的绳索给套住，每当挣脱掉一根，就是一次成功。我想，这世上并没有多少人能真正按照自己的意愿生活，能按照自己的意愿生活，就是很大的成功。来，为了你现在的成功，干杯!”

申彤说着话，满脸自信、淡定自如地和古锋碰了杯，然后吮吸了一小口“Saymag”牌红葡萄酒。她说过一向不喝酒，但今天这个日子比较特殊，她要陪他喝几杯。

古锋觉得舒畅轻松多了，胸中压抑许久的东西无声地消失了。他放下酒杯，感慨地说：“呵，我这也算是一种成功？谢谢你的鼓励。说起来，我的决定并非是一时心血来潮，想过好长时间了。每个月领固定薪水，花纳税人的钱，说些言不由衷的话，做些违心的事，这不是如同契诃夫小说中的‘套中人’一样，生活在套子之中吗？为什么自己不可以闯荡出一条路，实现自我解套呢？虽说我并不清楚，这种发自心底的召唤源自哪里，将把自己带往何处，可我还是迈出了最难的一步。我现在有点憎恨，我曾有过犹豫不决，还有事后的彷徨。”

申彤甜甜地一笑。她用叉子搅了一下盘子里的意大利通心粉。“没关系，一个人想好好做事情，千万犹豫不得，要勇敢地去争取。我支持你的选择，也相信你会实现内心的追求。其实，一开始我听你说了，我都有种犯罪感。”

“犯罪感?”

“对啊，你忘了，上次咱们谈起过官场，我的话太偏激了。”

“你怕我赖上你？放心吧，我是主动放弃工作的，将来流落街头也不会怪罪于你。嗯，让我再想想，你还别说，我这辞职，还真的受了不少你的影响。所以说，你是得对我负责！呵呵，以后的日子，我就把自己交给你和股市了。”

“好！我会尽自己所能的！”申彤敏感地捕捉到了古锋话里的弦外之音，她感到无边的幸福正向她袭来，一阵眩晕羞红了脸。她为了掩饰自己心里的变化，举起了酒杯。“拥有工作是幸福的，比拥有工作更幸福的，是主动放弃工作，倘若这种放弃是为了更好的拥有。我很钦佩你的勇气。官场好比一个大套子，没有几个人勇于挣脱掉，而更多人则争着钻进这个套子中，甘当‘套中人’，像每年的公务员招考，一个职位竟然引得数千人竞折腰。来，祝贺你的幸福解脱！”

“感谢感谢，我们共同喝一杯，为了更美好的明天。”

“好，干！”

她喝得太猛了，一杯酒下肚，马上咳了起来，有几点酒喷洒在她上身穿的金桐色灯芯绒毛领夹克上。古锋忙将桌边的餐巾纸递过去，她低头麻利地擦了擦衣服。

“没想到我陪你喝了这么多酒呢，你能喝你自己喝，我喝茶陪你。”

“你是担心我把你灌醉？不过，我还是要敬你一杯，感谢你对我的支持！”说着，古锋自个儿拿过酒瓶，将两个人的杯里又斟满了。然后端起酒杯兀自痛快地喝干了。仗着酒意，他大胆地说，“你真是我的知己。”

但他又担心申彤不胜酒力，体贴地说：“你随意喝吧。”

大半瓶酒基本上是古锋一个人消灭掉的，他的酒量本来不大，所以喜欢喝葡萄酒，如果是白酒的话，他早躺在这儿了。这会，酒劲上了一些，精神有些兴奋起来。他这会已经变得很开心起来，眼前的申彤给他一种优雅含蓄、香醇甜美的感觉，这让他开始有些心旌动摇起来。

申彤只是一个劲儿抿着嘴角笑。她清楚地知道，自己即使一个人喝光这瓶酒也没事，反倒是古锋一个大男人，竟然酒量这么小，瞧，他刚才向茶壶里加热水的动作已有点飘浮了。他沉静的脸，如同发酵得恰到好处的酒，无端端会让人有种沉醉的欲望。

他们的眼神交会在一起，尔后迅速散开，然后再汇聚，再闪开，如此反复了好几次。

申彤有些掩饰地举起茶碗，一连喝了几口。古锋凝神注视着她说："喝茶需要慢慢品，慢慢尝，一滴一滴吮舔，先浸温舌尖、喉咙，然后润泽身体的各个部位，这样可以细心体会出，里边蕴涵着怎样的滋味。"

申彤酸酸地微讽道："我哪里能体会到，你们坐办公室的那种滋润的感觉。平时上班忙个不可开交，只能偷空喝点纯净水，或者白开水。喝起茶来，在你眼里当然就像牛饮一般了。"但她眼里依旧满含着笑。

"呵，你就别寻我的开心了。那些日子已经过去了。现在的我要向你看齐，你有自己的事业，活得自在，是真正的女中豪杰。不过，生活上的节奏可不能总这么快。长期这么紧张，怎么受得了呢?"

"一切都是为了生存。我不是什么女强人，是生活把我推到今日这个地步的。其实，哪个女人不愿意静下来，有滋有味地品味生活？但那是有条件的。"她说着，眼睛深深地回视古锋动情凝视的目光，足足过了五六秒钟，才略有些慌张地躲开了。她的心事不由地像融化的冰淇淋，慢慢化作湿漉漉的甜蜜之水。

一直以来，申彤觉得自己实际上是这样一种女人，就像青木瓜一样外表质朴，剖开后里边是一瓢满满的粒粒晶莹剔透的种子，闪烁着珍珠般的光泽。虽说自幼家境贫寒，但她依靠自身的勤奋，半工半读完成了大学学业，拿到了经济学学士学位，然后来到G市。刚开始时，她在这里人生地不熟，日子过得十分艰难，慢慢地才适应了。由于对数字天生敏感，她对于股市行情总有超出一般人的预见能力。这使她在工作上如鱼得水，如今已经成为G市华信投资公司的骨干。她所领导的证券部持有合理的股票结构，不断为公司赚取着一笔又一笔的股市利润。个人收入上她也有了相当的积蓄，一个月前还交了全款，买了套高档次精装修的三居室，日子一天天过得充裕起来。关于爱情，她相信，上苍早已在她心里放了一颗幸福的种子，等着有人来为她浇灌，然后，这幸福会悄然绽放。莫非这个人她已经等到了？

她又举起杯来，慢慢啜饮着，这茶水果然清爽新鲜，香醇飘逸，让人通体舒泰。

两个人沉默了一会，古锋似乎想起了什么，问："申慧最近怎么样？还在找工作？"

"是啊，一直没有合适的。她没有什么学历，只念完高中一年级。现在大学生找工作都那么难，何况她呢。千儿八百的工作她不愿干，工资高的她又不够条件。她有些着急，但我希望她老老实实呆在家里，先看点书，学点东西。我不想她在社会上受苦受累。呵呵，她原本还指望着你帮忙找个国有企业呢，这下好了，怕麻烦，先撂挑子了。"

"啊，还真是怪我了。呵呵，看得出，你很疼爱你妹妹。"

"唉，说起来，我心中也有愧。你知道吗？小慧很聪明的，上学时成绩也很好，可为了帮我交大学的学费，她偷偷辍了学，先后到纺织厂、食品厂里打工，以爸妈的名义给我寄生活费。半年前她来G市投靠我，我整天忙着工作，顾不上她，结果她听信甜言蜜语，上了流氓的当。要不是你把她从元都洗浴城救出来，后果不堪想象。现在，我的收入还可以，她工作不工作无所谓，千万别再出事就好。哎，不说这些了，你真的打算一心一意当股民？"

"你看呢？"

"我想，股市可没有常胜将军，一个周期下来，最终能赚钱的只是少数。如果赚钱很容易，就会放松警惕，忽视风险，也许只要几个交易日，就会吞噬你一年的利润。要知道，拿破仑只是在滑铁卢失手过一次，但失去的却是整个帝国。所以，你最好找点其他的事情做，如果你把所有的钱都投在股市上，我很不赞成。"

古锋听着，微微点了点头。餐桌上有冒着热气、香味扑鼻的煲汤，还有五颜六色的水果，周围弥漫着沁人心脾的熏香和音乐，更重要的是，对面有一张温润的笑脸，让他心动，让他着迷。他觉得此刻的申彤，比以往他认识的所有女孩子都美丽可爱。

"你是说，我找个地方打工去？"

"你这样的人能安心打工吗？我是说，你拿一部分资金出来，搞个商业项目做，自己当老板创业啊。”

“我想过了，可想做的事情，没有很大的本钱做不来。”

“你想做的是什么？”

“这个，等以后再慢慢跟你讲，眼下呢，我只好先炒股赚钱，这里先说好，我拜师学艺，你要多费心，带带我这个徒弟啊。”

“我可不敢当！今天我还有失手呢，好端端的一只绩优股，老总贪污受贿，东窗事发，股价马上应声而落，一落千丈。”

“这种不确定性、不可预测性，谁都无能为力。我只不过是个小小的散户，在机构面前永远是弱者，不跟着消息走，迟早要赔钱。反正，我跟定你了，无论到天涯，还是到海角。”

“真够赖皮的！”

申彤娇嗔地说了一句，脸上满是绯红的云彩。她感到自己有些失态，头稍稍甩了一下，偏向一边去了。她接着说：“消息来源纷纷，人人都是内幕股神，我可不知道你到底要跟谁走。”

“嗨，假消息、托市消息太多了，难辨真伪。我以前炒股是听姐姐的，今后呢，听你的好不好？肥水不流外人田嘛。”

“又套近乎了。说正经的，你别养成靠听消息炒股的习惯。股市发展至今，坐庄者的游戏一直没有变过，常用的伎俩是‘助涨然后下泻’。内部消息发布者先期进入某只股票，然后联合各方力量托价，再吸引散户入场，推动股票价格上涨，然后悄悄地或者迅速地抛售，获取巨额利润。实践无数次证明了，听消息炒股，必输无疑。单从字面上看，‘消’就是要消灭你，‘息’就是要你休息。所以，不要听小道消息和道听途说，一味喜好追捧所谓的题材股、内幕股，不要听别人忽悠，那都是庄家拿钱买吆喝，倘若人云亦云跟风买股，一不留神就会充当了别人的轿夫，成为庄家出逃时的牺牲品。总之，听消息不如看盘面。你也需要学会关注股票的业绩、市盈率、行业前景等指标，那些上下波动的各种数据也许繁复枯燥，却最为直接客观，读懂这些技术数字，就等于读懂资金的变动，有助于做出最恰当的选择。”

“噢……我明白了。”

古锋长长地喘了一口气，故意摆出一种神秘的表情盯着申彤。申彤的眼波里荡漾着灵犀与感应。

“怎么了？”

“很多男股民都希望，能有个老婆当庄家，该有多好啊，无往而不胜。”古锋笑容可掬地说。

申彤飞快地瞥了他一眼，目光投向一边去。她的眼睛里好像盛满了整个海洋，唇部瞬间机械性地开启了一下，却没有说话，似乎所有的话语都从她脑袋里抽空了。

时间一分一秒不停歇地流过他们的沉默。情人餐吧里，装修布置得十分优雅别致，气氛富有亲和力，是很适合飞扬情愫的地方。双双对对情侣，或者窃窃私语，或者相偎相依。

等候侍者结账的时候，古锋望着申彤的一头秀发，不由自主地看呆了。她的发尾略微卷曲，自然地翘着，就像一个俏皮的小女孩。这种随性飘逸的感觉，让人想起春天里柔柔的风。她的目光朝四下里打量着。忽听她说：“你有没有考虑过可以开个餐馆啊。人可以不谈恋爱、不娱乐、不看书，但人绝对不可以不吃饭！”

“嗯，这主意不错。我以前也想过，只是，资金还是不到位。再说，我也有点担心自己太没有经验。”古锋在市府办时，曾经整理过有关G市餐饮业发展的材料。他知道，这一行业好像波光平静的海面，走进容易，但要往深处游去，也会遇到惊涛骇浪，要做出点样子、创出新意，并不简单。开一家餐馆，其实也可以是积累商业经验的一个步骤，能为将来创办少儿主题乐园打好基础。

申彤盯着古锋看了十几秒钟，“钱的事你不用操心。不过，我知道，钱不是最重要的。开餐馆不能凭一时冲动，有一系列繁琐的工作要做。这样吧，明天周六我休息，一起出去到街上转转，看有没有合适的地方。”

古锋没想到申彤做决定如此之快。这事他想了很久，却从没想过现在马上就去办。“倒是有一处现成的，新民路上的证券交易所斜对面，有家酒楼在招租转让，位置我觉得不错。”

“好，就先去那儿考察一下，我和小慧十点钟去等你。小慧也跟我提过，她想搞一个小吃店，最近在看几本酒店餐饮方面的书，让她跟着你干，好不好？”

“当然再好不过了。”

这时，脖子上扎着领带结的白衣侍者过来，双手将结余的零钱和一张收据递给古锋。古锋习惯性地刚想开口，要侍者去给他开发票，忽然想到他已经辞了职，不能像以前那样按月报销一笔招待费了，便伸手将零钱及收据接了过来。

他们走到街上，霓虹灯光和着月色倾洒在他们的周身，温柔得如流动的湖水。申彤目前租住的地方，离这儿不算太远，二十多分钟就可以走到，古锋要送她过去，申彤也没有推辞，因为他们各自心里，似乎还有很多话想跟对方说。

两个人并排着肩，顺着路慢慢向前走去，可一时间竟然都没有再说什么。

第十二章

最好的进攻时机

周五下午，胡蓉正在报社忙着核查广告版面，忽然接到王进礼的电话。

“胡蓉啊，这个周末我要出差到X市去一趟。你家不是在那边吗？我们一起去吧。”

“啊……好啊，我是想回去看看。”胡蓉觉得自己的心有些累了。

“那就这样，一个小时后我去接你，咱们今天晚上就出发。”

“这么快啊。我还一点准备都没有呢，能不能晚点？要是不方便，我就不去了。”

“你呀，听我的，什么都不需要准备。啊，五点钟，报社门口等你。”说完他果断地挂了电话。

胡蓉以一个女孩子的第六感觉，预感到这个握有G市财政大权的男人，将会完全改变自己的一生。实际上自从第一次见到王进礼以来，他就已经对她的生活产生了重大影响。

料理完李雅的后事，胡蓉接受鲍辉的邀请，为他的公司推销工艺礼品。李雅的死对她来说是一个谜。要知道那是内心多么孤傲多么坚强的女孩，视金钱如粪土，怎么会因为炒股赔钱而放弃生命呢？她不相信警方的结论。冥冥中有一种力量，促使她果决地辞掉以前的好工作，换到这样一个全新的环境中，这是李雅曾经生活过的地方。

那次，鲍辉说王进礼要召开全市财政大会，需要给与会者发放大批礼品，便让她去公关。她以为花费很大气力，也不一定能说服王进礼，可谁知刚打了一次电话，对方便答应见面看看样品。

胡蓉有点拘谨地坐在沙发上，精神有些紧张。听王进礼说这问那，简直像派出所查户口一样，把她的家庭背景和成长经历打探了一遍。后来，他从办公桌后边转出来，借着看礼品的机会坐在她旁边的沙发上。他的眼睛让她不敢直视，倒不是像有些肤浅男人那样色迷迷地过于直露，而是给人一种心里很熨贴却难以捉摸的感受。

那个下午，阳光正好斜射过来，空气中浮着无法消除的尘埃，叫人不得不眯着眼睛。

王进礼很是感慨地说："你一个单身女子，在陌生的城市里闯荡，真不容易啊。这让我想起了我自己年少时的蹉跎与坎坷，我只是比你大十岁，但我们走的路很相似，异曲同工啊。"

为了把礼品的订单签下来，胡蓉非常顺从地听王进礼讲着他的故事，家境贫寒，完全靠个人努力混到今天的地步。为了能够出人头地，他屈从于政治婚姻，娶了一个副部级领导的女儿，从此平步青云。可是他对她一点感觉都没有，而她因身体原因不能生育，整天除了跟圈子里庸俗的女人们打牌打麻将赌钱外，别无所好，他只能过着一种无爱的日子。而这样的日子常常让他痛苦不已。

听着听着，胡蓉内心里那种女孩子天性温柔体贴的细胞膨胀起来，她开始为这个男人的遭遇而替他在心里鸣不平。生活总是有缺憾的，没想到这个有权有势的男人，内心世界也和自己一样，过得有些无奈甚至有些凄苦。

屋子里沉默了一会儿，忽然王进礼用手轻轻碰了一下她的手臂，说："我要帮你，你所有的礼品我都会买下来。"

胡蓉抬起低垂的头，惊喜地问："为什么？你也不讨价还价？"

"你看着我的眼睛，就会知道为什么了。"

胡蓉发现她已落在他黑亮的眼眸中，便微微地笑了笑，"王局长，你的眼睛，女孩子是不能乱看的。"

王进礼紧盯着她，目光像是传说中的怪物一样，张着大嘴要把整个的她全部吞噬掉。他怪异地说："你真单纯，单纯得有些怯懦。像你这样的女孩子现在已经很少了。如今的女人比男人还主动，她们喜欢盯着男人的眼睛看，她们喜欢一种乱乱的气氛，甚至喜欢乱接吻，把整个城市都搞得泡泡糖一样。”

胡蓉心里有些扑朔迷离地问：“你跟我讲这些干吗？”

王进礼把目光挪向地面上的阳光，那儿有胡蓉头部和肩部投射下来的影子。仿佛时间过了一千个光年似的，等了好久他才说道：“其实，你才是我一直以来的梦中女孩。今天第一眼见到你，我就像被电到了一样，时光一下子倒回到年轻时。我觉得此时此刻就像是梦里。请原谅我，但是我没办法欺骗自己，你就是我一直要寻觅的……”

胡蓉听他打住了，便摇摇头黯然说：“不，我知道自己，我什么都不是。长得不漂亮，没有才情，没有地位，没有金钱，甚至连份体面的工作都没有，我活在这个城市里，在你们这些人眼里，算什么来着？可怜的多余人……”

王进礼一把扳住她的肩，诚恳地说：“你放心，这一切都会改变的。你要相信自己。你根本不懂你有多可爱，有多好。你也要相信我，我是你命中注定的人。你等着瞧吧，以后的日子我会让你成为幸福的人。”

胡蓉的心一下子冲到了云霄中，有些疑惑地自言自语道：“我好？幸福？”

她仿佛看到了一艘叫做泰坦尼克号的船在扬帆起程，听到了一首名叫卡萨布兰卡的英文歌曲绕梁不绝，那些令人动情的故事缠绵在风雨中，忽啦啦地呼唤着她。当初在大学校园中她一度很自卑，不愿接受任何伸到她身前的橄榄枝。受困于家境的贫苦，不得不利用课余时间四处打工赚钱，自己养活自己、支撑学业。她曾经多么羡慕李雅等身边的同学，羡慕她们轻松优雅的生活情趣，羡慕她们出手阔绰，出去逛街购物，从来不必计算多少钱……而她，要把一分钱掰开了花，在商场里只能看，还要忍受白眼，在超市里，为了一件小东西，掂来量去，不是必不得已的就不买，必需要买的只能挑最便宜的买……

难道，天可怜见，命运真的垂青于她了？不，她告诫自己最好不要相信，更不能感情用事，李雅的事可是前车之鉴！

她端起王进礼给她泡的一杯茶，有些颤抖地掀起杯盖，低头喝了一口，又轻轻摇了摇杯子，一副不知所措的神态。

王进礼又仔细观察了她一番，压低了声音说："你的好，你的美，都是无从说起的……你慢慢会明白的。"

王进礼连番的夸奖和好意就像一阵西风，将她越吹越高，她自己越来越轻，仿佛一片洁白的羽毛般在空中飞扬了起来。

胡蓉将那批礼品全部卖给了财政局，从鲍辉公司里领到了两万多块提成，就辞职了。王进礼说推销工作很辛苦，还常常得低三下四地求人，他答应帮她安排个好点的工作。无论工作有多忙，王进礼每天下午都会发几条短信过来，问寒问暖，还三番五次单独邀请她到各处高档餐厅吃饭聊天。他是个很会讲笑话的人，经常把她逗得忍俊不禁，笑个不亦乐乎。

渐渐地，胡蓉习惯了这个男人无微不至的照顾和关心，她感觉王进礼身上有一种特殊的吸引力，把自己身不由己地向他靠过去……如同中了邪一样，胡蓉竟然听从了他的话，她内心里隐隐地有种冲动，自己一向对感情要求得近乎苛刻，却似乎不能抵挡他的诱惑，她真的很想弄清楚，这是有着怎样的感情世界的一个人。

半个月后，胡蓉的人事关系档案就调入了市日报社，她成了正式员工。

五点钟，王进礼的车停在报社楼下。胡蓉急匆匆地朝他的车走来。胡蓉并非那种天生尤物，可她长相清秀，恰似清水出芙蓉，带着浓郁芳香的青春气息，特别是她穿着低腰牛仔裤，臀部更显得火辣动人。跟他的情人马丽相比，胡蓉才是他所欣赏的能够让他怦然心动的女孩子。再说，像马丽那种主动投怀送抱的女人，其实只不过是他发泄兽欲的一个工具而已。而胡蓉这样吊人胃口的女孩，才能弥补他情感上的荒芜。

他亲自驾着一辆黑色的奥迪A8。车里只有他们两个人，气氛有些紧张。王进礼好像心事重重的样子，胡蓉就没敢多说话，紧张地望着前方的路。

从G市到X市的路并不远，不过天已经彻底黑了下来。车开得很快。从对面冲过来的车在他们的眼前闪过一道道刺眼的白光，胡蓉觉得一阵阵眩晕，她心里有些害怕。

突然一个紧急刹车，将胡蓉重重地朝车前台摔去。好在她这次记得系上了安全带，否则后果不堪设想。

王进礼忙关切地问："没事儿吧，啊？"

"没事儿。"

"真见鬼了。这会儿怎么会堵车呢？"果然整个高速路在他们面前摆出了一条龙门阵。连紧急停车带都排满了车。

"是啊。"

"不行，我下去看看到底是怎么回事儿。你在这里待着别动啊。"王进礼是个敢作敢当的人，他会想尽一切办法为自己前进的路扫平障碍。

他跳下车，朝前面走去。没过多久，他就回来了。

"前面桥断了。早不断晚不断，怎么偏挑这个时候呢。胡蓉啊，你看车把路全堵上了。听说排了十几里路呢。今天咱们恐怕只能在这车里过夜了。"

"好吧。我没问题，你呢？不会误了你的事吧。"

"没办法。毕竟人算不如天算啊。你把车后背放倒，那样躺着舒服。你也可以趁机休息休息。"他看准了胡蓉是那种容易受人控制的女孩子，她缺少主见。你只要用强烈的意志就能左右她。所以，他对她说话的语气总像是在下命令，有点家长制的作风，但又不会让人觉得受不了，反而有被呵护的期待。就像今天的事，就是他故意这样安排的，他想多一点时间和胡蓉单独在一起，那样，机会就会更多，许多事要让她措手不及，一切听任他的安排。这次他觉得猫捉老鼠的游戏玩得差不多了，接下来就是馋猫尝腥的表演了。

胡蓉顺从地朝他笑了笑，躺下后眯起眼睛，打起盹来。不知怎么她想起了李雅。她们是老乡，李雅对她不很亲密，但有时候也挺照顾。那次李雅爸派人来接女儿，她曾经搭过一次车，走的就是这条路。唉，她一直很嫉妒李雅，最要命的时候甚至想过让她发生什么不测。现在她心里充满了愧疚和怜悯。可怜的李雅，命运不应该这样对她。其实同处一座城市里，我没有为她着想过。她的怪异行为，一定是因为内心受到过伤害。可从没人试图去宽慰她，用心去焐热那块寒冰。

王进礼总是毫不掩饰地盯着胡蓉看，他放肆的眼神眯溜溜地在她身上直打转。他知道自己有力量这么做，这个女人早已如同猎物一般掉进了他的陷阱。他敏锐地捕捉到她脸上一线哀凄之神，立即伏身上去。在她脆弱的时候，是最好的进攻时机。

在拒和迎之间，胡蓉应对着王进礼的热吻，她流出了伤心的眼泪。她搞不清楚自己到底在干什么，不知道什么是对什么是错。不知道这是爱还是无奈。

欲擒故纵，王进礼适时地控制住了自己的欲望。他爱怜地为胡蓉抚去泪水，信誓旦旦地许诺给她一辈子的幸福，绝不让她再受一点委屈。

第二天晚上，胡蓉从老家回来风尘仆仆直奔X市最著名的风味特色菜馆跟王进礼见面。

因为断桥交通堵塞他们在车里待了一夜，却仿佛经历了天长地久一般。她对王进礼讲了许多年少时的辛酸事，两个人谈的唏嘘不已。第二天早上他们才来到目的地，王进礼把她送到光彩商场，说要带她去购物。她有点胆怯，王进礼像亲密的情人般搂着她的肩，俩人相拥着走了进去。王进礼为她选了一套法国原产七分袖奶白长裙，全球限量版的。另外又为它配上件简约的黑色长风衣。她没想到王进礼这么懂得审美，还这么体贴。他还执意买了三套最新款时尚女装让她换穿，又从商场的超市买了许多可以带回家去的礼品。快十点钟时，王进礼说有事要办，给了胡蓉几千元现金，让她备用。胡蓉推辞不要，但王进礼摆出要生气的样子，她只好收下了。再说，她来的匆忙，自己身上的确没带什么钱。好不容易回家一趟，总不能太寒酸了。王进礼叮嘱她一定打车快去快回，并要她晚上赴约，说是要介绍几位朋友给她。

胡蓉来到饭店后，服务生领她进了一个包间。里面点着蜡烛，怎么没有人？正纳闷时，忽然一大片火红的玫瑰挡住了她的视线，她惊喜得像要把玫瑰全吞噬掉一般。闻够了沁人的芳香，她倒退了几步，果然，王进礼正笑容可掬地望着自己。她羞涩地低下头去。

“你太浪漫了！”

两个人共进玫瑰蜡烛晚餐之后，驱车往凯旋广场和金光大道驶去。路面上又宽敞又气派，夜景格外美丽，尤其是市第一高楼金光大厦，远远望去如同空中楼阁般壮观。兜了一阵风，胡蓉看着一幕幕精彩纷呈的街景，感觉不知身在何方，此时何时了。最后，他们驶进了莱文斯基大酒店，接待大厅里富丽堂皇的豪华程度比国酷大酒店更甚。

胡蓉一路低着头，跟着王进礼穿过酒店大堂。王进礼笑她过于拘束，说如果她挺胸抬头自然点，其实非常地美。但胡蓉总感觉处处有炙热的目光盯着她，让她浑身不自在地起了好多鸡皮疙瘩。

莱文斯基大酒店的这套包房，里外两间，配置格外高档。胡蓉站在外间的羊毛地毯上，四处打量了一下，走到一把铁艺的沙发椅前，身子轻盈地落在色彩斑斓的坐垫上。

王进礼大概是这里的常客，他熟门熟路地打开音响，房间里荡漾起柴科夫斯基的《如歌的行板》，曲调轻快明亮，如早春的天气里出外踏青一般让人觉得心旷神怡。

“小蓉，今天中午应酬时，有个外企的女会计师，说她的老外上司整天叽哩咕噜地，非常烦人，也难怪大家都叫老外洋鬼子。我问她，你们怎么不教老外说中国话呀。她说，当然教了，我教老外的第一句话是三个字。你来猜猜，她教的是哪三个字？”

胡蓉接过王进礼递过来的刚加上糖的咖啡，搅拌了几下，嘴角朝上一撇：“我才不说呢，你真会琢磨人。不过，在外企上班就是开放，这三个字大家不都心知肚明嘛。”

王进礼仰起头来，大笑几声说：“我怎么琢磨你了。是你想歪了，女会计师教的三个字是，我买单！哈哈哈，小蓉，告诉我，你以为呢。”

胡蓉嫣然一笑，不做声了，她的脸上飞起一朵红云。她觉得咖啡的气息在氤氲而升，空气中似乎飘着淡淡的苦味，浸在这样干爽的苦味里，她很喜欢。她站起身来，想走到窗台边去看看夜景。她留着一头直发，发尾参差不齐，给人一种轻薄通透的感觉。

王进礼出神地瞧着她的模样，早按捺不住了，绕到她身后，一把搂住了她。

胡蓉觉得一股致命的凉气，自后背向上游移到颈部，身体从心脏到手指，都在剧烈地哆嗦着。从跟着王进礼来大酒店的路上，她就知道今晚会发生什么样的事情。这并非是她的期待或是想象，她只是听凭自己的情绪，如失控的闸水，没有方向地流着。而真的到了这样的时刻，她本能地有些抗拒，只是这种抗拒是微弱的，更激起了他的兴奋。

王进礼感觉到欲望强烈冲击内脏，心里肿胀得难受，但他还是竭力控制一下，不使自己显得粗暴。他转到她面前，稍稍放松了一下胳臂，将头贴向她的脸。

他早已成竹在胸，脑子里又一次感受到权力与金钱的双重魔力，自从有了这样的后盾，他好像干什么事都能干成，简直像他所崇拜的古代马其顿皇帝亚历山大那样，无往而不胜。回到家里，他是让高干家庭出身的妻子很放心的好丈夫，每月的工资都一分不少地打到存折里，而存折一直交由她掌管，他的日常开支定期从她手里领。其实工资对于他来说只是杯水车薪，自从他跟马丽勾搭到一起后，花销很大，而这些花销不需要也不可能从每月相对少得可怜的工资收入中开支。他有自己的小金库，那是他把私自收礼受贿积攒下来的钱，投在股市中，现在翻番到几百万元了。而且，有了马丽那个精通财务的女人相助，他已建立起了一个更大的小金库，那是他利用职务便利，指使马丽将单位项目资金一千五百万元挪用到股市炒股，并将已赢利的六百多万元据为己有，供他们挥霍享乐之用。所以，他相信自己有足够的本钱来放纵情欲。

胡蓉的心有些慌张起来，不知该如何拒绝王进礼正在膨胀升温的身体，但他从她僵硬抵挡的四肢里读懂了她的恐慌，更加肆无忌惮起来。他熟练地吻住了她的嘴，如同捕到老鼠的猫儿一样挑逗着它的猎物，这亲吻又好比蜻蜓的飞翼般，在她的唇边游荡。

过了一会儿，王进礼一只手紧紧环绕着她的腰，带着贪婪的表情抱起了她。他大口大口地喘着粗气，脸仍然紧紧贴住她的脸，然后碎步走进里边的房间，将她轻轻放在床上。很快，胡蓉光洁如雪的身体如春天的玉兰花一样，蓦地绽放了。她的泪花溢满了眼眶，他由于激情肉欲而涨得通红的脸面显得模糊起来。

她仿佛看到，正在蓝天中飞翔盘旋着的一只白天鹅，突然被猎人的子弹击断了翅膀，疼痛的身体犹如宇宙陨石似的，无可救药地沦落下来。

第十三章

绝不拖泥带水

按照约定的时间，古锋提前五分钟赶到了新民路上。隔着老远，听到申彤喊了他一声，原来她们姐妹早已经到了，正在倒闭的酒楼门前转来转去。

“古锋哥哥，你好啊，好久不见你了。”

申慧一头秀发如瀑布般泻在背上，一双大眼睛水灵灵的，犹如出水芙蓉，清新可人。再仔细看上去，她的眉梢上依稀有点忧郁的蹙起，大概是过去的伤痛带给她的印记。

古锋微笑地跟她打过招呼，径直地走近申彤。她透过酒楼的落地玻璃窗，朝里边张望，说：

“这个地段真的好理想啊，我和小慧清晨起得早，出来逛了几条街，我们一直从南边走过来的。刚才跟周围的小店主们打听了一下，这家粤菜大酒楼是广东人去年来开的，开张时门庭若市，今年春节后一直门可罗雀，只好关门大吉。我已经联系了店主，应该快到了，到时看了里边的情况再说。”

“你做事真是雷厉风行。”

“这年头，其实机会繁若群星，不迅速决策，不付诸实施，往往会错失大把大把的良机，或者就埋怨幸运女神从来不会光顾。尤其商贸这一行，必须具有一般人所不具备的所谓第六感，要从繁杂的信息中理出头绪，立即采取行动，绝不拖泥带水。”

“你真是三句话不离本行。”

古锋正想说下去，却见一辆轿车缓缓靠在路边停下。来的正是粤菜大酒楼的店主，一对五十来岁、衣着光鲜的夫妇，他们热情地领着古锋仨人，里里外外、上上下下将一千五百多平米的店面看了个遍。言谈举止中，看得出他们很想将这个店快速出手。

夫妇俩说，这房产是市财政局下属劳动服务公司的，处得关系很好，公家的东西好说话，房租可以按月支付，每月九万元，资金紧张的话延期交没问题。这一块交接很简单，而他们只收五十五万设施转让费，基本上算是合理的价格了。他们想把这一块抓紧时间料理完毕，好回家乡，开餐馆太累了，利润上得慢，还有季节性亏损。他们很羡慕那些炒股的，既轻松，赚钱又容易。人家买，就跟着买，人家卖，就跟着卖。这样跟风几回，本钱就能翻几番。

申彤把古锋和申慧叫到一边，三个人合计了一下，决定接手这一家店。姐妹俩过去跟他们砍价，嚷着说大厅里的长方形餐桌太难看，不能要，让他们处理掉，还有其他装修布局上的一些毛病等。经过一番讨价还价，她俩硬是把转让费砍去两万元。

店主夫妇得知申彤在华信投资公司主管证券交易，忙和她交换名片，说是以后请她记得打电话给推荐几个消息股，接着他们主动将转让费又削减掉三万元。

花了半个多小时，大家把合同草拟出来。申彤跟店主夫妇讲，我们的钱全投在股市里了，必须等周一卖出部分股票，再正式签署合约，一次性付清全款。

女店主见状，有些不放心地问，会不会还有什么变化?

申彤表示没问题，只是手头没钱，不能马上交割。

女店主想了想又说，你们不必犹豫的，刚才看得很仔细，店里的设施设备等都用了不到一年，当时投了一百多万呢，还有装修上也花了一百多万，我们还没赚回来呢。如果不是家里有急事，我们绝对不会这么转让。看你们小俩口，又年轻，又精明，还懂炒股，经营这样一家餐馆，将来生意一定红红火火，干脆今天就定下来。

申彤的脸红了一下，没有接着答复。申慧瞅瞅姐姐和古锋，一个劲儿直笑。男店主拉拉女店主的手说，人家结婚没结婚，你就乱讲。啊，好事，好事，事业家庭两不误。

这下说得申彤更不好意思了。

古锋很诚恳地跟店主夫妇解释，不是我们有意要留一手，打算改日反悔不来盘这个店了。只是我们说的都是实情，要等周一开市后才能有钱可用。

男店主笑笑说，就是啊，我相信。我有几个朋友都是全职炒股，家里的每一粒米都要从股市上赚钱来买。

申彤略一思考，干脆利落地说，我们可先把合同签了，不过只能把定金这一项去掉，今天谈得拢，不会再变卦的。反正只等两天时间，下周二前一次性把转让费打到你们的账户上。

店主夫妇合计了一下，同意按照申彤说的办。古锋便把合同稍作修改，跟他们签署下来。

女店主看了看表说，今天接了电话就扔下所有事情赶来了，还得抓紧时间回去处理，不然真应该请你们吃顿饭，向这位姑娘好好请教一下炒股的秘诀，不过，还是想趁着这个机会，能不能简单地指教几句？

申彤也不好推辞，很大方地笑了笑，告诉他们，炒股时要注意，买进的股票不要太差，价格要比较合理，买进以后不要轻易割肉，涨一两块钱不要抛而宁可跌下来后再走。

店主夫妇听了，犹如被罩了一通雾水般不知要领，希望申彤说得稍微详细一点。

申彤只好给他们解释了一下。她说，时间好像餐馆厨师用的酵母菌，常常会把一个非常简单的投资行为，酿成一个非凡的奇迹。只要股票不太烂，价格不过高，就买进，然后耐心持有。要知道，股市风水轮流转，股票上涨是需要时间的，有许多股票之所以不涨，一个很重要的原因是时间未到，有的是暂时地被人遗忘了，有的是不符合当前的市场潮流，有的是价格还没有真正调整到位，有的是盘整的时间还不够长。而一旦万事俱备只欠东风时，通常只要有一点点催化剂就会涨起来，所以股市中常有咸鱼翻身的现象，上一年的烂股和冷门股很可能是今年的明星股。在聪明的市场面前，最好的方法就是让市场去决定。尽管你曾买过一百个股票，但最终你投资收益的90%将来自于其中的十个，为了不漏掉这宝贵的十个，需要舍弃一些蝇头小利，好让市场来检验一下，到底哪个股票会成为赚钱股。要记住，买股票不一定全部买对，但是在买到好股时一定要能赚到大钱。

听了申彤的讲解，店主夫妇满意地向她道谢，并请她一定记得帮他们推荐几支股票，如果真赚了钱，她要利润分成都可以。

时间已经过了正午十二点了。古锋他们辞别店主人，向北走到一个路口，然后转到东边的街上，又走了约五六十米，拐进一家环境幽雅的中餐厅。从门厅走进去先是一个庭院，草木葱郁，周边是古色古香的屋子，他们走进一间坡顶式、梁顶很高的餐厅。这个餐厅摆着家常式的小矮桌和小矮凳，让人觉得非常亲切。

他们叫了很多菜，边吃着饭，边计划酒楼经营的事情。先是商议了一下资金投入的事，确定下周一申彤出三十万元，古锋出二十万元，至于其他启动资金的投入，过几天视股市行情再定。

申彤一脸亲切地问古锋：“你这老板打算怎么当啊？”

古锋拖长了腔调：“你投资多，我给你打工，你定了调子，我才好去落实。”

“行了，你别打官腔了，再这么说我和小慧都不理你了。”

申慧心里忽然荡起了久违的涟漪，在一旁灿若春花地朝着古锋笑：“姐姐对你很好吧？我这亲妹妹，她都没舍得投资让我开个店。”

“小慧你说什么呢？”申彤红着脸，早抢过话去，“店已经拿到手了，必须尽快筹办开业。”

“我想呢，这个酒楼一定要有自己的特色，才能吸引众多的消费者，才能创出自己的品牌。没有特色的餐馆，生意是红火不起来的。这一带周边环境我比较熟悉，客流量并不是太大，反倒是炒股的人较多，中午时几家小吃店往往座无虚席，能换好几拨客人，几乎全是股民。所以，这应该是我们着重注意的一个服务群体。股民们爱聚在一起讨论行情，做得好的话晚餐时间段也能抓住他们。我听你跟小慧俩跟店主砍价时，说不要方形桌，我非常赞同，我们需要全部换成圆形的中餐桌。”古锋说。

“我和姐姐想的跟你想的应该一样。粤菜大酒楼用方形桌，是想可以随时合并成大餐桌，以接待没有订座的大群客人，可这样的客户群并不多。而小吃店里多用小方桌，一两人一桌，由于酒楼的菜价太贵，股民们便挤入小吃店了。我们不能搞得过于高档，中高档化就可以，股民中一定有不少人觉得小吃店档次低，我们把这些人都抓过来。”

申慧确实跟她姐姐说的一样，挺聪明的。她们俩早在古锋赶来之前，就进行了实地考察，观察了一段时间的人流量，又跟几个开小吃店的聊了聊，对于粤菜大酒楼的倒闭原因进行了一番讨论，这样她们还没有到店里去看，便已经看好在这一位置经营餐饮业的赢利前景。

“小慧说的好啊，如果以股民为主要的目标群体，我们跟小吃店的竞争并不太直接。小吃店是快餐，营业利润依赖于进餐人数。一人一桌，即使是几个朋友一块来，也不便左右回顾大声聊天，影响进餐速度。能让顾客快吃快走，才是最理想的餐桌形式。而我们酒楼呢，则必须使用大型的中餐桌，就是要方便群体就餐，尤其是对于股民来说，围坐起来，岂不是很方便于谈股论金？关键是我们如何设计菜品。中餐的菜谱很复杂，从凉菜到最后上汤、水果，用餐结束，最快也要半小时以上的时间。而吃饭的人聊起天来，海阔天空，一餐时间往往只能接待一茬顾客。不过，赚了钱的股民，今天你做东，明天我买单，我们的地方倒是不愁坐不满。晚上呢，我扔掉脸皮，多拉些公款消费的朋友来捧场，估计客源不成问题。”

申彤等古锋说完，莞尔笑道：“脸皮怎么能扔掉呢，你涂上点粉，厚一些不就行啦。”

“那我干脆带上个脸谱，给你们唱京剧算了，倒也是一个招揽顾客的卖点。”

古锋笑着说完，忽然想到一个问题，股民们发财后请朋友撮一顿总是常有的事，但是为什么不愿就近到装修规模大、档次高的粤菜大酒楼里消费呢？想到这儿，他有点疑惑说：“以前酒楼生意非常萧条，难道主要是菜价过高的原因吗？”

申慧点了点头，又灵机一动指指申彤：“我姐上大学时，在饭店打过短工，今天到店里看时，她老是笑，觉得我们做起来，赚钱不成问题，一定是早看透这一点了。”其实，她故意提起申彤曾经给饭店端过盘子的经历，她并不想让古锋觉得她姐姐太高大完美了。

“嗯，我正想说呢，今天下午我们抓紧时间，联系联系做装修。”申彤说话时沉静中带着几分精明与自信。

“店面挺干净的，先换个招牌，收拾一下就开业，不是快吗？”申慧一手托起腮帮，胳臂顶在桌面上。

古锋也说：“是啊，我们还是先招聘厨师和服务员，确定菜品，店面可以将就着用一段时间啊。”但他说完了，马上皱皱眉头，不禁一摸后脑勺，恍然大悟地说：“闹了半天，是这么回事啊。”

“你说怎么一回事？”申彤脸庞稍稍一侧，似乎有点明知故问的意思。

“是颜色的问题。”

古锋想起来了，酒楼里边的色调以绿色为主，浅绿色的墙面，草绿色的桌面，甚至连柜台上搁着菜单和几包餐巾纸，外表看去都绿盈盈一片。大概店主的本意是想使顾客感到安宁、舒适，体现环境的格调明亮而典雅，可谁知却犯了股民们的大忌。

他还想到，鲍辉不就是一个活生生的例子吗？为了在股市时有好运，那家伙养成了一些怪习惯，从不穿带绿色的衣服，吃饭餐餐要有牛肉。有一次自己问他管不管用，他笑着说，目前为止还比较有效，就当一种心理暗示嘛。

“古锋哥哥，到底怎么一回事啊？”

申慧在旁边催问。这时，服务员按古锋的吩咐，送上来两包用微波炉加热过的奶茶。古锋咧开嘴说：

“有个故事小慧大概没听过，听了就明白了。就说有个小伙子啊，看到同事们都炒股，他也按捺不住，跑到证券所里开了户，然后站在一边看屏幕显示的行情。旁边有位老大爷瞅了他一眼，说你一定是个新股民。小伙子心想他肯定看到我是刚才来新开的户。可谁知老大爷接着指指他身上说，老股民哪有穿着绿衣裳来证券所看股的？瞧你那挎包上居然印着一头熊！真不可思议。小伙子这才仔细打量打量老大爷，哦，人家六七十岁的长辈，居然穿着一件大红T恤衫，胸口上印着大红色的牛形图案。小伙子不禁面露失望，呆呆地站着。老大爷朝左右看了看，又凑过嘴来神秘兮兮地对他说，告诉你吧，我的内裤都是老伴儿用纯棉红布亲手缝的，透气耐穿又吉利……”

申慧听着，被逗乐了，说：“有意思，挺好玩的。”

申彤微笑地抄起桌上的一包奶茶，小巧的包装，清淡的栗色，封面印着一杯热气腾腾的奶茶，轻轻打着旋儿，若隐若无透出几般祥和之味。

“经营餐馆，颜色方面确实很重要。我上大一时去打工的饭店，是一家别具特色的餐厅，叫‘赛麦格全民新文化娱乐餐厅’，突出文化主题，在那儿我学到了不少餐饮知识。我刚去的时候，它的生意并不怎么样，老板琢磨了一下，将原先白色的墙壁和桌面漆成了浅蓝色，结果劣势迅速扭转，前来用餐的顾客络绎不绝。但是人们用完后迟迟不走，影响了翻台。老板又想了想说，蓝色可以带给人安宁、清雅之感，疲劳了一天，人们当然希望多坐一会儿休息休息。他便又将卖场的主色调改为橙色系列，结果事如所愿，顾客依然盈门，而且用餐时间周期缩短，增加了餐馆的翻台率，利润飞速上涨，接连在各大城市开了连锁店，听说他们目前正在酝酿着上市呢。话说回来，究其原因，就是活泼的橙色在激起人们食欲的同时，也使长时间停留在这种环境里的顾客坐立不安，缩短了用餐周期。”

申彤说话之间，将拆好包装、插好吸管的奶茶递到申慧手中，她自己又拿起另一包，麻利地拆下塑料纸，取出里面的夹层吸管，插进盒里，轻轻吮了一口。

她比较喜欢喝这种东西，一开始体味到的是牛奶的浓郁，但不经意间却有茶香暗涌，沁人心脾。她心里有点暗笑，古锋认为这是女孩子才喝的饮料，他只顾喝红茶，享受不到喝奶茶的香郁滋味，其实他不自主地像很多股民一样，也偏爱起红色调了。

古锋连连点着头说："没想到，你这么内行，快说说看，我们的酒楼该如何装修，不会大动干戈吧?"

"当然不需要，我们只需要稍做调整，几天时间就可以完工。店面的整体环境要改用红色为主色调，墙面可以粉刷成浅粉红，落地窗帘采用明亮的浅红布料，地毯可以采用金黄色，能调和一下大面积红色空间里，人们待久了的疲劳感。那个鲜绿果蔬的橱窗背景，采用粉红色，能使蔬菜的色泽更为青翠可人。饮料酒水台的周围呢，我们运用柠檬色加粉红色，能使顾客联想到又酸又甜的味道，产生购买冲动。在此基础上，我们对餐巾、菜单配以橙色加以对比点缀。这样的话，我相信是一个很理想的环境，热烈欢快，既充满活力，又不失雅致，还可以激发顾客的食欲。噢，对了，圆形的中餐桌，当然也用浅红色，大概能促使顾客快吃快走。不过，他们愿意多坐一会也不碍事。还有，门外的台阶要换成暗红色的大理石，招牌就定做成红底黑字吧。"

"我们的酒楼还没起名字呢，姐。"

"你古锋哥哥坐在对面，名字还不好起得很。"

"哎，今天从家里出来的路上，我是想过几个名字，但觉得都不合适，不说也罢。这字号起的好，有利于品牌的传播和生意的兴隆。瞧你的样子，肯定早想好了，别卖关子了，快跟我和小慧说说。"

申彤微微一笑，"好吧，我看是不是叫'股风大酒楼'?"

"啊，这下好啊，将来搞大了，古锋哥哥就名满天下了。"

"我知道了，你说的股风大酒楼，'股'就是股民的股，'风'就是刮风下雨的风，对不对?"古锋若有所思地拿手摸了摸下巴。

申彤点点头，"是啊，这样主题非常明确。"

古锋刚想说话，申慧却抢过话头说："是这个股风啊，也不错，看来，知我姐者古锋哥哥呀。"

"我说小慧，我怎么总听着费力呢，你们现在这些少男少女，开口就是什么MM、GG，行了，你少喊个字，叫我古锋哥，或者叫古哥、锋哥吧。”

“她还少女啊，都二十多岁了。”

申彤无意中这么一说，忽然想到什么，便埋下头去，接连吸了几口奶茶。而申慧先是一愣，也低头吮着奶茶。

古锋注意到，这短短一瞬间，申慧眼中的快乐马上黯淡下来，脸上的笑容迅速消失了。刚才申彤的话一定让她触到了过去的伤痛。他急忙调和气氛地喊：

“服务员，再拿三杯奶茶来……呵呵，我也尝尝，看你们喝得津津有味，让人馋得直流口水。”

第十四章

怀才就像怀孕

周日忙碌了一天，古锋和申彤姐妹分工行动，酒楼开业所需的各项准备工作进行得井井有条。下午的时候，古锋接到古雯的电话，说是爸妈叫他晚上回家吃饭。

古锋心虚，爸妈得知自己辞职的消息后，已经打了好几个电话劝他，看他仍然一意孤行，这不，就勒令他回家。真不知道回家后怎么挨批呢。他跟申彤打了声招呼，下午五点钟时便坐上公交车回家。

以前他回去时，要么是单位或是朋友们的车接送，或是打出租车，几乎用不着挤公交车。当靠在站牌旁等车的时候，他的脸上循环呈现出由期望、焦急和不安调制出来的表情。偶然之间，马路尽头好像有什么特殊的噪音，他便随着旁边的人，一起向噪音传来的方向注视了片刻，随后又把脸摆正，重新茫然地等待。

马路两旁高大的梧桐树翠重荫浓，似乎催化着人们的焦急心态在不断地膨胀，扭曲成一大团乱麻。从不远处的几家小吃店里，顺风飘来一些油烟味，渗入阵阵汽车尾气中，让空气变得污浊不堪。

耳畔里灌输着噪音，鼻子里呼吸着恶劣的气体，这叫古锋内心中产生了一种压抑、烦躁和窒息感。终于等了足足有半个小时，他坐上了公交车。再回味一下等车的感觉，他开始体会到这也算是辞职的“后遗症”，如果坐惯了专车，再挤公交车难免会觉得是活受罪。车上的人很多，他手拉着车顶的吊环，来维持身体的平衡。一路上大站小站停车下人、上人再开动，加上去往东城郊的路面多年未经整修，颠簸得很厉害，走了一个小时才到站下车，身子已经有些疲倦不堪了。

古锋的爸妈一直住在这个地方，虽说房子旧了些，但这是套位居一楼的三居室，南边带着一个五十多平米的院子。院子里摆满了奇花异草，让人感到春意盎然。古锋的爸爸当了几年校长，没退休时就特别注意抓环境绿化，学校成了全国闻名的花园式中学，现在闲居在家里，养花更是一大要紧事。春天的风暖起来了，院子里一片姹紫嫣红，时有蜜蜂飞舞，单看这一处倒有世外桃源之风。显然，这儿居住起来，比新建楼盘里不带院子的一楼要舒服多了。

进了家门，古锋看见爸爸正跷着二郎腿，坐在沙发上翻报纸。他音量适中地喊了一声“爸”，古校长哼了一声，继续埋头看报纸。

古锋听到厨房里响着抽油烟机的声音，夹杂着炒勺翻锅的动静，他走过去，是他妈妈在炒菜。他进去叫了一声，“妈，我回来了。”古妈别过头来说，“你有一段时间没回家了，这回总算工作不忙了。”古锋低着头应了一声，想在一旁搭搭手。古妈不露声色地说：“你到客厅里歇歇，在这儿反倒碍手碍脚。”

回到客厅，古锋有些尴尬地不知该说些什么，又不知是坐下还是找点事儿做才好，恰好古雯进门来给他解了围。古雯放下挎包后，跑到厨房里，抢过妈妈手中的家什。两个人一起做菜，并絮絮地说着话。过了会儿，一顿营养丰盛的晚餐烹制好了。古锋也早洗过手，来来回回往客厅里的茶几上摆饭菜。共六菜两汤，蔬菜、豆类、肉类、水产品样样俱全，每道菜用一张精致的盘子盛着，份量不多不少。

“爸，该吃饭了。”

古雯靠着爸爸的身边坐下来，她身穿一件黑颜色的羊绒毛衣，上衣玉颈处衬出洁白的衬衫领口，显得朴实大方，天然无雕饰。古锋瞅了瞅屋里的情形，去一边拖个马扎坐到茶几旁。古校长这才放下报纸，摘下老花镜，去洗了手，然后从客厅里靠墙的立柜里取了瓶白酒，走回来坐下，自斟自饮。他背后的墙壁上，悬挂着一幅腊梅斗雪图，隐隐散发出一种生机与活力。

古妈推了一下古锋说："还愣着干什么，吃啊。"古雯也拿起筷子，拣着青菜吃起来。过了一会儿她好像想起了什么，从茶几下边拿出个带手柄的玻璃保温杯，站起身来到立柜那儿取了点茶叶，然后泡了一杯过来。她泡的是苦丁茶，说是这几天工作太累，嗓子上火。

"你工作累，你弟弟可轻闲着呢。"古校长说着，一仰头，一杯酒全下到肚子里。古锋略带自嘲地笑笑，忙抢过酒瓶，给爸爸重新斟满酒，又拿起茶几上的紫砂壶，给爸爸的青磁雕花茶碗里添满水，然后晃晃茶壶，去加好了热水，才安坐下来夹菜扒饭。

一家人像往常一样吃着饭。虽说古雯尽量找一些轻松的话题来说，可空气中总缺少了以往那种和谐的气氛。古校长还没有表现出对古锋辞职的强烈反应，但他越来越变红的脸面上阴云正密集起来。古雯的丈夫前不久刚去中央党校，要学习半年时间才能回来，古妈问起了女婿的事，古雯说一切都很好，每天晚上他会打个电话回来。

古妈听了点点头，压低了声音说："等他学完了回来，你们也该考虑要个孩子了，趁着我跟你爸身子骨还行，帮你们把孩子带大了。"

古雯笑笑说："到时候再说吧。"

一会儿，古锋姐弟俩和古妈的饭都吃得差不多了。古校长的酒也喝足了，他把酒杯朝茶几上反过来一扣，接连吃了几口菜，喝了半杯茶水，也不吃饭，身子朝后边沙发背上一靠，表示这顿晚餐吃完了。古雯和古锋忙起身收拾了桌面。古锋想在厨房里刷碗洗盘子，古雯早夺过他手中的海绵布，叫他到客厅陪爸爸妈妈说说话。

古锋返回客厅，看到爸爸杯里的茶水快喝光了，忙去重新加满。古校长紧紧地盯着他，目光一圈儿一圈儿地洇开来，带着繁复的钩钩刺刺。"这怀才就像怀孕，时间久了才能让人看出来。"

"老头子，你胡说什么呢。"古妈起身去打开了电视，以缓和室内即将升温的火气。

"就是嘛，怀才不遇，一个小小的科长看在眼里了，我理解。可古锋猛地这一折腾，一点缓和的余地都没有。人家郝主任，噢，现在是郝主席了，还打电话来问呢，他说古锋有才有识，官场争斗在所难免，应该沉住气嘛，这下好了，放着好好的公务员不当，下海炒股，这闹得是哪出子戏？你觉得炒股就赚钱了？过去是三年清知府，十万雪花银。如今那胆子大的，是三年副市长，一亿人民币。老老实实待在公务员行列中，就算再清正廉洁，毫不费心地就是中产阶级。啊，你这好了，一举成名啊，偌大一个G市，就你会逞能！你姐夫人家从一个清水衙门办事员做起，这回去学习，回来后稳稳地做个县委书记，这多好！股市是什么地方？股海里的巨浪防不胜防，你非得给呛上一肚子咸水，才知道后悔，别到时候连后悔都来不及啊。”古校长用愤懑而不解的目光盯着古锋。

古锋垂着目光，不敢吭声，他知道这时最好是他少说话，让爸爸发泄一通，不然忍不住顶起嘴来更伤和气。

正好古妈换台时，一连几个都是在播出股评节目。古校长用手一指说：“折腾了这么久，我看不来行情，这些花花绿绿的数字，像天书一样。你好啊，变成天师了，靠盯着这些东西，就能赚钱？这年头，可真邪了。好，有本事啊！……”

古锋不敢做声，小心地喘着气，听凭爸爸东一头西一头地数落着。

这时，古雯忙完了厨房里的活儿，过来坐到古校长身边，假装若无其事地说：“呵呵，今天吃得真尽兴。我在那边的小家里，是个擦盘底的，做了满满一桌子菜，每次总有剩的，我不忍浪费，只好收拾残局。”说着她朝古锋使了个眼色，古锋会意地打趣道：“我猜，这就是你的腰围一直没减下来的原因！”

“减什么，又不胖，你公司里事多，多吃点饭，保证营养才行。”古妈打量了一下女儿，很体贴地说。

“嗨，事情都是做样子的，耗时间，不费心，也没什么。”古雯正想再说点什么，却被古校长打断了。

“雯雯，我记得你以前跟我说过，在炒股暴利的掩盖下，一般投资者会错误地判断上市公司真实的盈利能力和发展前景。你说，像你弟这种人想靠炒股谋生，能有什么保证可言？”

“保证谈不上，但眼下股市的热度还在直线上升，趁着这机会能多赚下点钱存起来，倒是也行。我有个在市法制办工作的同学，一个月工资只有两千多一点，但她发工资后的第一件事情，就是把钱往股市的账号上存，她的钱全部变成了股票。她今天打电话还跟我讲，看着那些数字一个劲地往上涨，心里很有一种满足感。大弟的做法是过于轻率，但木已成舟，现在要想着多从股市淘金。”

“淘金？我虽说不懂，可也知道，这股市像小孩的脸，上一刻还笑容满面，下一秒却乌云密布。在股市的震荡中，再巨大的盈利也会流失了，怕就怕，只不过是潇洒走一回。唉，还是你姐夫让人放心，一步一个脚印，过上几年止不定能当上副市长、市长。古锋，就你让人犯愁！”

古校长皱着眉头越说越激动，他说的是实际情况。古雯的丈夫在一个郊区县当县委副书记，被选到中央党校学习去了，下一步应该前途一片光明。

古妈瞥了古校长一眼，和蔼地说：“老头子，我们当这么多年老师了，都知道，人和人的性格差别很大，人各有志。你要相信儿子是一只鹰，他被关在笼子里，就算笼子是金子做成的，并且随时放满了精美的食物，他也一样不快乐，因为他不能够飞翔。不管怎么样，我们要相信自己的儿子，只要能开心地生活就好。”

古锋直了直身子，眨巴眨巴眼睛，激动地说：“我从小一直很听你们的话，很少违背过你们的心愿，就请原谅我这一次自作主张。你们一直很关心我，处处为我着想，我心里都清楚。虽说辞了职，但我一定会尽快干出点名堂来，让你们放心。”

古妈听了，表示信任地点点头。古校长一时也没有说话，兀自斜长着身子，去摆弄旁边花架上垂落着的一盆吊兰花葶。古雯端起一个泡着苦丁茶的玻璃保温杯，微微吮吸了一小口，尔后把杯子又放回到镂花茶几上。

古锋的目光落在她手里的杯子上。只见切成碎片的小叶子在沸水中载沉载浮，水被浸染出浅浅的绿意，一股淡淡的苦涩清香升腾着。他认得，这个杯子已用过一些年岁了，上边嵌有扬帆启航的图案。他最初喝苦丁时，好像是上高中时的一次轻感冒，喉咙有些疼痛，妈妈用这个杯子，泡了茶递给他。当时他急切地喝了一大口，有点烫不说，而且很苦，完全不是平日里常喝的那些茶水的味道，是一种陌生的苦涩。他一时接受不了，放下了杯子。后来，是在妈妈的催促下他一小口一小口地喝了下去，喝光了又泡上再喝上两回。接着一连几天妈妈都让他喝苦丁茶，没想到那次一点药没吃，喉咙就恢复正常了。

此时，古锋有些走了神。他盯着古雯的这杯带着微绿的茶水，心想，究竟是什么样的树叶会有这样古怪的味道呢。入口苦涩无比，过上一会儿，口中的滋味变得甘甜起来。喝苦丁茶，要心平似水，每次只喝那么一小口，再慢慢品味，会感觉到清凉、甘甜，心中的郁闷和火气就会一扫而光。人生酷似这样的茶啊，先苦而后甜。但愿自己这一次的选择，能够迅速品味到成功的果实……

“唉，雯雯，你在上市公司里上班，又会炒股，往后多教教你弟。”古校长拿手指不停地在膝盖上敲敲打打。

“爸，这您放心。如果不了解股市，最好一分钱都不要投，投进去就是无尽的风险，而且在自己的把握之外。哎，古锋，你给我记住，就算你以为自己再怎么了解股票，投资的总额也最好不要超过总资产的50%。股票毕竟不能流通，离开股市，它本身不具有任何价值。还有，你不会只想着炒股吧？有没有别的什么打算？”

“昨天刚盘下一家酒楼，在新民路上，估计十来天就能开业了。以后你们公司的客户给多介绍一些过去。”

“好啊，民以食为天，这年头是个好商机。找几个手艺好的厨师，凭你的头脑，赚钱没问题。”古雯马上表示了支持。

可是古校长听了，很不以为然地摇摇头，叹了口气：“雕虫小技，放着国家干部不当，当个私营饭店小老板，这商机也未免小了点。”

古妈的意见却和他不一致，“开酒楼也好，总比把钱扔到股市里放心。小商机怎么了？小商机看不上眼，大商机又做不了，只在原地站着，才不是个办法，这样永远也成功不了。我以前班里有个学生，开了家饭庄，这才几年呢，早赚了一两百万了。对了，锋儿，你开的是酒楼，还挺大不成?”

“稍有点规模，总共一千五百多平米的店面。”

“你哪来的本钱？股票全部卖了吗?”古妈关切地问。

“没有，是跟朋友合伙开，我出个二三十万便可以启动，股票只卖了一部分。”

“是哪里的朋友？可靠吗？合伙的生意难做，赚了钱意见更多。”

古校长的酒劲已经消下去了，只是脸仍然显得十分红亮。古锋听爸爸问他，略一思索回答：“是投资公司的朋友，跟你们说也不认识，等将来见了你们就知道，肯定很可靠。”

“这样还行，有人愿意投资就好，说明你的项目还可以。”古校长嘟囔着，眼睛开始盯着电视屏幕不放，这会儿刚好开始播出中央台的新闻联播，这是他每天必看的一个节目。

古雯看看古锋，鼓励地说：“先从餐饮业做起吧，不积小步，无以成千里。如今社会生活是丰富多彩的，消费需求也五花八门，关键在于发现。有时，生活的难点往往成了消费的热点，犹如一把丢失了钥匙的锁，要害是谁能将它首先打开。这需要一双慧眼，方可捷足先登，打开财富之门。要想尽快成为实业家型的富翁，你还得多动动脑筋啊。”

古锋连忙点点头。古妈自个儿想了一会，忧心忡忡地问道：

“你现在还没成家，我可担心姑娘们看你没了工作，丢了金饭碗，会瞧你不上眼了。听说，现在很多年轻女孩，非公务员不嫁!”

古锋一时不知道怎么说起。他的脑海中浮现出申彤的影子，他的眼睛不由地闪现出一丝特别的光亮。

古雯又拿起保温杯，喝了一小口苦丁茶，然后别着头盯着古锋，仿佛捕捉到了什么，说：“算啦，妈，他也老大不小的，这婚姻大事我们谁也管不了，由他去吧。”

“这哪成？如果有好姑娘愿意，你们的事儿早点办了，省得爸妈操心……”

古锋变得支支吾吾起来，起身说要回自己的住所去。古雯说她今晚要住在家里，明天直接从这边出发去上班。

“你等等。”古妈跑进靠院子的卧室里去，一会又出来了，手里拿着一个存折。“我跟你爸商量好了，你刚辞掉工作，没了工资，做什么事都需要钱啊，拿着，这是前年用你的名义存的十万块钱，本来计划着给你结婚办喜事用，明天正好到期了。你先取出来拿去用吧。”

古锋一阵感动，握住妈妈的手，犹豫了一下，他知道爸妈这样的决定，是表示对他的支持。虽说爸爸嘴上发牢骚，他们心里都很不痛快，但对于自己的关心厚爱，并没有稍减半分。

“妈，爸，我现在的钱还能应付。”

“给你就拿着，算是我们也入股了，还怕我们拿分红不成？我现在说什么也没用，只有你把酒楼给办好了，我们才放心。”

古锋听了爸爸的话，心里更是热乎乎的，只好把存折接过来，塞到钱包里放好。

出了楼洞门，耳边稍微听到丝丝风声，凉凉的，可古锋一点也不觉得冷。他回过头，跟出来送他的古雯说：“姐，你回去吧，我还要你送嘛。”

“哎，等等，你老实跟我讲，跟你合资开酒楼的，到底是什么人？是不是个女孩子？”

“这，姐，什么事都没谱，我跟你讲什么。”

古雯嘿嘿一笑，一阵凉风吹过，她身子缩了缩，轻轻咳嗽了一下：“你还瞒得了我？爱一个人，好像这咳嗽一样无法掩饰，不爱了也一样无法掩饰。今天妈催你成家时，你的表情说明了一切。还有，你刚才的话，等于肯定了我的揣测，你所说的合伙人是个女孩。刚开始听到你辞职，我就琢磨呢，里边一定有缘由，年轻人容易为感情所左右。告诉我，那女孩怎么样？”

古锋装作若无其事地耸耸肩。“姐，不是你说的那样。你让我说什么呢？我真的不知怎么跟你说，再等一段时间好吧。拜托，你先别跟爸妈讲，省得谈不成，让他们忧心。”

“你知道就行，一家人现在全为你忧心了。如果人家还对你有意，就像咱妈说的那样，早点确定关系，不结婚的话，也先订了婚再说。”

“好了，好了，姐，我记住了。一切顺其自然，你快回家去吧，外边冷。别感冒了，改天我们俩再聊。还有，科源的股票怎么样？我明天想出手一半。”

“很快要有利好消息，你急需钱，凑够了就行，尽量等等看，时机还没到呢。”

“好，姐，我听你的，我走了。”

古锋轻轻地把姐姐推进楼洞门，然后加紧步伐顺着楼前的小道走去。刺眼的路灯光与隐约的月光下，路边嫩绿的树叶变成了朦胧的树影，时不时传来几户人家的说笑声，以及放大音量的电视节目声。

第十五章

该扔的都勇敢地扔掉

星期一开盘后，果然跟古雯讲的一样，ST科源的股票一个劲儿往上升，很快就涨停了。它再次发布公告声称“收到G市财政局的财政补贴九百万元。”

古锋在交易停止前一分钟完成了操作，他以三点六五元的价格卖出了三万股，账面上多了十万多元的资金。这样，加上父母给的十万元，他凑了二十万，给申彤的账号转了过去。

他出了证券所，去酒楼巡视了一下装修的情况。因为时间要求的紧，有十多个工人在忙着漆墙、贴砖等，进度还挺快。

古锋站在门口，打量了一下还没有摘下来的“粤菜大酒楼”招牌，心里想，辞职后这几天过得很充实，一天到晚忙个不停，联系这个，招呼那个，这完全是自己的事情，不上心抓怎么行？生活仿佛一夜春风过、梨花遍地开似的，发生了巨大变化，自己摇身一变，马上成了一个饭店老板，而这个角色并不需要你有什么名牌大学的学历，也不需要你有多么高深的学问，一个小学毕业生都可以干起来，早起步的很多人早已资产上千万，俨然是大富翁了。自己折腾了几年，反倒落在他人后边，刚刚开始起步。真是世事难料啊！

阳光如同幸运女神的光彩似的，明媚地洒落下来，照得脸上格外惬意。古锋抬头望望天边的浮云，在内心里感慨地对自己说，过去你怎么样并不重要，关键是你现在怎么样。

马路上来来往往的行人车辆，川流不息，幻化成一副真实的都市景象。靠街的甬道上，走过一个身着紫灰色职业套装的年轻女孩，随手将喝光了牛奶的包装盒扔进了伫立着的圆形垃圾筒里。她不经意地回头望了一望，继续顺路朝前走下去了。古锋的目光被她的背影牵到远方，心绪也如麻线般扯远了。

其实，在人生路上，当一路走一路拾起什么的时候，最困难的是丢弃点什么。走得累了，走得疲倦了，应该稍作停顿，尔后打开行囊，清点清点杂物，把那些该扔的，都勇敢地扔掉，不要因为来得太容易，就能果断地扔掉，而那些曾经花费了很大气力才捡到的东西，就舍不得……

古锋正出神地想着，口袋里的手机响了。是申彤，问他现在人在哪里。古锋告诉她，在看酒楼装修呢。申彤又问了一下装修的进度如何，然后说，她刚刚查看了一下她的账号，已经收到古锋转去的二十万元，她马上凑够了五十万，打到了店主夫妇留下的账号上。

挂了手机，古锋心想，这个申彤办事可真够麻利的，如果有她常在身边督促，自己身上沾有的拖沓习气，用不了多久就会被冲洗掉，这对于自己干事业非常有帮助。而且，两个人见面次数有限，相处时间也短，但彼此已经有了一种难言的默契。昨晚姐姐问得太突然，她的感觉太敏锐了，其实自己真的没有把握，跟申彤是保持纯粹生活中的异性朋友，再加生意上的伙伴，还是发展成难舍难分的知心爱人，现在来说也不能确定，申彤表现出来的好感，或许还是出于感恩自己救过申慧的缘故，如果她的心另有所属，该如何是好。

古锋心事翻飞地走进酒楼，坐在靠窗的一把餐椅上，这个窗子刚好是能打开的那种。他又站起身来，将窗子打开了才坐下。空气里散布着一种奇怪的涂料味，和着外边徐徐吹进来的凉风，既不是特别刺鼻，闻起来却也不甚舒服。他只顾想着心事，一时忽视了这样的气体正在潜隐地污染他的肺腑。

他的目光投向外边的马路，偶然看到一个穿牛仔装的青年人，是胡蒙，远远地从证券所南边的门走出来，踱到斜对面，进了家小吃店。今天也不知道胡蒙的运气怎么样？他手头有十多支股票，应该总会有涨的，大盘的走势不错。还有，胡蓉怎么样了？好像她还是怀疑自己是害了李雅的“套中人”，到底那个人是谁呢？

古锋双手擦了擦稍稍发涩的脸面，接着双手手指交叉起来，托在下巴上，出神地想着。

不知不觉，古锋一直傻坐了四五十分钟。环顾一下四周，他感觉胸口有点发闷，这才意识到，是装修中产生的有害气体在偷偷作祟。他站起身来，跟装修的工人们说了声，“你们注意把窗子多打开些，空气有污染，伤身体。”有个看上去只有十七八岁的青年，毫不在乎地说，“早习惯了，没事。”

走到外面，古锋一连做了十多个深呼吸，感觉好了些。

胡蒙从不远处的小吃店里出来，急匆匆地跑过马路，进了证券所。酒楼这边离那边不近不远，约有五六十米的样子，古锋也没什么事，就没有喊胡蒙打招呼。他定了定神，招手打了辆出租车。他得赶时间，去办理工商注册、卫生许可证等一系列琐碎事务，幸好由于以前的工作关系，他能找得到熟人照应，不然可麻烦多了。

到了星期五上午，古锋把前几天连续涨停的科源股票，又抛出去三千股，换得了十五万多，用于酒楼的开支。此时，他在科源这只股票上的投资获利十分丰厚，十八万多的投入已经换回了二十五万多，而他手中剩余的股票市值已超过五十万了。

一周之后，开办酒楼的各项事情落实得差不多了，除了新装修后散发的气体有些难闻之外，其他硬件方面都已经准备好了。跟以前的酒楼相比，环境的主色调迥然不同，布局上也有了很大改观，处处体现出一种旺盛的强劲的活力。根据申彤的提议，在一楼大厅里选取适当的地方，安装了五台液晶显示屏，另外靠东墙的转角处，专门辟出一个空间来，采用网吧风格的摆设，配置了可以上网的十台电脑。大门外边的新招牌也已经换上去了，蒙着红红的粗布料，还包了一层厚厚的塑料纸，大概是怕早春多变的天气，会突如其来一场风雨。

这个周日，古锋跟申彤姐妹俩一起，集中面试了上百个应聘者，从中确定了二十多个厨工，以及三十多个服务员。有些人并不怎么合适，不过为了突击开业，只好先这么样了，以后再慢慢调整。再说，跟谈恋爱找对象常常看走了眼一样，面试工作人员也往往是这样，觉得好的人未必一定就好，觉得不好的人，如果给他们机会来尝试一下，也许能脱颖而出。

幸好大厨方面还是有保证的。申彤前几天联系她上大学时打过工的赛麦格餐厅的老板，请他帮忙，看看能否给推荐几个好点的厨师。这几年来，赛麦格在G市最北部的大学区陆续开了三家连锁店，他们刚建立了一个中央厨房，并新进了一批厨房自动化器具。这样一来，最初建立的厨师队伍需要削减十几个人。那老板对申彤以前在赛麦格的表现，印象十分深刻，心中对她还有过爱慕之情。他将愿意到股风大酒楼做事的五个厨师，一股脑儿全给她推荐过来。申彤觉得，毕竟在大型正规的餐饮企业干过，这几个厨师的能力应该值得信赖。

结束一天的工作时，太阳已经消隐在遥远的天尽头了。古锋三个人都有点累了，决定去附近不太远的一家咖啡馆就餐，谁叫自己的酒楼明天才能具备开饭条件呢。

走出门没多远，申彤忽然收到了一条短信息，内容是：有位经济专业高才生去投资公司应聘，老板问，你有什么要求？他说，一个月薪水十万元，一年有一个月公费出国，公司给我租房子。老板说，我一个月给你二十万元的薪水，一年有两个月让你公费出国，公司送你一栋房子。他惊讶不已地问，你该不会是跟我开玩笑吧？老板说，是你先跟我开玩笑的。哈哈哈，不跟你开玩笑的，祝你看到这条短信，心想事成！

申彤仔细看了看发信人的号码，觉得没什么印象，这年头手机短信息像瘟疫一样侵蚀着生活，大概是谁发错了？便不再理会了。

他们三个人步行七八分钟，走进了咖啡馆。

此时，蒲松正得意洋洋地坐在一所气派的写字楼里，他把手机朝桌面上轻轻一放，点上了一只烟。是他刚刚发了短信息给申彤。

他桌子上摆着申彤的一张名片，这是他临时充当田伟利的跟班，去华信投资公司谈合作时，向她要来的。当他得知申彤是证券部总监，并听一个业务员说，她已经为公司赚取了上亿利润。他眼馋得不得了，心想，如果能够把这个精明能干的女孩，拉到自己马上开张的假公司里，将是多么幸福的一件事。

呵呵，他要开张的公司，并不一定非得坑蒙拐骗，如果能用骗来的资金，去做正常的股票业务，得来的利润再补上资金的黑洞，岂不是妙哉！田伟利的第一桶金不就是靠骗来的吗？现在人家不是摇身一变，成为市长高接远送的经济大佬了。可见，英雄莫问出处啊！

蒲松将腿搁在办公桌上，嘴里叼着烟卷一个劲儿猛吸，弄得挂有“总裁室”字样的这个房间里烟雾缭绕。房间处在三百平方米的办公场所最里边，外边用半高的铝合金隔断，分隔成若干单元区，另外还有两个房间一大一小，作为会议室和会客室。这里是他即将开张的公司，其实连家皮包公司也不是，因为他并不打算去办理工商注册手续。

跟着田伟利外出办了几次事，他可是真的长见识了，觉得自己在股市上一败涂地，手头拘谨，倒不如先开办一家公司作为依托。他向亲友借了十万块，找到这个写字楼，没一周时间就装修收拾妥当。然后他从一个开电脑店的狐朋狗友那里，赊了二十台电脑，再找人布线，安装了内部局域网，并配备了十几部电话机。

虽说没有去工商局办理公司注册手续，但他已经做好了名为“G市国诚投资咨询公司”的牌匾，这年头管他呢，自个儿先办起来，根据情况再决定办不办正式手续也不迟，反正工商局里边有个铁哥们，一时半会他们不会来查。不办理工商手续，税务方面就不需要打交道，这下可省大劲了。听说，国税局特别麻烦，平时他们没人搭理你，似乎唯恐你不忘记按时从网上提交报表，一旦你偶尔忘了拖延上几天，他们会再等着，等到按迟报一天罚款五十元的标准计算，能罚你两千元的时候，才会打电话通知你去交罚款。他妈的，老子干脆连工商手续都不办，省得惹上这样的麻烦。

蒲松想到这里，将剩余的半截烟卷狠命吸了好几口，闭上眼睛，继续打他的如意算盘。

他已花了几千块找人制作了精美的网页，宣称资金雄厚，可以拉抬股价，有内幕消息等，足以让不明就里的投资者把他的公司，当成正规的投资咨询公司。桌子上放着几张昨天出版的《G市日报》，上边有国诚公司大张旗鼓招募业内精英的广告，宣称要从事投资、财务管理及理财咨询、商务策划等业务。

过了一会儿，他猛然像捡到了什么宝贝似的，兴高采烈地抓起桌子上的一枝笔，在一张白纸上写下一句话：委托理财，保证年收益率15.8%！

哈哈，面对国诚公司这样的广告，那些没有时间和精力亲自炒股，或是担心炒股赔钱的投资者，应该会蜂拥而至了。蒲松觉得自己一下子成了策划天才，竟然想出如此简单又有煽动性的用语，等下周一发给报社，下周三会刊登出来。那时候，自己招聘的员工也到位了。业务马上可以开展起来，也就是说财源马上就会滚滚而来。

这个周日上午，蒲松约见了十多个面试者，其中有个叫胡蒙的小伙子最出色，谈起股市来头头是道，在蒲松看来，简直就是中国的青年巴菲特了。可惜的是那家伙脑子太直了些。当蒲松拿出自己拟定的公司与客户委托合同来，让应聘者一一提意见时，所有人中就胡蒙一个人指出，合同上双方约定的“受托方保证委托方交付的资金或者资产本金不受损失，并按期向委托方支付保底收益”之类的条款，属于保底合同条款，从法律上讲根本无效。

当时蒲松追问道：“无效又怎么样？”

胡蒙斩钉截铁地回答：“一旦发生诉讼，法院将认定这样的保底条款无效，投资者不但无法通过法律途径获得保底收益，而且有可能连本金的同期银行利息也无法拿回。所以这一条最好删除掉。”

这小子，忘记了自己是来找工作的，不是工作追着他跑的，竟然站在公司客户角度看问题。他这份合同，可是花钱请了一个律师，到元都洗浴城逍遥自在一番后换来的，那个律师还特意指出，这一条款很重要，关系到那些想炒股的人能不能把钱放心地交到他手里。如果删除了，岂不是太荒唐！大家都不买账，没有愿意让我来代理理财的，我怎么能拿到钱呢？

不过，想来想去，这个胡蒙确实是最合适的人选。到时候，来了咨询的，靠他出马就不怕搞不定。所谓“用人不疑，疑人不用”嘛。再说，他是学法律出身的，所以才发现了这一条款的欺骗性。那些当律师的，不也是靠坑蒙拐骗，从委托人手中捞钱吗？如果真的工作起来，胡蒙当然得以公司的利益为主，说到底，还不是要以他的利益为主，签的单越多，提成越多，管他投资者能不能真的拿到收益呢。

蒲松拿定了主意，马上抓起话筒，拨通了胡蒙的手机，告诉他经过董事会研究，国诚公司决定聘请他担任公司证券部经理，请他下周一过来报到。

胡蒙接到蒲松的电话时，正好在他住处的一所网吧里上网。网吧里多是些十六七岁的男孩子，他们的手在电脑键盘上啪啪啪地敲个不停，屏幕上闪现着各种三维动画打打杀杀的场面。当然胡蒙到这里来，是无心打游戏的，他上网在查G市人才招聘信息。听了蒲松的通知，他内心里一阵喜悦，这下不愁了。

怎么，专职股民当不下去了，竟然需要四处寻找工作？说起来，胡蒙懊悔的很，那次在证券所陪着鲍辉炒权证时，他亲眼目睹了鲍辉如何在几分钱内进账七十多万，心里眼红得很。照他这种炒法，自己的八万元本金，用不了一个月就能翻到五十万以上，那么房子的问题就解决了。

当时，鲍辉指指旁边闲着的电脑，对他说，怎么样，来劲吧，不敢来大的，你就搞上二三万，来个投石问路。我这会儿准备要买台茂的认沽权证，你跟我没错。

胡蒙心想，这可是天赐良机啊。跟着鲍辉这样的大户，还能有错？他便打开自己的账户，挑了几只缺乏涨劲的股票卖掉，差不多有三万块，买了鲍辉推荐的权证。

鲍辉看他听从了自己的提议，越发得意，一边观察着行情，一边以师尊的口气向他传授心得。这权证有时候像黑洞，上周有一次我投进去六十多万块一眨眼全输光了。够刺激，要赚也快。就是太累了，你得老盯着，有时一天要做二十多个来回。有几次，到了距离收市十多分钟时，由于思维惯性，看到走势不错，我想等到有1%-2%的收益再卖出，结果尾盘却出现了大幅下跌。我错失出逃良机，结果在一天内赔掉20%。唉，幸运虽说永远只属于少数人，不过要相信，我们能始终处在这少数人的行列中。

胡蒙说，是啊，我想起以前一个股友跟我讲过的，说是如果你不知道权证与股票的具体区别，最明智的办法是在真的弄明白之前不要买入权证。除非你意志很坚强，或者你一向视金钱如粪土。所以，我吓得一直不敢涉足其中。

鲍辉哈哈哈地大笑，老弟你还嫩了点，你姐姐胡蓉可比你能耐多了，在我的公司里没几天，就卖出去五十多万的货，只怪我以前眼力不足，没发现她的能力超群，等想加薪挽留她时，人家日报社把她挖走了。人才啊，人才。

胡蒙略有些腼腆地笑笑。两个人聊着天，看着行情，差不多过了有半个小时，鲍辉突然一挥手，告诉胡蒙说，该出手了。

他们将刚买进来还没捂热的台茂权证全部抛出。胡蒙差一点没叫出声来，他的账户上一下子增加两万多元，这只权证的上涨幅度可真大，如果买的是股票哪能有这么快的收益。

那天下午，鲍辉正好要去办事，正顺路，便开车把胡蒙捎回住所。路上这个暴发户还一再向胡蒙传授他的“成功秘诀”。他说，炒权证思维要非常快，30%-40%靠的是应急反应，机会稍纵即逝。所以，在操作时，要注意保持良好的心态，平时要调节好自己的情绪。为了减少风险，行权期比较远的，炒作空间相对比较大。临近行权期，风险就开始放大，认购权证价格常常会一路暴跌……

胡蒙当天晚上，翻来覆去睡不着，心里巴不能时光机器能删除掉双休日，一下子跳入周一开盘，他好将股票卖掉来炒权证。

果然，到了星期一，他不顾购入的股票正开始呈现出强劲的上升势头，全部卖掉了，然后把十多万元全部扔进去，买的还是台茂的权证。

因为早上起得晚，没来得及吃饭，他觉得肚子饿，眼看着市场变化如他所料，便出去到对面小吃店，要一碗红烧牛肉面。当时，古锋坐在对面酒楼中恰好看到了他。没想到，那阵子小吃店里和好的面刚卖完，他便拿着张报纸坐着等。面做好了用去二十多分钟，刚出锅的面太热，等他吃完又用去了二十多分钟。回到证券所后，他发觉情况有些不妙，那只权证下跌得非常急促。他经验不足，一时没有反应过来，总以为是在炒股，当跌到事先预设的平仓价位时，他也犹豫着没有出手。当台茂认购权证继续下挫时，他已损失掉一大半。

这下打得胡蒙有些晕头转向，刚才吃的那碗面，若是以此来分摊一下成本，也实在太贵了，自己一下子丢了五万多元，某种意义上说竟然是五万元一碗面啊，这应该是世界上最昂贵的一碗面了。

他非常不甘心，心里如受烈火煎熬般难受，却脑中空虚得很，无计可施，又舍不得果断地以最新低价卖出去。然后，他坐到交易所一处靠墙角的椅子上，久久没有动弹。他的灵魂仿佛出了窍，一个轻飘飘的他从胸腔里逸出去，飞走了，剩下的他犹如一具行尸走肉，待在污杂的空气中。

下午休市后，胡蒙才灰头丧气离开证券所。他满肚子懊悔，一个劲儿埋怨自己为什么非要去吃面，不吃面又能饿死了不成，弄得辛辛苦苦积攒下来的钱，如同天女散花般扔出去一大半。

第二天，胡蒙买的权证仍然跌个不停，他实在看不下去了，索性一跺脚跑回住所，蒙头睡大觉，心想以前这办法挺灵验，看到股票下跌心里难受就躲开，尔后常常会迎来涨停的消息。这一下可糟透啦。第三天，他买的权证行权期已过，账户上的权证全被注销了。他一无所有了。

残酷的事实发生在眼前，他再去懊悔怎么偏偏忘记这个期限的问题呢，一律无济于事。现实是，每天吃饭需要花钱，月底交房租也需要钱，而他手头光光的，该怎么办呢？就算你是股神，也没有一分钱拿去炒了。他本来想去求助于姐姐，可自己多年来已经让她够操心了，她手头也没多少积蓄。这种情况下，胡蒙决定选择就业，找一个工作先干着，把基本的生活费赚出来，慢慢再做打算。没想到运气可真好，投了几家公司的简历，才面试过一家，就被选中了，而且是一家投资咨询公司，这方便于自己在股市中从头再来。

走出网吧时，天已经黑将下来，可胡蒙仿佛觉得有一丝阳光，正透过厚重的阴云，照射到他的身上。先努力打工，尽快攒上一万块，重入股市，以小搏大，一定要扳转来！胡蒙用力攥紧了拳头。他朝旁边的一处木栅栏围墙看去，上边缠绕着含苞的蔷薇，有葱翠的常青藤自木门顶上垂落，真是希望丛生。

胡蒙感觉自己重新恢复了斗志。周围有高级酒店、漂亮时尚的咖啡屋，有美丽的喷泉，华丽的广告牌。脚踩名牌高跟鞋的女人走过，头顶时髦网球帽的学生走过，还有嘴里叼着高级香烟开名牌小轿车的暴发户，跳出来招摇过市。

他喜欢这样的城市生活，他并不畏惧生活的挑战。他心里得到了莫大的安慰，回顾这一周生活应接不暇的变化，他禁不住感慨万分。

第十六章

窈窕牛股君子好逑

股风大酒楼开业时，门前人头攒动，热闹非凡。

许多朋友同事前来道贺，像鲍辉、刘宇泰、杨明等人都来了，男男女女，个个西装革履，花枝招展，精神抖擞，一派喜气洋洋。大门口上边遮掩着红布的新牌匾被揭开了，两个身披迎宾绶带的女孩子站在门外，笑容可掬地把客人们往里边让。餐厅里的菜，无论炒的、蒸的、煲的、炸的，盘盘到位，样样色香味俱全，让人吃得心满意足、赞不绝口。不少股民望文生义，到吃午餐的时候，纷纷好奇地走进股风大酒楼，高峰时段，需要排队等候才可以找到位子。古锋和申慧里里外外，忙个不亦乐乎。

市曲艺团烧锅炉的疯颠股民也来了，他瞅着酒楼里热热闹闹的场景，兴高采烈地唱起了快板：

入袋为安谁不晓，成败总差一两毛。
你追高他追高，我一追高他就抛。
你也逃他也逃，我要想逃他回调。
这线图那线图，越看心里越糊涂。
你股评我股评，哪位念的是真经？

周围很多人被他的滑稽模样，惹得笑个不亦乐乎，更增添了酒楼开业的喜庆气氛。唱完了一段，他接着又来上一段：

关关雎鸠，在河之洲。窈窕牛股，君子好逑。

参差荇菜，左右流之。窈窕牛股，寤寐求之。

求之不得，寤寐思服。悠哉悠哉，辗转反侧。

参差荇菜，左右采之。窈窕牛股，低价买之。

参差荇菜，左右芼之。窈窕牛股，高价卖之。

古锋听着，叹了口气，嘱咐酒楼的服务生，以后这个人来，就赠送一盘特价菜和米饭给他。

下午两点半后，营业算是告一段落，股民们还不习惯待在酒楼里观察行情，只有一些朋友们玩到黄昏才散去。刘宇泰临走时，略带酒意地把古锋拉到大门口边。

“你呀，我算服了。能放弃市政府办公厅工作，下海开餐馆，勇气可嘉，财源也能滚滚而来。不过，太不够意思了，也没提前打个招呼，还给我堂妹刘宇春出了好大难题。一过去就得上手，没日没夜地工作，她一个女孩子家，不容易啊。”

“是啊，是啊。改天我专门设宴，你们兄妹俩请务必赏个脸，我好专门赔罪。以后小弟这平民百姓的生意，还得多多仰仗，我这里感激不尽！”

古锋抬头望向夕阳，昏黄的光很惬意地在他脸上划上一道光弧。

晚上又是好一阵子忙碌。一直到了十点半后，酒楼开始清静下来。服务员开始收拾餐具，打扫卫生，准备下班。可墙角里有个客人，兀自不紧不慢地埋头喝着酒。

古锋送走包间里最后一拨客人，也就是鲍辉他们一帮狐朋狗友，便来到吧台前朝大厅里张望。

吧台靠着墙壁，古朴的木质酒架与屋顶齐高，或堆或叠地码放着数百瓶葡萄酒，显得赏心悦目。古锋认出，独自饮酒的客人竟然是郝主任的公子，叫郝杰，在市法院当助理审判员。这小子怎么一回事？

在喝闷酒呀。此时客人们都走光了，只剩下他一个人。于是，古锋走到郝杰对面，坐下去，跟他打招呼。

郝杰不过二十多的年纪，有一张很清朗的脸，眉骨鼻梁很直，脸部的线条利落干净。此时他迷糊着发红的眼睛，认出了古锋，便嚷着要一起喝几杯。

古锋陪他连喝三杯后，看出他已经喝得差不多了，两只眼睛像得了红眼病似的怔怔呆呆，说话也有些舌头打转儿了，就劝他，“不要再喝了，多喝点茶水，聊聊天，你有什么烦心事，非得买醉不成？”

郝杰语气走了调地说：“当然烦了，让我喝个够，我酒量大，不会醉，干法院，喝了被告再喝原告，两瓶小酒醉不了！”

他还想再倒酒，古锋决定制止他，费了好一番口舌，才把他手中的酒瓶子夺下来。郝杰拍拍胸脯说：“我前不久，私自把结婚用的二十七万元投在股票上，结果现在只剩下两万多元了，你说能不烦吗？”

古锋安慰道：“事已至此，也容不得一个劲儿烦下去，以后想办法再赚嘛，这又不是什么山穷水尽。”郝杰苦笑一声，“钱是小事，可我的婚结不成了，黄娜要跟我离婚！你这表哥一定帮我劝劝她。”

费了好多口舌，古锋总算把事情弄清楚了。

黄娜是古锋舅家的表妹，在司法局办公室当文秘，经常去市府办送文件材料，和古锋见面次数挺多。她是在古妈的介绍下，认识郝杰的，交往了一年多时间，彼此很满意。三个月前，两个人领了结婚证，只是由于房子新装修、不宜马上居住的缘故，还没有正式举办婚礼，他们暂时还住在租来的公寓里。

郝主任为官比较清廉，给儿子准备的结婚彩金并不多。买了新房再加以装修之后，郝杰的银行卡上只余下两万多块钱。郝杰心里着急，觉得手头的钱实在不够用，他想起有几个同事在股市连创新高的那段日子，都赚到了钱，便也心动了，暗地里把黄娜交给他的十五万元钱和自己剩下的钱，全部投入股票市场，进行短线操作，还指望赚钱后给黄娜一个惊喜。可谁知事与愿违，不仅钱赔了一半多，而且持有的两只股票也被牢牢地套住了。当黄娜向他要钱买三万多元的家用电器时，得知此事，和他大吵大闹了一场，嚷嚷着要跟他离婚。

古锋陪着郝杰，听他又诉了一会儿苦，看看时间已经很晚了，就劝他先回家，从长计议。郝杰絮叨了一番，心中的烦闷暂时释放了许多，被古锋搀扶着走到马路边，拦了辆出租车。临离开时，他从车窗里探出头来，嚷嚷道：

“辞职办酒楼、炒股，兄弟服你，有魄力！回头你一定劝劝黄娜，告诉她，给我三个月时间，我给她翻个倍赚回来，我们去买套大房子，光靠拿工资，一年不吃不喝也存不了多少……”

古锋朝远去的车子招招手，撇了撇嘴，回到酒楼里。厨师早已下班了，申慧安排服务生们也下班去了。除了有十几个住在二楼辟出的两间卧室里，其他的服务生都住在酒楼西边紧挨着的居民小区，在那儿酒楼租了三套房子作为员工宿舍。

申慧忙碌了一整天，仍然显得健康秀美，浑身上下洋溢着青春的气息。她十分麻利地将刚才郝杰所坐的桌面收拾好，看到古锋闲下来，她招呼他坐在一起，把酒楼当天的账目清理了一番，有两万多块的营业额，算是开门红了。如果每天平均保持这样的水平，一个月赚十来万不成问题。

两个人忙完了，已经过了零点时刻。古锋对申慧说：

“以后老是这么晚可不方便，你的住处有点远。”

申慧略带调皮地应了一句，“干脆跟你去住，离这儿近。”

古锋瞥见她的目光里，好像有水一样的东西在游荡，心里不觉抖动了一下，忙用其他有趣的话岔开了。

两个人说笑之间，走到了外边。他们坐上出租车，先经过古锋住所，申慧让古锋下车回家，她独自回她和申彤租住的地方。古锋提议要送她，申慧摆摆手：“干嘛这么费力气，你还得一个人再兜回来。”古锋也没有再坚持，好在她们姐妹俩打算最近搬入新居，离酒楼的位置会近一些。

古锋迈进小区的门口，放慢了脚步。老实说，辞掉了公职后，他心理上隐隐地有些忐忑不安，即使是筹办酒楼的忙碌中，也难以摆脱一种空荡荡的感觉，也许他确实需要有个新的工作，而不是做个全职股民。今天的生意红火，暂时能让他吃上一颗定心丸了。

他没有顺着脚下的水泥路面朝旁边转，而是直直地走上一条两边布满草木的碎石小径，这条路线稍有些曲曲折折，但就回家而言是一条近路。

夜深了，空气很清新，吸入心肺感觉十分凉爽怡人。他有些兴奋地扩张了几下手臂，做了做深呼吸，欣慰地想到，新的人生之路已经走出一段了，不管是烟笼十里还是夹岸杨柳，总归是自己的风景。

股风大酒楼以其鲜明的特色吸引了很多股民光临，开业一个星期下来，生意越做越顺利。鲍辉接连带他的客户过来消费了三次，这回临走时对古锋说：

"现在你的钱包如气球，越充越鼓了，你小子乐得做梦都在笑吧。"

古锋拱拱手，"多谢你们这些同学朋友的捧场啊。"

鲍辉不以为然地说："我们才占多少比重，还得吃你一大块折扣，倒是你，给这些股民开食堂了，不愁客源。你这'套中人'，算是给股民的饮食，解套了！"

古锋突然心里一阵颤动，解套？套中人？

鲍辉发动车子，一溜烟不见了。可古锋盯着他离去的方向，想起胡蓉因李雅一事所持有的猜疑，喃喃自语道："莫非是他？"

古锋毕竟是刚从市政府辞职出来的，以前并无从商经验，开业后免不了有点儿抹不下脸面来，有时候不愿意老在店面里转，生怕面对一些曾经相识的熟人。幸好有申慧，很快胜任了店面经理的角色，从迎宾接待到厨房上菜，她事无巨细，处理得井井有条。俗语说得好，"餐饮无大事"，申慧好像耗子一样深入到酒楼的每个角落、每个环节中去。她特别注意去倾听顾客们的抱怨，察看真实的情况，并且能发现问题后及时加以解决，俨然一个熟练的餐饮经理人。她说，这是前一段时间恶补餐饮管理知识的成果。

这样一来，古锋省了不少心思，除了搞好客源、采购以及对外关系协调外，他主要的精力集中到股市上，平日里他便待在酒楼二层最靠里的一个小房间，上网炒股。酒楼的投资上他和申彤各出了三十五万元，申彤是投资合伙人，他是具体经营的老板，净利润方面二人平分，申彤再从自己的所得中分一半给妹妹。申彤的原意是让申慧来帮古锋，没想到申慧在这方面的悟性十分强，很快承担起重大的职责了。

古锋有点儿过意不去，找个机会跟申彤说："有申慧在，我倒也当起甩手掌柜了，是不是我的所得收入，再分给你们一部分，不然你投资一半，却只拿四分之一的利润，显得不公平。"

申彤笑笑说："经营方面我一概不参与，就全权委托给小慧了，我怎么跟她分是我的事，你做我们餐饮公司的老总，和我的代理人共同经营，这样的收入分配很合理啊。再说，你干嘛要算得这么仔细。"

古锋看到她说话时，目光里透露出一份似水柔情，分明是在讲你我还分什么彼此啊，他的心头不由得一阵沉醉。

显然，两个人的关系通过合作开办酒楼，有了更大的发展，爱情的火花已经点燃了，并愈来愈烈地燃烧起来。

在古锋看来，申彤是那种你第一眼望去，觉得没有任何优点，可相处后就会深深为她着迷的魅力女性。她不但能令你着迷，还会迫使你剥掉伪装的外衣，在她面前毫无遮掩地显露真实的自己，无论优点还是缺点。所以就老实认栽吧，除了从此成为申彤的俘虏，他别无选择。

第十七章

高级骗子

这天早上醒来，古锋大脑恢复意识后，所想到的第一件事，就是今天要给申彤过生日。他出门后，直奔市中心的商业步行街，得给她准备一份生日礼物。以前跟她一起聊天时，他并没有问起过申彤的生日是哪天，但办理公司注册手续时，他曾拿了她的身份证去用，填一些表格时，又抄了几遍她的身份证号，便悄悄在心里记下了。不知道申彤是不是因为最近工作特别忙，忽略了这一点。能给她一个惊喜最好。

半路上，他接到了申彤的电话。她的话很干脆利索：

“你赶紧将手中剩余的科源股票清仓，这只股票马上要大跌了，有迹象表明，庄家正在酝酿出逃。”

古锋听了，心中有些纳闷，这几天科源的股价一直在稳步上升，怎么到了该清仓的地步？但申彤态度鲜明，再三告诫他需要马上行动。

看到时间刚过了九点半，古锋急忙转到最近的一家证券交易所。临进大门前，他拨通了古雯的手机，她手中持有十多万股科源，不知她是否得知需要出手的消息。电话通了，古雯问他在哪，他说在交易所里边。古雯就说，你看开盘后，ST科源的股价还一个劲儿向上蹿呢，估计今天依旧是来个涨停，你从谁那儿得来的消息？

交易大厅里人声鼎沸，古锋一时半会没法跟她讲申彤的事，但他相信申彤一定没错，她对个股的分析力和预见力可是超一流的，很少失手，便语气坚定地说：

“姐，这一回你听我的，赶紧挂单卖掉，眼前的价格，足以让我们大赚特赚，也不要太贪心了，错失良机。”

古雯含着笑的声音传过来：“嘿嘿，你这专门炒了一段时间股，马上要变成高手了。”

古锋也笑笑，“我这什么高手，还是小股民一个，纯粹靠消息来炒股，下一步我要好好钻研钻研技术炒股了，好，姐，不跟你说了，我得赶紧把科源全部放到卖盘上。”

恰好他排到了一台交易机，三下五除二地很快操作完毕。此时科源的股票和前两次他出手卖时略有点不一样，放在卖盘上后，并没有立刻被买方吃进，而是等了足足有二十分钟才搞定。他吁了一口气，看来申彤的判断有道理。

走出交易所，微微的凉风吹拂过古锋的脸庞，阳光明亮地洒落下来，这令他的心情惬意得很。心情由喜事而生，投资买卖科源股票，总计赚了一百多万，他心里能不高兴吗。除去开办酒楼的投入，他现在的账户上足足有了六十五万多元呢。现在距离他辞职下海不过一个月时间，这样的收获确实不小。不过，他很快冷静下来，毕竟像这样靠投机来狠赚一把的机会，并非能够时常降临到自己身上。更何况这其间，无论是从选股买入，还是视机抛售，他做过什么？纯粹是如同电脑一样听从指令行事。往后有申彤这样的操盘高手相助，但他不愿意这个样子下去，他需要更多的学习和实践操作，正所谓与日俱进。

古锋风风火火地赶到繁华的步行街上，刚刚开始挑选礼品，又接到申彤的电话：

“你有没有把股票全抛出去？”

他忙答复道：“遵照你的旨意，全部卖掉了。”

“这样就好，我还担心你犹豫呢。”申彤说话时稍微顿了一下，接着又说，“赚了不少钱，今天我下班后等你请客呢。”

古锋连忙答应着：“好的，没问题，就在我们股风大酒楼怎么样？把最好的小包间留出来。”

他故意不提申彤今天过生日的事情，装作他并不知道似的。果然，申彤的语气里马上含有了一丝失望的味道，她说：

“这样子……行吧，没事了，我这边特别忙，挂了。”

古锋还想说点什么，可手机里已传来一连串滴滴滴的声响。他把手机放回到西装上衣里面的口袋，略有些后悔的情绪，也许不该卖什么关子，应该先向她表示祝福，问问她喜欢什么礼物。这里商场一家挨着一家，小店一个接着一个，两侧橱窗里的商品琳琅满目，可他来到这里，却没有想好，到底买什么才最合适。昨天晚上，他想到可以买一颗纯金戒指送给申彤，以表明心意，可不知道是不是有些冒昧，有些急于求成，好像弄成什么求婚似的。看看太阳爬得老高了，他觉得自己不能老是站在街上举棋不定，又不能像只没头苍蝇一样满街乱逛，必须抓紧时间做出决定才行。酒楼开业时间不长，让申慧一个人在那儿忙前忙后也太累了。

步行街上人潮如水地流过，红男绿女似乎化作潜游于深海里的鱼儿，他们脸上写着暧昧而不可言传的表情，互相企图窥测些什么。古锋责怪自己，不善于揣测并迎合女孩子心思，姐姐就此批评过他好几次了。跟现在年轻人时兴的什么闪婚啊、一夜情啊相比，他简直变成老古董了。想到这，他有些自嘲地笑了笑。

翻来覆去想了一会，古锋还是拿不定主意，站在街边首鼠两端。忽然他又想到科源股票的事，从申彤简短的话语中，能感觉到有点不一般，应该再追问一下姐姐，是否她也办妥了，她可别因为工作太忙，或是还想再等股价往上蹿再出手。本身这次ST科源大幅度上升，靠的就是人为的炒作，公司的基本面并不好，甚至可以说在继续恶化，这一点姐姐更清楚，但怕就怕她一时会犹豫不决，如果真如同申彤所说的，庄家开始出逃了，股价的应声大跌随时会发生。

电话接通了，古雯笑着回答，“我刚刚全部卖出了，你现在专心钻研炒股，又办了酒楼聚集股民，谈股论金，我能不接受你的意见吗。不过，公司里持股的同事们都还乐观着呢，这会儿股价还在往上涨。让我们等等看，明天会发生些什么。”

“好吧，姐，再见。”古锋刚和古雯说完，手机便响起来，是申慧，问他：

“古锋哥，你人在哪儿？是不是睡懒觉睡过头了？酒楼的早班会可等着你呢。”

古锋看了一下表，十点半钟不一定能赶得回去，忙说：

“我在街上办点事，到点回不去的话，有你呢，啊，我尽量早一点过去。”

挂断申慧的来电，他突然灵机一动。有一次申慧整理完菜品用料，把一副水晶手镯摘下来擦试，他随便问了一句，这手镯真好看。申慧将手镯重新戴到手腕上，微笑着说，是吗？看来我姐的眼力不错，是她送我的，不过，要是金的更好啦。

想到这，他打定了主意，大步流星步入一家水晶饰品店。

中午，酒楼的生意比前几天更加红火。下午，古锋坐在他的办公室里，上网察看最新股市行情，他惊讶地发现，科源的卖盘上黑压压地排了一大串，大概庄家在强行出逃了，股价在不断地下跌。看着看着，他的额头上不禁冒出汗珠来。

下午四点多钟，古锋找到正在大厅里张罗的申慧，说：“我有朋友聚会，一会要出去到外边吃晚饭，酒楼的事得全麻烦你了。”

申慧扑闪着一双美丽的大眼睛，有点儿半信半疑的模样问：“干嘛不安排在我们这儿？赚了钱，别在朋友面前变小气了，让人家请客。”看样子，她似乎并不记得她姐姐的生日日期。

古锋呵呵呵地笑笑，目光躲开申慧的询问，朝别处随意荡开去，还没说什么，恰好后厨采购主管前来请示，“刚送来一车菜，价格稍有上涨，说是市场上涨得更厉害，老总是不是过去看一下。”

“这物价怎么老涨？小慧，我这会儿得走了，你去处理，好吧。”

“行，这儿有我，你放心吧。”申慧半眯起眼睛，笑兮兮地说。突然，她的脑海里闪过一道灵光，随即蹙蹙眉头，眼睛里的光芒瞬间黯淡了下去。她想起来了，今天是姐姐的生日。

古锋出了股风大酒楼，摆摆手，招呼了一辆出租车。半个多小时后，他赶到了申彤的公司所在的这幢十一层高楼的前面，仰望大楼，茶色的玻璃外墙，反射着熠熠的阳光，气派而美丽。

距离申彤下班的时间还早，他一个人在楼前的空地上徘徊着，脑海中想象着两个人会面的场景。五点多了，送花的怎么还不来？他朝路边不停地张望。在他来的路上，从一家花店订了以九十九朵玫瑰为主再加上百合花、星星草等组成的一大束鲜花，让店里直接按他留的地址送过来。他想到申彤在办公室里劳累了一天，众目睽睽之下，突然收到这样的礼物，一定会很开心。

送花的人还是没有出现，古锋沉不住气了，掏出手机准备给花店打电话问，还没等拨号，来电铃声倒先清脆宛转地响起来。

“喂，是我，你现在人在哪？”申彤的语气中散发出很快乐的味道。

古锋的目光朝路边瞥去，“我，刚好来到你单位的楼下，我是想……”他还没有说完，申彤就打断他：“你稍等，我马上下去。”

电话挂断了，古锋原地来回转动着身子，心里有些焦急起来，他飞快地拨通了一个号码，“喂，是花店吗？我姓古，刚在你们那儿订了花，还要多长时间才送啊……什么，已经送到申小姐手中了，那好，谢谢了，再见。”

他舒了一口气，走进大厦里，看到大堂里有几组沙发，还有空位子，便快步走过去坐下。环顾了一下四周，他明白了，大厦主入口对过，还有个辅入口呢，难怪他没有看见送花的人，敢情是早从这儿进来送上去了。他开始暗笑自己，站在外边，亮那么长时间相干什么，早应该到这里边坐着等，显得从容不迫。如果申彤的办公室朝南，她打电话的时候，甚至有可能发现，自己如同热锅上的蚂蚁一样原地打转。

这时，申彤从电梯间出现了，她手里拎着红色细纹手提包，快步走过来，老远看见古锋了，她的脸颊上溢满了快乐的绯云。

“走吧。”她说着，却侧过脸去，故意朝大厦外边看，脚步没有停歇。

“好。”古锋忙紧走几步，和申彤肩并肩，走出大厦的自动门。

他看到有辆出租车驶过来，停到门口下客。他想靠过去叫车，却见申彤径自朝一边的地面停车位走去，他不及细想，也跟了过去。

“来，上车吧。”申彤走到一辆崭新的宝马前，打开车门，钻进驾驶室。

古锋稍微打量了一下，从另一侧上了副驾驶席。“行啊，前几天你说要买车，真是雷厉风行，自己奖励自己的生日礼物啊，这下，我倒挺不自在的，你帮我赚了钱，我却没舍得买什么贵重的礼物送给你，只能真心地祝福你，生日快乐!”他心里想，申彤一定把个人手中持有的科源股票全部抛出了，这样她新赚了足足有两百万，当然该买辆车来犒劳犒劳自己了。

“谢谢！我很喜欢你送的花，真的，很漂亮的花。”申彤并没有马上发动车子，而是扭头一本正经地看着古锋。“不过，这么美丽的鲜花，却很快就会枯萎。”

两个人的目光接触到一起了，车厢里的空气中似乎响起了无声的话语。他们对视了一会儿，终于古锋鼓起勇气，翕动着嘴唇说：“我，我想我爱上你了，不知道你愿不愿意接受？我希望爱情之花能够永驻……”

“花言巧语!”申彤挪开目光，投向车窗正前方。

“我……”古锋一时语塞，脸涨得通红。

申彤又别头瞅了瞅他，轻轻地笑出声来。“难怪你不待在酒楼等，跑来接我，是怕到时候守着小慧在跟前，有些话说不出口吧?”

“我，我想，咱们去国酷大酒店如何?”

“好啊。看来，你早计划好了。你啊，还是说一套做一套。其实，我更喜欢直来直去，有什么说什么。我还以为，你真不关心我的生日呢。”申彤略带嗔怪地说。

“我怎么会呢？这一辈子真难得，遇到像你这么优秀的女孩子。我不会让你这样从我身边擦身而过。上次用你的身份证时，我就记住了这个日子。”

“你还真有心啊……”连申彤自己都不知道她这是说笑，还是真心感动了。她的脸随之泛起一圈幸福的红晕。

古锋刚想再说什么，车子开动起来，车身陡地抖动了一下，他的身子晃了晃，随口说了声“慢点啊。”

“知道，我这是新手上路，刚学出驾照来，没开过几次车。”她有点拘谨地将车子开上了马路。

两个人一时没有说话，申彤专心地开车，古锋也张大眼睛，帮她看着路。

夕阳映照下，国酷大酒店折射着熠熠金光。

古锋和申彤一前一后，来到酒店三层的AA餐厅。由于他们来得早，找了处极佳的位置落座。

餐厅里弥漫着梦幻般的浪漫气息，童话故事中的蔚蓝色琼顶，神秘绚烂的紫色装潢，银光霭霭的透明灯柱顶……富有个性、推崇时尚的整体设计建造，相得益彰，不拘一格，令人充满无限遐想。

“今天是你生日，该好好庆祝庆祝。”古锋看出申彤跟自己灵犀相通，心里一块石头落了地。“你看，这儿还布置了优雅的绿色园林，花卉，流水，喷泉，是现代都市中十分难得的一处绿洲。怎么样？”

“很好啊。”申彤顺着古锋的目光朝一边看去。“我们坐在这儿，可以一边看着繁华街市，一边看着空中花园，一高一低，赏心悦目。当然，还可以一边看时尚的动感天地，一边看幽静的喷泉绿地，一动一静，相得益彰。真是不错啊！”

“你很懂得欣赏生活中的美啊。”

一位衣着光鲜的侍者走过来，恭敬地用双手奉上菜单。申彤很快点了菜，浓汤海螺片，蚝皇扣肘子，蟹粉鹿筋，时蔬炒饭，还有灵芝酥油茶。

“就这些？再来点吧，不喝点酒？”古锋征询道。

“行了，这里的菜量不小，我们够吃就行，别浪费。酒免了吧，我今天不想喝，尝尝他们新上的茶吧。”

“好，你以前来过这里？赴约会啊。”

“岂止是来过，一二十次也有。”申彤看到古锋瞪大眼睛故作惊诧的模样，扑哧一笑，“就是跟一些基金公司的研究者、基金经理，还有证券公司的投资总监，一起来吃个饭，聊聊天。”

“难怪你的消息这么灵通，ST科源明天估计还得跌，你可真神。”

“哎呀，你是在恭维我呢，还是在贬低呀。我跟你讲过，切记，不靠消息炒股。”申彤似乎对于消息炒股很不以为然。“不是说消息不重要，而是我们根本没有足够的精力，去分辨何为有价值的信息。现在炒股，真可谓是消息漫天飞，甚至网上也有高价出售信息的生意。尤其每当政府出台某个消息后，网站的个股论坛肯定有人高举‘我的预测最准确’的牌子。但如果你跟着这些消息去操盘，十有八九是血本无归。”

“可这次，我在ST科源上，的确完全凭消息来做的，中间的技术分析都没用得上。”

“当然，有依靠消息一夜暴富的案例，但几率太低，而且也太没技术含量了。如果一个以股市为终生职业的人依靠消息操盘，最终成功的可能性几乎为零。”

“可你经常跟圈子里的人交往，不就是为了能在第一时间获悉基金投资决策，在基金开始买入前买入吗?”

“是这样不假。比如来这里吃饭，消费很高，多数情况下是我买单，这一点比亲自调研上市公司还重要。你要知道，我现在操作的，总共不过五千万元左右的本金，相对于现在动辄数亿元乃至数十亿元的私募基金来说，这只能算作儿戏。我说过，大部分上市公司里面都有不同形式的庄。其实，基金也是变相坐庄，我认为可以划到‘善庄’行列。既然是庄，就会拉升股价，因此了解一只基金的买卖情况，绝对是我最重要的工作。在这一行混饭吃，深厚的人脉关系比什么都重要。上个月我和两个基金经理调研一家上市公司后，到这儿来吃饭，只凭基金经理一句‘我们两只基金都准备买入’，当时就决定跟进，到今天为止，该股已经涨了一倍多。不错，在第一时间获悉基金决定将某只股票作为重仓股，在基金开始买入前或买入同时开仓，是个赚钱的硬道理。但这些就不是简单的消息了。实际上，从技术来说，即使你没有这方面的人脉关系，也需要密切注意基金的动向。”

侍者前来上菜，申彤打住了话头。等侍者离开，他们以茶代酒，碰了一下杯。

“祝你生日快乐！”

“谢谢你！”

两个人都轻轻啜饮了几口，将雕花杯子放回餐桌上。申彤察觉古锋皱了一下眉头，问道：“怎么样？不习惯吧？”

“嗯，是没喝过，还行。”

“酥油这个东西，就是香。只不过不常喝，会觉得有些怪味道。你看，是不是来点其他饮品，或者你自己来点酒？”

“不用，不用，你过生日，你喝什么我陪什么。”古锋又举起杯子，喝了一小口，“嗯，真的很香。”

“要是你的资金不断翻番，你会觉得这茶更香。”

“我可不是那种趋利之辈。茶更香只能是因为某人，因为可以在一起更亲密的喝茶。”古锋深情地望了申彤一眼。

餐厅里的客人早已多起来，有双双对对情侣，也有三五人的朋友应酬。餐厅里专门辟出一大块空间，集中安排供多人享用的桌椅。不过，如果六七个人一起来的话，就只能分桌了。这儿主要服务于两人世界再加上小型聚会，是个谈情说爱或者重要会谈的好地方。

古锋和申彤在一起的时候，兴奋点经常还是少不了股市。古锋双手托住下巴，样子虔诚地说：

“ST科源挺有意思的。它没什么业绩支撑，纯粹靠发布利好消息，股价就被上拉了二十多倍。你说过是得到庄家大举建仓的消息，我跟了一把，今天全套现了。可是我始终没明白，庄家强拉这只股票，如果未来没一点儿题材，如何出局？还有，像今天这种状况，庄家竟然开始强行出逃了，但散户出逃的速度会更快，这样庄家不是很被动吗?”

“被动归被动，庄家这次不会亏本，前几天就一直在偷偷地离场，成本全部收回了，现在呢，一句话来概括，抢钱呗，能捞多少赚多少，实在不行就套在那，反正股市上流动性过剩得一塌糊涂，止不定哪天又会强势反弹。”

“你前几天就发现了庄家离场？今天早上你让我出手，接着股价升到顶点开始大跌，你简直料事如神啊！我知道，衡量操作水平高低的一个重要依据是，优秀的投资者总是能把握好进出的时机，虽然他不一定抓住最低点。而你，这次几乎抓住了最高点。可是，前几天接盘的那些人岂不是亏大了?”

“当然了，踏错节奏，买在最高点而卖在最低点，损失自然惨重。股市上，成功地抄底与逃顶，是一种很高的境界。”

“是啊，我很钦佩这方面的高手，没想到身边就有你这么一位。有什么心得，你可得不吝赐教呀！我可是诚心拜你为师了，请受弟子一拜!”

说完，古锋真的向申彤作起揖来。

“哎呀，说话别穷酸了。”申彤娇嗔地拍落了古锋的手臂，双手握起杯子，喝了一口茶。“这方面，稳定的心理状态和敏锐的判断决策更为重要。拿抄底来说，要有逆向思维与耐心。我们可以将底部形态简化作两种，即尖底与圆底。尖底也就是V形反转，其特征是股价上涨迅猛，坡度很陡，这是为什么呢？前期的加速下挫导致了各指标超跌、乖离率过高，从而出现报复性上扬，有时在下跌过程中突发重大利好消息也会构成V形反转。”

“我怎么能判断出尖底?”

“对付尖底有一招非常实用，就是越跌越买。有时候遇到大幅下跌，不要心慌，这是庄家在大力震仓，故意把图形做得很难看，很凶险，等到把意志不坚定者震出局后，庄家就开始大幅拉升了。其实，这给那些头脑清醒、善于逆向思维的股民提供了一个很好的介入机会，因为尖底所引起的短时间股价大幅波动是最容易给股民带来丰厚收益的。”

“这次科源好像没出现这种情况。”

“对，ST科源属于圆底类型，让我们给抓住了。看来你最近一段时间股市知识有很大长进啊。”

“哪里呢？还是听你再讲讲，纸上功夫终觉浅，听你这样的高手讲，感觉可不一样，仿佛置身于实际操作之中。”

“又说好听的。”

“是真的，不然那么多培训课总有人掏钱去听，干嘛不自己买几本书熟读就成。这感觉，可真的不一样。巴菲特到中国来，连跟他一起吃饭的机会都能卖出大价钱。哎，我觉得圆底要比尖底平稳得多，科源以前应该是这样的表现，至于如何操作，我感觉还是很难的。”

“你要明确圆底的特征是什么，是股价在底部长期做平台整理，成交量也长期维持在低水平上。当然，不排除有些股票以底部小幅震荡的方式来构筑圆弧底。要确定圆底的最佳介入时机的确比较困难，我们需要具有良好的耐心，因为你永远不知道何时股价才会真正启动，启动之前该股票只会惹人生厌。散户要介入这类股票只有等它真正启动之后才能万无一失，能买到次低点也是不错的。至于如何判断个股的启动则要把股价与成交量结合起来分析，只要股价慢慢上行，摆脱平台，配合成交量稳步放大，就可以初步认定为股价启动。需要注意的一点是，其启动后多半会一波三折。实际上，我们介入科源时，股价恰好开始启动。”

古锋听着，偶然看到申彤里边绣花衬衣领口下边的纽扣松开了，露出前胸一条深深的乳沟。他不禁一阵心旌神摇。申彤察觉到了，忙低头系好纽扣，她的脸烧得通红。古锋觉得自己刚才有点轻浮，汗珠沿着脸颊往下流，忙说：“对，是恰到好处，这次我们逃顶更是准确。”

“实际上讲逃顶，是把最后的利润让给别人。与底部两种形态相对应的是，顶部也具有尖顶和圆顶两种形态，以前股市多出现尖顶形态，股指在最后的疯狂中迅速见顶回落。但最近一年多以来，股市几次见顶都出现圆顶形态，股指在高位筑平台数日，或者摆出几只圆弧形的小乌鸦，之后才开始下降，这似乎已渐渐成为一种趋势。”

“科源应该属于尖顶了。”

“是的。对于散户来说，尖顶形态要比圆顶形态容易掌握一些，只要在大盘疯狂的时候头脑冷静，摆脱贪欲，一般都能成功地逃顶。圆顶形态下要难一些，股票进入最后拉升阶段的主要标志就是连拉大阳，加上成交量迅速放大。当股票的换手率达到20%以上时就非常危险了，股票在其后几天内随时可能见顶回落，虽然也有再拉几根大阳的可能，但理智的股民应该及时果断卖出，把最后的利润让给别人，自己落袋为安。”

“可是作为投资者，肯定想，如果老是能买在最低价和卖在最高价，该有多好啊！”

“是好，可一味地追求利润最大化，是炒股中应该克服的心态。很多股民喜欢追求暴利，总想把一只股票的所有利润全部拿下，结果是经常来来回回的做电梯。从去年八月以来，大盘曾经几次出现冲击八千点的波段行情，可是很多投资者却不赢反亏，原因在于，他们为了想赚取更多的利润而没有及时地获利了结，结果呢，又将到手的利润给蚀回去了。”

“我明白了，要保持长期稳定获利，就不要争取最大化的利润，而要争取最有可能实现的利润。稳步增长，才是赚钱之正道。”

申彤赞许地朝古锋莞尔一笑，“你啊，让我想起一个小故事。有个炒股的男孩追求女孩子，先去印了一盒小纸条，上面写道：你马上就会见到你的梦中情人。然后他分发给各个街头的算命先生。等女孩子逛街的时候，碰上算命的就会被拉住，你有大喜了。等到说第三次的时候，算命先生指出一个地方，女孩跑去一看，是证券交易厅，炒股的男孩就站在那里等她……”她将头朝旁边扭去，看到侍者正端着一盘精美的生日蛋糕走过来。

“你早从赛麦格订好了蛋糕？”

古锋点点头，“对呀，你说过那儿的蛋糕最好吃，不过，是在这家酒店西餐厅订的，他们和赛麦格有长期供货关系。”

“是这样啊。”申彤撩了一下垂到额际的头发，然后若有所思。

侍者将蛋糕放好了，“请慢用。”然后侍者走远了。

古锋熄灭了桌边的荧光灯，点上了生日蜡烛。他们这一处氛围更显得柔和暧昧，申彤的脸蛋被映衬得有一种神秘的魅力。

“给，一件小礼物，希望你能喜欢。”

古锋将一个精致的小盒子递过去。申彤接过来，打开一看，是一串水晶项链，她马上像个小女孩般无比欣喜。

“谢谢了，我很喜欢。”她将项链拿在手中把玩着，然后问道：“你怎么不送我金项链？金的不是比水晶的更值钱吗？越有钱，越不舍得花钱呀。”

古锋一时觉得有些唐突，不知道如何回答。

申彤嫣然地笑起来，“别紧张，跟你开个玩笑。”

“怎么样，挺漂亮吧。”

“还行啊，我以为你更喜欢水晶项链，如果金光灿烂些也许更好。”

“说了跟你开玩笑，你倒装到心里去。”申彤低了低头，用手去触摸脖颈上的项链，“你知道吗？其实我最喜欢水晶饰品，并不喜欢金的，金的太俗气。水晶呢，纯净无暇，细细赏看，你会发现她晶莹剔透，好比夜的精灵，在夜色中又如天上的星星，我希望生命永远像水晶一样纯净无暇，希望生活如同水晶般流光溢彩。对了，一般人都会想到买金项链作礼物，而你却买了水晶的，这应该不是偶然的，你一定从哪里得知我有这样的喜好？你问过小慧，是不是？”

“知道你真的喜欢，我好开心。我并没有问小慧。你送给她一副水晶手镯，才让我那么猜的。”

“没想到你这么用心。那副手镯是我上大学时，用打工的钱买的，从戴上它起，我好运频频，后来小慧出了事，我就送给她，希望能把好运转给她。”

“你真疼爱你妹妹啊。”

“可是，她连我的生日都不记得……嗨，不说这些了。说心里话，跟你在一起，我特别开心。”申彤用水淋淋的目光望着古锋。

“我也是。”

古锋接触到她目光中的柔情，只觉得在内心孤寂的大海里涌上了阵阵久违的温暖。他不由地伸出双手，握住了她的手。“我感觉很幸福，因为有了你。想想看，我们两个完全陌生的人，在茫茫人海中偶然相遇，然后能有缘牵手共度一生，无论时间早晚，这必定是上天早已安排好的缘分吧。”

申彤听了他的话，感到自己的脸一阵阵发烫得厉害，她不由地点了一下头，颇有感触地说：“幸福是一种形容不出来的感觉，希望这种幸福的感觉，可以永远荡漾在我们的生活中，萦绕在我们的心头，你真的能做到彼此珍惜，不离不弃吗?”

“当然能，我发誓!”

两个人相视着，两颗青春的心在目光的交流中似乎贴近到一起了。举手投足之间，古锋知道申彤想要吹生日蜡烛了，便把桌面稍微收拾了一下，把精美的蛋糕移到桌子的中间。“要不要许个心愿?”

“好啊。”申彤像个小女孩般双手并拢于胸前，闭上眼睛，嘴中默默有词了一会儿，然后瞪大眼睛，把蛋糕上的蜡烛一一吹灭。

“许了什么愿?”

“不告诉你，说了就不灵验了。”申彤有时候也像小女孩一样调皮，完全不同于她那股场战神的形象。“对了，这串项链，你现在可以帮我戴上了。你想用它来拴住我，我倒要看看你有没有这本事。”

古锋满脸兴奋地站起身来，走到申彤旁边，俯下身子，在她耳边轻轻地说：“彤彤，你这是接受我了吗?”

“别高兴的太早了。我这是接受了你的挑战。”

“我早已被你俘虏了。”

古锋略有些拘谨地从申彤手中接过项链，绕到她洁白细腻的脖颈上。

申彤开着车，一种幸福的感觉充溢着她。她觉得爱人就像一只股票。第一直觉就使她百分百的看好他，经过了这一阶段的考察，她更肯定了古锋是一只可以长期持有的价值股。就像巴菲特持有可口可乐一样，古锋就是她的可口可乐。当然，爱情是互动的，能够找到他，并赢得他的爱，这多么难得。这种心心相印的感情是她，也是多少女孩梦寐以求的啊。她懂得这份情意的份量，她知道该怎样珍惜。她要全力以赴，就像在股场上她决定全仓杀入一般。

一路顺风，她将古锋带回了她的新居，位于G市东南部的华融国际城。此处离股风大酒楼的位置不过三公里路程，本来可以经过酒楼，不过她转到市中心广场边的财富大道上兜了一圈，就绕开了。

天色早已黑将下来，别致的柱灯与落地灯，将华融国际城这个非常时尚雅致的小区衬托的美仑美奂。驶进小区大门后，车开得很慢，申彤将两边车窗打开，清凉的风吹在脸上，甚是惬意。

申彤向古锋介绍了这个小区的建筑。它采用了围合空间手法，南北相对入户，形成中心庭院，凸显出绿化的集约效应。楼房外立面采用了极具质感轻松温和的淡红色瓷砖，作为深处闹市区的住宅小区，这种色彩符合人们对宁静生活的向往。东边经过一组运动长廊，设置了丰富多彩的运动设施。灯光下还可以看得见仍有几个人在锻炼身体，玩着快乐大转盘、呼啦盘、身体平衡器、臂力锻炼器等类设施。

“嗯，这地方真不错。”古锋说。

申彤一只手抬起来指了指不远处一片开阔地带，说：“你瞧这个，叫欢乐广场，是小区最具有休闲性质的核心广场，由健康苹果广场、植物迷宫、幸福会所、冰塔泉长廊、儿童乐园贯穿东西构成，任何人都能在这里找到属于自己的快乐空间。这边有个四季常青的小树林，郁郁葱葱，空气相当不错。”

“好啊，真是个好地方。”

申彤将车停在一栋楼房前边的车位上，往南看去是一处假山谷地流水。古锋稍微驻足停了几秒钟，跟在申彤后边上楼。二楼西户，走十多级台阶就到。他的心里有些朦朦胧胧的，像在做梦。

“这房子是精装修，整体格局还算可以，我只是在色彩上动了番脑筋，你看，喜欢吗?”申彤领着古锋参观了一下各个房间，双手抱臂站到客厅里，问话的口气俨然将他当作了男主人。

房间里的各式家具充分体现着适用与装饰的双重功效，优美的造型款式，清新的水蓝色家居色调，搭配淡粉、淡绿、淡黄以及柔和的卡其色调，充满了地中海风情。

古锋稍有些不好意思，又有些莫名的感动，一时不知道怎么回答才好。这个申彤，真是匠心独运，将房子装扮得这么漂亮，她该是有着怎样精致的一颗心啊!

“这厨房会不会让你觉得有点儿不舒服?”申彤敏锐地捕捉到古锋投向厨房的神色里，似乎夹杂了一丁点儿疑虑或是惶惑的东西。她故作姿态地说：“我把整个厨房的主色调搞成绿色，那些精神紧张的股民可受不了这个，绿压压一片，非吓破胆不可。”

“我正在佩服你的胆量呢。”古锋看看申彤，释然地笑了。“绿色是生命的象征，它意味着清新、自然、舒服、轻松与优雅。如果人们非要把绿色往股市的下跌上靠，你说有多累。不说别的，单是春回大地，到处可见绿幽幽的树木草叶，岂不是要让人整日里战战兢兢，连门都不敢出了，还炒什么股呀。”

两个人都大笑起来。申彤好像对厨房的布置颇为自得：“我很喜欢这种色彩，鲜艳的绿色显得美丽纯朴，无论蓝色或黄色的渗入，都使人有返回自然、返回绿色原野的感觉。尤其像我们这些住在水泥森林城市中的人们，更向往大自然无私奉献的绿色环境。要知道，过日子，下厨房油盐酱醋，锅碗瓢盆，容易让人腻烦。所以采用绿色调，活泼、明快，是想使人能够心情舒畅。橱柜本来是红色调，我把它改成了黄绿色，以求显得单纯、年轻，墙壁的瓷砖上，我贴上大量蓝绿色的图案，是为了体现一种清秀、豁达。”

“今天算是领教了你天才的另一面了。如果你没做股票业务，准能成为设计专家，或者成为艺术家。”古锋说着，看了一下表，十点半了。“你早点休息吧，明天还得上班呢。我该告辞了。”

话音刚落，他的胳臂已经被一双温热的小手抓住了。

“天还不晚呢，人家过生日，你让人一个人待着。”

“小慧不是快回来了？”

“她还到以前住的地方，周末我们才去退房。她是理家能手，有些东西还要多劳累她收拾一下，好搬这边来。”申彤说完，拉着古锋的手，坐到舒适的沙发上。

“来，你先坐着看会儿电视，我去冲个澡。”

古锋点了点头，他握着摇控器，开始看起电视来，一个台接着一个台地换着。他的心跳突然加剧，跳得像是有一百面鼓同时在里面敲打。他意识到今夜一定会发生什么事，只不过他真的没有想到自己与她的关系会有这么快的发展。仿佛一切都鬼使神差似的，自己完全被一种情势牵引着。他觉得一切都像在梦里一般，让他弄不清楚，捉摸不透。他闻到了一股茉莉清香，是申彤身上散发出来的，他有些魂不守舍了。

等到古锋也沐浴出来，客厅里的光线已变得无比柔和，立体音响里传来恬静如水的旋律。他们用呢喃的语气，甜蜜地交谈起来。彼此的眼波里荡漾着灵犀与感应。很快，他们开始热烈地接吻。长长的吻之后，他们相拥着走进了卧室。

两具青涩的身段在黄晕的灯光下，充满了如烈火般炽热的诱惑。古锋俯着身子，小心翼翼地亲吻申彤的身体。

申彤感觉到了他的阳刚与力量，心里面想要配合他，可身体像断线的风筝一样不听控制，她紧张得如一张拉满了弦的弓箭。古锋也有点儿紧张，脸颊上滑落下几滴汗珠，但他继续用舌头缓缓地舔吻她的胸，她甜美的乳房，一边用手抚摸她的腰部、腿部……申彤也努力地回应着他。

终于，两个人都陷入了忘我的境界，仿佛身边的世界不存在了。

第十八章

解套赚钱不是问题

下午的阳光照进写字楼内。分散于各个办公隔段里的十几个男女，如同集市中叫卖水果一样，此起彼伏地打着电话。

“……请考虑一下，只需要向公司交纳三千元保证金，就可以入会，通过利润分成的方式来购买炒股信息……嗯，好的，那您先登陆我们的网站看看再定。再见!”

“……是这样的，我们公司可以为公司的股民会员，提供准确的股市信息，让股民在股海中轻松赢利。……对，只有您通过公司提供的买股信息赢利了，才向公司支付利润的30%……”

“喂，您好！是张先生吗？我是G市国诚投资公司……”

“……为了让您相信公司的实力，公司会为您免费介绍两支股票，建议您买入，看看一周之内的效果如何，您再决定是否入会……”

“……操作的方法是，我们会在盘中通知您买进或者卖出股票，您跟着操作就可以了……”

蒲松倒背着双手，非常满意地巡视他“公司”员工的表现。走到一个正在埋头观察电脑屏幕上股市行情的小伙子身边时，他站住了，俯下身子说：“小胡，干得漂亮，你选的五支股受到一些利好的刺激，这几天一直在涨，就是涨幅太慢。不过，这票的配置很合理，各一千股，尤其这只银行股，拿着把稳，就算跌下去，还会涨回来。不过，农业板块在前期涨幅我个人认为是偏大，甚至超过100%的涨幅，所以建议你对这只农业股保持一份清醒，成交量放大的前提下，股价如果出现滞涨就马上逢高减仓。”

胡蒙忙站起身来说：“蒲总，谢谢您的指导。”

“没事，你放手干，大不了再交点学费。这几天会员业务发展迅速，可多亏你这主力军啊，率先突破二十人，回头这个还要抓紧些，也方便你加仓。”

“我会努力的。蒲总，我真佩服您，用会员保证金入市，滚动生财。就是风险有点大，您不怕我把钱损失掉，到时怎么还人家客户保证金？”

“哈哈哈，不冒风险咋能有高收益呢？我看你这次是兼顾安全和高收益的投资组合，是最完美的，我倒是想，用不了几天，就会有客户的利润分成汇到公司账上了。”蒲松不无得意地说着，拍了一下胡蒙的肩膀，回他的办公室。

关好门，蒲松抄起桌上的电话，拨了个长途电话，没有人接听，他又拨了对方的手机号。“是我，田总，小蒲啊。”

“啊，好好，什么事？”听筒里传来田伟利响亮浑厚的嗓音。

“没什么特别的，向您汇报一下，我的公司办起来了，光代理客户理财金已收了一百多万，这得多谢您上次的指教啊，真是空手套狼！还有，上次听您的消息，我借了我那个信访局局长姐夫十万块，买了ST科源，可积攒起来的利润，这几天又吐出去了，您看我该怎么办！现在抛，还能赚个十万八万。”

“十万八万还算钱？马上把你所有的钱都扔到科源上。下周的今天你再全部抛出，保你赚钱。”

“什么？科源？我没听错吧？我可看到庄家在逃啊。”

“上次你割了肉，这回不敢了？听不听由你，到时候别再后悔。再者，千万不能把这事告诉任何人。我事情忙得很，得赶飞机去意大利看踢球，明天有欧洲冠军杯比赛。”

蒲松还想说什么，可田伟利已经挂断了。

妈的！有钱人就是牛气。

他点上一只香烟，徐徐地吐了团浓雾，眯起眼睛，敲了几下鼠标，查看最新的股市行情。

对于自己的炒股水平是半斤还是八两，他心中有数，一时不能马上拿定主意，他还需要琢磨琢磨。要知道，上次的跟头栽得太大了，如今好不容易骗到了一部分资金，再亏空掉或是被套牢，他就没法子在G市混了。而田伟利不同，人家有钱有势，这次的操作计划如果失败，对他没多少影响。

不过，这科源的换手率这么高，股价跌到低位，又有拉升，莫非是田伟利在接盘？不对，ST科源分明是由两只基金联合坐庄的呀，上次的超低位他吃进了一部分，与庄家比还不过是区区小数。这几天的情势非常混沌，真让人看不明白了。但以田伟利那样的身份和地位，跟他干没错，科源股民上访事件可是在他授意下组织的，他对这只股的想法决不是赚上千儿八百万那么简单，估计这回赚不多，但肯定赚。

他拿定了主意，把胡蒙叫了进来。

“你跟大家说一声，下指令给目前所有的会员，马上让他们在ST科源的现有价位下建仓，对了，还有目标中的潜在会员们，也都发出建议，赚了钱他们自然愿意加入我们。”

“可是，您不是讲过上次您就亏在它上面吗？我觉得风险太大了些。”

“你也买过这只股？有什么意见，说说看。”

“我倒是没买过，但考虑过，这几天也很注意它。近期它解套之后走得比较强，现在又出现大幅的抛售和急速的拉升，我想，应该是庄家大举出逃后，为了逢高减镑在做盘面。纵观上个星期的走势，它的股价在大跌后，基本上是反弹就下跌，反弹就下跌，昨天应该说也是一个大幅的反弹了，今天又出现反弹又下跌的走势。老实说，我觉得我们还是不要去碰它的好。去年ST科源之所以出现巨亏，是前两年将问题隐藏了，由于经营持续不善，纸包不住火，才集中爆发了出来。您坚持认为，这只股票值得介入？”

“哈哈，大盘继续回升，解套赚钱不是问题。你还年轻，有一点要记住，当别人恐惧的时候，自己要有信心；别人贪婪的时候，要提醒自己恐惧，要看到股票下跌是个很好的机会，这时候很有可能买到平时看好却买不到的股票。好了，按我说的去做就行。”

蒲松好像胸有成竹，语气非常坚定地说。这时，他的手机响了，他看了看号码，一边接听一边示意胡蒙到外边办公区去办理。

胡蒙下班的路上，还在考虑ST科源的事。通过详细地查阅相关信息，他发现，该公司虽然两次因为收到市财政补贴，股价被炒了上去，看似局面不错，公司却突然发布一个问题整改报告，连庄家都快沉不住气了。报告显示，由于公司施行全程保价的销售方式，实际承担了商品贬值的风险，未满足确认收入所要求的“商品风险和报酬的转移”条件，计提的调价补差准备金额难以准确计量。除此之外，公司去年底销售数量较大，某些型号产品集中到十二月份销售。还有，公司与主要经销商去年的往来明细账表明，公司在陆续回购积压产品，账务处理集中于去年六月底进行，但公司未能提供回购产品对应的确切销售时间。还有，公司前年末商业承兑汇票余额三点五六亿元，但在去年财报附注中的商业承兑汇票归类不当。

这些是ST科源继上次因为财务舞弊受到上边处罚后，新暴露出来的问题，如今似乎地球人谁都知道，这ST科源的水很深很浑，千万趟不得。而蒲松却明知山有虎，偏向虎山行，其中必定在消息面上得到了确认。

自从上次古锋开业时请胡蓉姐弟俩赴宴后，胡蒙还一直没有再去过股风大酒楼，这次古锋叫他不知有什么事，虽然还没到时间，他想反正在外面等也是瞎转，不如进去看看热闹，听听消息。

进了门，他发现酒楼里边座无虚席，排队等位子的足足有十多个人，正惊叹着，就见古锋从楼上下来，朝这边来。“小胡啊，你来了。”

“我真是不好意思来蹭饭，古哥，不过又很想来这股民大世界，感受感受。您这生意可真是红火。”

“哈，多谢这些股友们来捧场。你稍等一下，我先接个人。等一会儿，跟我到楼上去。”

古锋说着，出了店门。胡蒙隔着镂花玻璃看到，外边车位上停下一辆宝马，有个衣着职业套装的女孩下了车，走到古锋身边。两个人很亲热地说着话，一起到酒楼里来。胡蒙不想打搅他们，诚恳地说：

“古哥，你们有事先聊吧，我到别处转悠转悠去。”

那个女孩看了一眼胡蒙，目光又投向古锋。古锋刚想说话，旁边又走过来一位穿着高档真丝绣花旗袍的女孩，说道：“姐，你来了。”

胡蒙一时没醒过神来，只觉得眼前仿佛遇到一位画中人，大脑一瞬间，突然联想到武侠小说《天龙八部》中，段誉所结识的那位神仙姐姐王雨嫣。他一阵恍惚过后，看到两个女孩拉起手来，样子显得十分亲切。

“来，我给你们介绍一下。”古锋一边打着手势，一边微笑地说：“这是我大学同学的弟弟，叫胡蒙，专职炒股，很有追求。你们叫他小胡好了。这位是申彤，这位是申慧，一对姐妹花。”

大家相互点头示意。门外又进来几位客人。申慧朝里边一指：“你们上楼去吧。”说完，她去接待新来的客人。

“跟我来。”古锋在前边带路，他们上楼，走到长廊尽头他的办公室里。

胡蒙入座后，掏出自己的名片分别递给古锋和申彤。“我现在上班了。”

“国诚投资？彤彤，你们成同行了。”

申彤仔细看了看胡蒙的名片，皱了皱眉头，也从随身带着的小包里，掏出一张名片给了胡蒙。胡蒙双手接过来，“啊，华信投资。你们的业务做得挺有名的。”

“小胡，你这铁杆股民，怎么给机构招安了。”古锋微笑道。

“嗨，甭提了。我炒权证，把本钱全赔光了。生活所迫，只有先寄人篱下了。”

“权证？早跟鲍辉学学就好了，那些东西他玩得挺转，来钱快。”

“还说他呢，我就是听从他的教导才去玩，以后这权证我可不敢碰啦。对了，申总，这个你有运作吗？有什么心得可赐教？”

“没有。炒卖权证实际是一场负和博弈，幸运的永远是少数，权证创设人在游戏初始，就切走了一块利润，这如同博彩公司庄家在设计赔率时，早将自身置于稳赚不赔。”申彤说完，看到古锋的脸上也露出不解的神情，便接着说：“创设方基本是被授权的券商。他们创设认购权证，说明他们看空后市，以散户的实力是无法和他们抗衡的。权证完全是资金抬高的结果，严重脱离实际价值，就像被充大的气球，只要资金一撤离，随时都会捅破，形同废纸。”

古锋点点头，“怪不得，我们小胡同志在这上面栽了跟头。”

申彤笑了，又说道：“炒权证是一个疯狂博傻的过程。当权证市场价值严重偏离实际价值，交易完全取决于愿者上钩。只要炒家认为值这个价，就可以放胆下注，而非理性的散户不断接盘，最终捧高权证价格。今后这方面的投资机会，我觉得更有限了。”

“早认识您就好了。”胡蒙摸了摸后脑瓜，想到了今天上班的事，又朝着申彤问：“个股上，您觉得ST科源现在介入如何？”

申彤和古锋对视了一下，稍微想了想，说道：“每年的年初，包括年底到年初的三月份之前，都是ST板块类个股炒作的最好的时间，但是我在这里想强调的是，这类个股我个人认为，如果不熟悉公司的基本面，不熟悉它资产的运作过程的话，我建议要适当加以回避。像ST科源最近的震荡，从我个人揣摩，它的基本面可能有一些比较大的变化，或者是有一个重组的预期，但是我个人的判断，要参与的话确实难度是比较大的。我承认它也会有暴利，因为倘若能重组，可以翻十倍，确实存在这种暴利。但是如果你的信息达不到真实信息的话，我建议，对这个股还是保持一个谨慎的态度。当然从技术上来看，前一段时间它的走势比较强，却因为庄家的突然甩卖而大跌，最近又时常有点儿反弹，后市也不排除有震荡反弹的走势，但是我觉得，其他还有很多机会，为什么不找一些更好机会的个股呢？”

“你是说，科源还可能会被重组？”古锋似乎捕捉到了什么新的发现。

“怎么，你后悔把它清仓了？”申彤还想说什么，看看胡蒙，又打住了。胡蒙倒是没觉得什么，只是暗自为蒲松的决策担了一份心。

“嘀嘀嘀！”刺耳的汽车喇叭声在楼下响个不停。古锋出去办完了事回来，站在酒楼大门口，看了看表。到了吃饭的高峰时段，大概今天请的客人也该来的差不多了。

股风大酒楼的人气一天旺过一天，不仅中午时客人走了一拨，马上又坐上一拨，等位子的队伍都排到了门口外边，而且到晚上的时候，股民们更是将大厅里的座位，挤得满满当当，一个个把酒推筹，谈股论金，营业时间每晚都得推迟到十点半后。

说起来，鲍辉的功劳不小。他上次来的时候，出了个小点子，果然灵验。酒楼大厅里边靠墙的地方，设置了一块特大型的匾，上书“荐股英雄榜”。上边贴满了沪深两市上市的股票名称及代码，旁边张贴相关人的姓名。每天股市收盘之后，每位前来就餐的顾客均可推荐一只股票，把自己的姓名写在纸条上，对号入座贴上去，每人每天只能推荐一只股票。第二天收盘之后，比较每只股票当天的涨幅，谁的涨幅最大谁得胜，成绩精确到小数点后第一位，推荐股票涨停的并列第一。所有第一名，均获赠酒楼当天的一道特色菜。

当然，还有细一点的规则，比如不能推荐前一天已经涨停的股票，当天复牌不设涨停的股票不能参加推荐比赛，同一只股票只接受荐股的第一人推荐而后来者无效，等等。股民们对于这样一种并不复杂的游戏却趋之若鹜，参与的热情相当高。不少人在推荐了自己认定的股票后，往往还将选股理由和心得分享给所有人。这样一来，又吸引了不少菜鸟级的初级股民，前来酒楼用餐。

即使双休日沪深股市休盘闭市，股风大酒楼里依然人头攒动，成几百的股民聚集在一起，热闹非凡，盛况空前，俨然成了股民交流信息经验的集聚点。

忽然，古锋看见鲍辉的车从马路对面转了个弯，朝酒楼缓缓地靠过来。古锋因为有心事，就急忙迎了下去。

“怎么样，我的创意不错吧，哈哈。”鲍辉跟在古锋后边进了门，看到热火朝天的场面，得意洋洋地说。

“那是，有你这高手点拨，可谓万里江山一片红！这点子就是牛气冲天！好玩还好用，看似简单，我就想不出来。”

鲍辉听了恭维话，更是高兴，却有意收敛着笑容说：“嗨，我只是想到，大家每天炒股大多是单枪匹马，各人时间和精力都有限，不能把每一只股票都研究到，这种方式让每个人推荐一只股票，这些股票肯定都是精华中的精华，新股民买股票也有个导向，也跟着吃上点甜头。我们呢，也好及早掌握本地股民的动向与偏好。不过，你们倒是得把流水账面算清楚，这每天的菜送出去，划算不划算，别赚了吆喝却赔钱。”

“你想的可真周到。赠送特色菜只是带来了一点小刺激，让大家争着推荐个股。现在顾客里面高手可不少，不管送菜的成本如何，赢得比赛的人总是得有奖励才行。”

古锋说罢，一伸手，示意鲍辉到楼上去。他们慢慢地通过大厅，耳边传来几位大嗓门股民的声音：

“像我们普通老百姓，只有进入资本市场才能发财，要不永远都是个小市民。”

“我运气好，这一上午赚到的钱，够我们全家来一趟新马泰旅游了。”

“股评节目上讲的一周涨30%，一个月就是120%，投这个股一万元，一个月就能变成两万二，太赚了！”

“我那五万块钱本金要慢慢撤回来的，只留赚的在里面，毕竟我们还有房贷要还。现在银行利息越提越高，早点把房贷还了，免得以后多还钱。”

“我觉得股市至少涨到八千点嘛，千儿八百点的差距不算啥。”

“现在价格越来越高，越来越不敢进去了。”

……

鲍辉一边上楼梯，一边扭头说：“你的客人还没来吧？真是的，吃饭还不积极点。”

“看看就知道了。”古锋和他一道上楼。“等去我办公室，有事想问你。”

走道上装潢用料十分精致，脚下是毛料地毯。他俩来到最靠里边的豪华包间里。

“哟，原来你们早来了。”鲍辉大声嚷着，跟屋里人打招呼。刘宇泰、郝杰、马丽、胡蒙，还有申慧，五个人正围在一起打牌，玩起了游戏。胡蒙站起身来，将手中的牌塞到他手里。“你来，鲍哥。”

鲍辉推辞掉了。“你们玩，我去参观一下古总的办公室。”说完，他们就转到隔壁的办公室里。

“上大学时，你为了追求漂亮女孩，特意看了很多浪漫的电影，把那些能骗女人眼泪的台词，都背得滚瓜烂熟。于是，巧舌如簧，让女生容易上你的当。”

古锋私下里了解到，鲍辉这两年的私生活不够检点，极有可能就是欺骗李雅感情的那个人。但他没有单刀直入，想拐弯抹角地询问一番。

鲍辉却倒打一耙，“你现在才厉害的很啊，脚踩两只船？”

“你说什么话？你以为，别人都和你一样，花花肠子。”古锋淡淡地说。

“嘿，闷声大发财，闷头泡美女。你还是看看自己那些花花肠子吧，难道要让它烂到肚子里不成？”鲍辉时不时摸摸鼻子。“倒是我，现在浪子回头金不换啦。咱们俩好像换过来了，哄女孩子，你也有一套。”

“就凭你这张嘴，你以为真能颠倒是非啊，就算你把黑的说成白的，把白的说成黑的。但到头来，黑的就是黑的，白的就是白的。”

“老弟，真没想到，到现在，你还嘴硬。好吧，你不仁，我也就不义了。和那个申彤搞在一起？又不放过她的漂亮妹妹，嘿嘿，申慧跟你关系也不一般吧，是不是也入港了？”

古锋挥起老拳砸在鲍辉肩上，“你不要在这里满嘴喷粪啊！”

“哎哟！你老弟还动真情，哦，真格了！我不说了，不说了，但不等于这事没有，是吧？再不老实交待，你真可谓是大奸若忠了。那个申慧，她看你的眼神，可不一般啊，好像有万种风情。老弟，你的艳福着实不浅啊，那个申彤也挺不错。时光倘若倒流上两年，我说不定，会来跟你抢啊。”

“这点我信，不过，你看走眼了。我跟小慧之间，完全是清白的，根本没什么事。她妹妹就是我妹妹。”

“算了，你的口风太紧。女孩子方面我比你在行，这里给你提个醒啊，怕你是声东击西。申慧那种女孩玩玩可以，要是娶来当老婆，可有点儿靠不住。上次我来时，趁人不注意，偷偷捏了捏她的胳膊，你猜她怎么反应？竟然来个巧笑倩兮，美目盼兮，这一下，试出她的本性了，呵呵。”

“给我听着，以后不准再碰小慧。”古锋有些恼怒。

“好了好了，就算开玩笑嘛，我说过，鄙人已在情场金盘洗手，如今专志于厮杀商场，逐鹿股场。”

“鬼才相信你。”古锋摇摇头。

“以前我是年轻不懂事，现在父母之命不可违，我早真心想找个好媳妇，好生过日子，荒唐事再也不干了。”

“噢，荒唐事？你有什么事见不得人？”古锋的心往下一沉，皱起了眉头。“有件事，我憋了很长时间，想问问你。”

“我那些破事儿，你知道得还不够啊，说吧，什么？”

“李雅的死，到底跟你有没有关系？”

听到这话，鲍辉脸上堆着的笑容一下子冻结住了，脸色犹如霜打的茄子一般难看。他莫名地打了个激灵，胳膊上脸颊上泛起一层密密麻麻的鸡皮疙瘩。

“李雅？”

他嘟囔着这个让他不愿触及的名字，站起来走到窗户边，目光投向外边马路上的行人，似乎不愿意让古锋发现他神情的陡然变化。他的心被古锋的问话，激得一度全身颤栗，颤栗过后很快席卷而来的是，人烟散尽的荒凉与懊悔。

“我怀疑是你害了她？你也追求过她，她是因情自杀的。”

“这，我承认追求过她。可这几年，我只见过她一面。她自寻短见很突然，我是去机场接胡蓉知道的消息，心里很不是滋味。”

“你真的没有去招惹过她？”

“没有，我对天发誓。”鲍辉回过身来，摆出一副自己被古锋看扁了的委屈劲，情绪有些激动地说：“我当时还后悔呢，后悔没有再去找过她，给她一些力所能及的帮助，比如说炒股吧，我可以给她本钱，重整旗鼓啊，就不至于……”

“假定如此，你认为她会接受？她要的是一份真实的感情，仅此而已。她很善良，她……”

鲍辉回过身来，又坐下，双掌掌心朝下晃动着。“算我求你了，我们别再讨论这件事了，都过去了，这事儿想起来烦心。”

“没过去。一个自称‘套中人’的家伙，欺骗了李雅，他一辈子都应该受到道德谴责、良心责备。我的网名叫‘套中人’，胡蓉因此就怀疑上我，到现在，她还怀疑我是个伪君子，对我敬而远之。可是，有朋友说，你早在前年，股市低迷的那段时间，就以‘套中人’自居。难道，我们俩都是巧合？”

鲍辉听了，脸色又一阵极大的难堪。停顿了片刻，他才恢复常态。“嗨，有好多股民爱用这个字眼。说实话，胡蓉先跟我讲的，是我怀疑你，你以前不是不炒股吗？却有‘套中人’这样的网名。当时我以为非此即彼，如今看来，你、我，都不是元凶，到底谁是这个‘套中人’，我们恐怕永远都没有答案。”

“原来，你也一直在怀疑我。那，你真的也问心无愧？”古锋内心里，总觉得几次故意提起李雅，鲍辉就有些反常。

鲍辉并没有直接表态，他说：“我们又不是搞侦探，算了，就是找出这样一个人，能把他怎么样？我们俩联手，去狠揍他一通？唉，不说这些不愉快的事了。换个话题吧，我们今晚的主题是什么？”

古锋长吁出一口气，平静了许多。“还不是为了我表妹夫郝杰。他炒股赔了钱，一时糊涂，急于捞回本钱，去赌博，恰好被京中区局治安科抓了。这事儿，刘宇泰帮了大忙，算是一场感谢宴，加朋友聚会叙旧吧。”

“既然刘宇泰是主角，不把他放倒，我们誓不罢休。你表妹夫闹出这事儿，在单位里没受影响?”鲍辉牙一呲，似乎有什么东西钻进了鼻子里，一阵瘙痒，他忍不住轰然打了个喷嚏。

“还好，他交了份检讨书，算是过关了，免于拘留罚款。就是我表妹嚷嚷着，要跟他离婚，一会她也来，看情况也帮着劝劝。”

“打住，清官难断家务事。我还是省点口舌吧。”

“我只是清楚，你哄女孩子有一套……”

说也巧，外边响了两下敲门声，没等古锋招呼门就开了，申慧领着一个女孩子走进来，正是黄娜。她穿了一身泡泡袖和花苞裙摆的羊毛裙装，显得窈窕而端庄。

“表哥，鲍总。”

鲍辉抢先说道：“你们先聊着，我过去打会牌。”他给申慧使了个眼色，两个人都离开了。

“还愣着干什么，坐呀!”古锋笑着做了个手势。

黄娜气嘟嘟地，朝沙发上一坐。“都什么事啊，丢人现眼！你成大老板了，千儿八百的不在乎，办这场宴席帮郝杰，别忘了，我要跟他离婚，马上没任何关系了，你这钱可花得冤枉!”

“娜娜，我电话中不是给你讲了，郝杰还是一心爱你的，只是一时着急才误入歧途，你原谅他吧。两个人从相爱走到婚姻，挺不容易的。”

“我妈给我十五万块钱，是为了置办家具，把喜事办得隆重些。可郝杰太不看重婚礼了，全拿出去炒股，这么大一件事，连商量一声都没有，将来怎么能一条心过日子？刚得知这件事时，我哭了一整夜，我不是心疼那十几万块钱，而是心痛郝杰的堕落。谈恋爱那阵子，他信誓旦旦跟我讲，让我给他三年时间，他会干出一番名堂来，让我过上幸福的生活。谁知道，我对他寄予很高的期望，他却这么待我。偷偷地拿钱去炒股不提，还跑去赌博，在单位丢尽了脸面。我，我能不失望吗？”

黄娜哽咽着，自个儿从包里掏出手帕纸，去擦擦眼睛，接着说：

“表哥，我不怕你笑话。我现在心里一个劲儿地后悔啊！以前有个房地产商追求我，那人品行也不错，是从苦堆儿里边熬出来的，因为一心做事业，三十五岁了才谈婚论嫁。当时爸妈嫌他年龄比我大十三岁，全都反对，我便跟他吹了。其实，我现在才明白，女孩子嫁给大一点的男人很合适。一个二十多岁的女孩子，现在正是她最灿烂最辉煌的时刻，她年轻，她漂亮。大多数二十多岁的男孩子，现在则正处于人生最黯淡的时刻，他事业尚未成功、没有钱，女孩子跟了他，得跟着吃多少苦呀！”

“都过去了，你眼下，关键是沉下心来，好好考虑一下你们之间的关系，你还爱他吗？如果没有炒股这件事呢？如果炒股赚了钱，又会怎样呢？是不是就万事大吉、合家欢颜？”

“你干脆直说我嫌贫爱富算了。”黄娜的眼皮微微颤动，松耷下来，心里暗暗泛起复杂的味道，眼睛发热。

“我哪有这样的意思？”

“哼！你可不要说现在的女人一副钻进钱眼里的样子，你想，一个连挣钱养家都做不好的男人，凭什么能吸引女人？凭什么要求我们女人和他一起受苦？”

“呵呵，你倒教训起我来了？你说得很在理。”古锋靠近她，一只手抚着她的肩膀说：“不过有句话说得好，在爱的世界里，落下一粒沙是思念，十粒一百粒是期待和等待，再多了落成沙漠，那时爱人的心才会悄然荒芜。娜娜，你觉得与郝杰之间，落下了几粒沙子呢？”

黄娜盯着一边的地面，没有吭声。

古锋拿起茶几上郝杰买来的一束玫瑰花，捧到黄娜面前：“这是郝杰送你的。唉，婚姻是一片需要用爱去滋养的土地。生活是需要忍让的，忍让不是放弃不是妥协，而是建立在自己也愉快的基础上。为了与你携手一辈子的他，让步，其实也是一种幸福。我敢打赌，你只是表面上生他的气，实际上是恨铁不成钢。而他的所作所为，只是急于求成，并非不够尊重你，只是一时糊涂。我看，他已经向你认了错，你先饶恕他，算作再考验一段时间，好不好?”

“得让他好好长长记性!”黄娜接过花束，闻了闻，又放回一边的茶几上，她的脸色缓和了下来。

外边响起敲门声，古锋抬头说了声：“请进!”郝杰闪身进来，看到黄娜，立刻心虚地缩短了脖子。

“郝杰，最近的事全是你不对，啊，名堂没干出什么来，麻烦事给折腾了一件又一件，让黄娜陪着担心受怕。你心里怎么想啊?”

古锋为了让黄娜消气，先批评郝杰。郝杰接连点着头，回答道：“是啊，是啊，都是我不对。说实话，对所谓的事业，我心里一丁点谱也没有。我爸那人你们都知道，不能指望他，我在单位没资历，短时间内得不到提拔，我心里一个劲儿着急，想不清楚自己到底还能干什么事。听人说炒股赚钱，我就仓促行动了，可谁料到，一开始就输惨了。失意之余，我又听说赌场上最来钱了，运气好的话，很快可以把本钱翻上十倍。所以我抱着侥幸心理，去赌上一把。唉，差点彻底堕落了。”郝杰抱着头，显得十分懊悔。

“知道就行，你还有什么脸面求我跟你和好?”黄娜做出不屑的样子。

郝杰把手交叉在一起，朝着黄娜说：“我现在真的悔恨无比，请你原谅我，再给我一次机会，我决不再做让你失望的事。我知道，这件事对你的伤害有多大，我今后一定对你更好，加倍补偿你。我们别离婚好吗?因为炒股失去你，太不值了，我会痛苦上一辈子。”

黄娜把脸别到一边去，不理睬他，他只好求援地看看古锋。

古锋略微笑了笑，“你的初衷没错，想赚钱来让婚礼更排场，让以后生活更富裕。但股市中的一夜暴富，对大多数人来说，只能算是一种传说。要知道，你决定炒股不是你一个人的事情，还牵连到黄娜，她可是你的妻子。你私作主张，是对将要跟你生活一辈子的爱人极大的不尊重，同时也会使对方丧失对你的信任，会联想到以后的生活里，你也老是自作主张怎么办？这的确是你不负责任。”

“是啊，是啊，我一定牢记这次教训，今后好好对待娜娜。”

“人非圣贤，孰能无过，贵在自新啊。娜娜，不许再生气下去了，从现在开始，忘记不愉快的事，开心地过日子。我相信你俩一定会和好，都走到婚姻这一步了，谁也不会轻易放弃，对不对？婚姻是要经营的，时间比人心更能使事态发生变化，你们相亲相爱这么久，也经过了一定的时间考验，希望你们今后，能够经受得住任何事情的考验。”

黄娜转过头来说：“算了。表哥，你现在成了炒股专家，没给看看他套牢的两只股票，应该如何处理？我们现在连买家电的钱都没有。”

看到黄娜原谅了自己，郝杰面露喜色，又感激地看着古锋。古锋站起身来，在办公室里走了几步。

“我哪算什么专家，但我就此请教过专家，幸亏解套问题还不是特别大，就是时间不会太快。电力板块相对于整个上市公司来说，它算是一个比较低的市盈率，但起码它没有被高估。尤其是你这只电力票的大股东，上周已经明确表态，会逐步把集团的资产注入到上市公司中去，这应该是实质性的资产注入，因为电力作为国家需要垄断的这么一个行业来说，它资产注入的预期，应该是不可阻挡的。而且技术上来看，在后市大盘配合的前提下，近期有望震荡攀升。另一只是蓝筹股，其实它的基本面是不错的，虽然后市可能大机会没有，但是起码下跌的空间也不会特别大。我会留意这两只股，该抛的时候第一时间通知你。以后炒股，可不要抱着一夜暴富的奢望，股市并不是包赢不亏的赚钱机器，不可能买什么股票都赚钱。”

古锋稍微停顿了一下，走到办公室，打开抽屉，掏出一张银行卡，塞到黄娜手里，说道：“这是十万块，密码是六个八，先借给你们用一阵子，希望你们的婚礼如期举行，我盼着喝喜酒呢。好了，我们该过去开席了。”

黄娜和郝杰都心存感激，一时说不出话来，相互望了一眼，跟在古锋后边出门去。

第十九章

越陷越深

皎洁月色的笼罩下，整个城市渐入温柔梦乡。

马丽和胡蒙搭鲍辉的车，和刘宇泰的车一前一后，离开了股风大酒楼，很快就分道扬镳。鲍辉驱车驶入财富大道，速度飞快。马丽尖叫道：

“你没喝高吧，慢一点。”

鲍辉不以为然，兴致更高了。“放心，没事，我心里有数。今晚，如果不是你马科长保驾，刘宇泰绝对没法自己开车回家。”

“谁叫我们是同事呢。”

正说笑着，对面车道上一辆宝马驶近，接着驶过了。鲍辉猛地减下速来，竭力别头朝后看，车身因此陡动了一下，坐在前排的马丽和后排的胡蒙，忙伸出手去顶住这股惯性。马丽瞪起火辣辣的眼睛，看着鲍辉。“鲍总的眼力真强，跟刚才开车的那个短发美女来电了。你靠边，让我们下去自己走，你调头回去追吧。”

胡蒙听了马丽的话，小声地嘿嘿笑了几声。鲍辉放慢了速度，平稳地开着车。“别说，我还真跟她有缘呢。今早我去东郊办事，在环城路上遇见过一次，车号给记住了。”

马丽很性感地一笑，“是嘛，然后呢。”

“我当时开得慢，见她猛地超了过去，加速就追，忽然宝马慢了下来，我一得意，超上去，侧脸朝那美女瞟了一眼，刚回过神，前边有警察挡道，你们猜怎么着？”

胡蒙急于知道下文，催促道：“鲍哥别卖关子了，快说吧，我一会该下车了。”

“原来，我冲过了一个电子测速警示牌，警察拦下我，扣了分，还罚款两百块，等我再往前追，那美女早没影了。我连她长得什么样子都没看清，你们说亏不亏！”

哈哈哈！车厢里发出他们三个人的笑声。

马丽让鲍辉把他送到了国酷大酒店。她快步来到早已订好的房间里，进了门，脸上兴奋的表情马上消失得无影无踪。她下午跟王进礼约好的，十点半钟来这里相会。可她晚来了二十分钟，王进礼还杳无消息。

王进礼失约于马丽，当然是因为他的新欢。

本来胡蓉到外地参加全国报纸广告交流会，预定明天才回到G市。可她突然在晚上九点钟打电话给他，说人已到机场，正在补上赶飞机误了的晚餐，希望他能去接她。

这个胡蓉，还来个突然袭击，有时候还蛮有心机的，女孩子的一惯伎俩。这又能怎么样，一切都在我的掌控之下。

王进礼从他的饭局中脱身出来，开着车奔赴机场。至于马丽，早已腻味了，只不过有时候还挺想念她在床上的风骚，今晚先放她的鸽子吧。

他看到胡蓉时心里便是一阵激动，只见她如出水芙蓉，美丽端庄中透着一股逼人的娇艳。一身休闲装，背着一个真皮小包，显得很有情调。但他察觉她的情绪跟以往有些异常。

两个人一路上没说多少话。王进礼尝试了几个话题，可胡蓉有些怏怏欲睡，不是从牙缝里迸出简短的几个字，就是点头摇头来打发他。

奥迪车开到一个崭新的小区，门口旁边一块气派的巨石上刻有“华融国际城”四个大字，字显得龙飞凤舞，不知出自何方书法神圣之手。

胡蓉这才打起精神来，有些气愤地问：“怎么到这来了，不是说好送我回报社宿舍吗?”

王进礼做出一副笑脸：“这是我们的家呀！新买的房子，给，这是房子的钥匙。”

胡蓉接过一串钥匙，并没有特别兴奋，只慵懒地说：“你也太费心了。”

打开房门，单从客厅的布局摆设，就能看出这套房子很不错，而且的确是花了一番心思装修的。

胡蓉什么话也没说。她开始在内心里责备自己的软弱，为什么要让他去机场接？为什么还要跟他来这里？为什么不能果断地跟这种人断绝这种不正常的关系？可恶的依赖性！这是一种比较持久的心理习惯。它好像流水般的时间一样，会渐渐地渗透进人的生存空间，让人不自觉地受制于它。可她并没有跟他交往多长时间啊。

“发生什么事了，宝贝？”

胡蓉的双眼紧紧地瞪圆了：“你想长期包养我？”

“我爱你呀。”王进礼的心慌乱起来，在和女人对视的过程中，他从来占据上风，哪有他避开对方眼睛的时候呢。

“上次你答应我什么了？”

“跟那个自命不凡的高干婆子离婚，娶你。”

王进礼额头边际淌下汗珠来。他这才意识到，胡蓉上次说要跟自己结婚，并非是一时说说，现在看样子是十分认真，这一点让他觉得十分棘手。

“好了，宝贝儿，我需要时间。”

“时间？要多久，一光年？”

“你不要逼我好不好？我也是没有办法啊。”

“你是成年人，又有经济能力，谁可以逼你？你老是找借口。”

“可这事，嗨！”

王进礼双手撕扯着头发，夸张地摆出一种痛苦的模样。他心里是有点儿不舒服，但还远谈不上什么痛苦。他从来没有动过离婚的念头。局长夫人当得很称职，出身高贵，为他提供着源源不断的仕途资本，又是持家好手，将家里打理得井井有条，也很信任他，从来不给他添乱子。他不过是贪图年轻女孩的美貌，追逐肉体享乐。他很想多养几个像马丽那样的情妇，招之即来，挥之即去。可有些东西是那种女人没法满足的。唉，谁叫自己这样爱玩火呢？

“你倒是说呀，什么时候离婚，你不是说，你的老婆很糟糕吗？为什么不愿意结束掉呢？”

“我，不是我不愿意，这得跟她谈嘛。眼下，有了这套房子，你先安定下来，我会尽快做工作，你知道，这婚也不是说离马上就能离的，总得有个过程。其实，我很想和你每天生活在一起，我真的很爱你，我不能没有你啊！现在，不能顺顺当当地跟你在一起，对我来说，每一分每一秒，都是一种莫大的折磨。”

说着，他像很多婚外情的男主角那样，流下眼泪来。这一点，挑起了胡蓉的同情心。“既然如此，更该早一秒钟把折磨驱除掉。”

“可是，不现实啊，从我们刚在一起开始，我就在考虑离婚，可你想，她能痛痛快快答应吗？这对于我是多么大的煎熬！”

王进礼的演技不错，声泪俱下，彻底击垮了胡蓉内心的坚持。她本来想，如果他不能离婚，就坚决斩断这份糊里糊涂的情感，决不能继续跟他纠缠在一起，越陷越深，最终不能自拔。她伸手碰了他一下：“瞧你像个孩子似的。”

“只有在你面前，我才不需要掩饰什么。”

“人在表层都拒绝承认自己是个孩子，而在深层，却不由自主地把自己当成一个孩子。没有想到，你这掌握G市财政命脉的局长，也是这样子。”她天真地以为他的内心苦不堪言，决定让步。

“你放心，宝贝，我爱你，我一定会让你幸福的。给我点时间，好不好？如果抛弃我现在的身份和地位，能换来我们幸福地生活在一起，我会毫不犹豫。只不过，那一纸错误的婚姻一天没有从法律上解除，我就一天没有真正的快乐可言。我还想，利用现有条件，多赚一点钱，好为我们以后的生活着想。”王进礼信誓旦旦地说着，将胡蓉揽到怀中。

“不要以为我是在逼你，只是人家爱你呀。”

“这我知道，宝贝，我也爱你呀。来，你还没到处看看，我们这个家怎么样，喜欢不喜欢。”

王进礼拉着胡蓉的手，站起身来。她跟着他察看完这套房子，心情好了起来。“这得花费多少钱?”

“只要你需要，我可以付出一切。给，这张信用卡你先拿着用，有八万元。”

胡蓉看了看他塞到自己手中的信用卡，然后将它放到旁边的檀木桌面上，没有说话。王进礼看在眼里，心里有些得意地想，最好有钱花便能打发她，只要别闹着和我结婚就行。谁知，他听胡蓉说了一句：“我先存起来，等结婚后我们慢慢花。”

“你要相信我，会不断地赚到更多的钱，这些是给你零花的。”

“可是，这房子，钱，你的工资能有多少，怎么会有这么多钱?”胡蓉盯着墙边的高档数字家庭影院系统，脸上堆满了疑惑与忧虑。

“你放心，不是跟你说过，我决不是贪官。这些钱，都是我这几年投资股市，辛辛苦苦赚来的合法收入。我一直在等着，找到自己的真爱，一同分享财富，享受生活。现在，我找到了，知道吗？你给我带来了多大快乐，你是支撑我奋斗的女神……”

鲍辉醉气冲天地回到家。他在城郊购置了一套双层别墅，平时一个人住。有时候他父母也会过来住上一段时间。他把自己扔到宽大的进口名牌棕榈床上，点上一只烟，吞云吐雾。

今天和古锋谈到李雅的事，他的心里一直很不宁静。他想起了曾经跟李雅一起走过的日子，她是多么痴情的女孩啊！可自己却欺骗了她，玩弄了她的感情，回想起来，简直是天理不容！

他不由地痛苦地闭上了眼睛。包里的手机一个劲地直响起来。

“喂，哪位?”他接听的声音有气无力。

徐伟把自己家的电视关成静音，握着话筒沉着地说：“是我，跟你说个事。”

“啊，这么晚了，啊，啊，有什么好消息?”

“你又喝酒了，我都能闻见你的酒气。我今天跟周全市长接待上边的客人，言谈之中我听出一个信息，知道吗?”

“你不说，我怎么才能知道？说呀，是你要升官了？”鲍辉忍不住打了个哈欠，揉了揉眼睛。

“希望如此啊。告诉你，注意口风紧一些，这次开两会，周全要当市长。”

“咦？不是班子连任，没变动吗？管他呢，谁当也轮不到我当。”

“贾市长把市委书记斗掉了，他上。周全出力不少，也上。我说，这周全升官，好呀！”

“我不认识他，他也不认识我这平民百姓，与我有什么关系？”鲍辉深深吸了一口烟。

“瞧你这记性，上次你跟我说过，你在追求刘宇春，是真的还是假的？”

“嗨，当然是真的了，男大当婚嘛。你也知道，我爸妈着急，催我成家。我把全市的姑娘数个遍，就她最合适。”

最近，鲍辉心里牢牢地将刘宇春视作最佳追求对象，正式发动了感情攻势。而这种想法，在去年他依靠炒股赚到五百万元时，就产生了，并为此采取暗度陈仓的策略，经常与她不期然地“偶遇”，小圈子的交往中，他拿捏得很有分寸，已经在她心目中赢得了不少印象分。

他感觉，感情这东西很适合套用股票理论。大部分频繁交易的投资者最终的盈利状况都不怎么好，以前的自己在情场上出出入入，看似风风火火，到头来却差强人意，至今还孑然一身。他把自己归为这样一种交易者类型，即只看价格走势图，希望以自己的感觉来捕捉机会。而这类交易者是最容易被市场和自身弱点影响的群体，往往一有风吹草动，他们马上会怀疑自己的方向是否正确。比如，他曾经发狂地痴迷于李雅的美貌，后来却费尽心机来甩掉她，就体现出这样的交易者风格。

如今，无论是炒股时，还是谈婚论嫁时，他时常刻意提醒自己，不要做那样的交易者。他希望自己是另外两种类型的混和体。一个是依靠价格趋势，有自己的系统性分析体系，以技术分析为主。这种分析系统已经经过了时间的验证，不过他们很难看到长远的未来，难以把握市场结构性的动向。再一个是信息套利者，在信息不对称的市场中，以提前获知的信息来判断驱动股价的方向，作为交易的依据。这种信息强势群体在个人投资者中间所占的比重十分有限。他觉得，只有把两者结合在一起，他才能立于不败之地。

如果我拿住一只大家都看好的白马股，盈利将是一件多么轻松又多么愉快的事情啊！这样的收益率，似乎能轻而易举地超过不断交易……鲍辉想到这，颇有些洋洋自得。

“你眼光不错，她最合适，我见过她几面，很不错的女孩。呃，怎么说呢……我这么给你讲吧，市里几乎没人知道，她刘氏兄妹和周全，啊，算是亲戚关系。周全当上了市长，刘宇泰刘宇春都会跟着升官。你追到她，能不跟着沾光吗？到时候搞几个批文，你也能把公司做大、上市！呵呵，我给你提这个，是希望能早点喝上你成为超级富豪的喜酒啊。”

“得了吧，你的心思，我还不清楚，我把刘宇春搞到手，你就跟周全也成亲戚了，这才是你最看重的吧，我的表哥。”

听了这话，徐伟清朗地笑笑，不再掩饰自己的真实想法。“哎，有这么一层意思，我没有什么背景，能混到今天这位子，实属不易。告诉你，下一步，我想干市长助理，副厅局级，这周全的态度很关键呢。”

“好事啊。”

鲍辉的脑子如同赌博时掷出的骰子一样，飞快地转了转。自己属于一个私营业主，到时候能在刘宇春那里顺利过关，除了把自己包装成一个成功企业家形象，这个当官的表哥也能成为一个考虑加分的因素。而且徐伟的升迁，对于他这个做表弟的来说，能不是一件好事吗？他接着说：“我做梦都盼着你升官呢，你的光更能沾得上。说吧，看看我还可以做点什么，要不要拿出点钱，你到处打点一下？”

徐伟又笑笑，“难得你这么为我考虑，钱现在不需要。你嫂子昨天抛售了股票，昨晚算了一下账，两个月用三十五万元，赚了三十三万元，收益率差点就是100%！这还得感谢你的推荐啊。”

“本来收益率还可以更高，那只股连续涨停，走得非常强，而且往后也跌不到哪里去，只不过我让嫂子卖掉，是坚守自己的一个信念，就是从不贪心，到了预期收益就抛，决不留恋。我跟她讲了，炒股时最好不要预测大盘或者个股的走势，每个人买入股票时都应对股票的收益有个预期，比如赚25%就跑，而不是这山望着那山高，涨了25%还期待它涨到35%……”

徐伟听到话题扯远了，急忙打断鲍辉：“那当然，总是这山望着那山高可不行，像我，这辈子能混上个副市长，也就心满意足了。譬如眼下，上这么一个台阶，实在难呀！”

“事在人为啊，有不方便做的事，直接跟我说一声，我来代劳。”

“我跟你讲，市长助理的第一人选，应该是王进礼，周全很欣赏他的才华和背景。我恐怕没法跟他竞争，只好空有抱负了。”

鲍辉稍微沉默了一下，将烟递到嘴边，青青的烟雾一缕一缕地，从他的嘴鼻处袅袅升起。他灵机一动地说：“有了，我们来个釜底抽薪怎么样，你有没有王进礼的什么把柄？比如贪污腐化了，我四处宣扬出去，让全世界的人都知道，他还怎么跟你争。”

“这个人很狡猾，没有真凭实据，上边会以为我捣鬼，反而弄巧成拙。”徐伟不动声色地说，却努力控制着内心的喜悦。这才是他这么晚打电话给鲍辉的目的，想方设法对付王进礼。

古锋将一干朋友们送走后，沿着马路朝前走，走到十字路口，在一家银行储蓄所门口停下来。不一会儿，等来了申彤，他忙钻进宝马车里。申彤留着精短的发型，透露出十分干练的感觉，似乎弥漫在整个春季。

申彤如同小鸟依人般靠了上来，搂住他的脖子，吻了他。

“彤彤，我们的事，干嘛还瞒着小慧？她又不是不知道。”

“她知道什么，你不会什么都跟她讲吧。”

古锋笑笑，“我有那么弱智吗。不过，这样子我觉得别扭，她还以为你出差去了。”

“华融国际城有房子在转手了，我们再买一套五居的结婚用。你现在住我家，我才觉得别扭呢。”

“最近只能委屈你住我那了。”

“想得美，我一周去两次，已经够便宜你了。”

“是啊，谁叫我有这么好的福气，有这么好的老婆，好车接送，还有好事。”

“你别来不正经啊。”

两个人嬉笑着，很快来到了古锋的住处。进门坐下来，他们泡上了一壶龙井。

“彤彤，现在酒楼的现金流很充裕，我想这几天把股票仓满起来。”

“你这段时间干什么呢，怎么不长进呢？交易一定要有计划，不能随时根据盘面来决定自己的投资，更不能动不动就满仓。”

“满仓，这在牛市不是能够获得不错的收益吗？”古锋有些疑惑不解地问，手中的茶杯在半空中停滞住了。

申彤也端起杯子，轻轻啜饮了一口。“上次的科源极有把握，我同意你全押上，也是想着让你的收益来得大一点、快一点，但我一直为你捏了一把汗。人们常说牛市中赚得少就算亏，一旦熊市来临，能生存下来的才是真正的牛人。”过了一会，她主动投进了古锋的拥抱。“说实话，今天听了胡蒙的消息，我想科源的股或许卖早了，人家也有失手的时候。”

“什么啊？我们赚了钱，你还说失手？你们这些专业人士真是胃口大。你认为科源还会被重组？”

“这几天它的态势，我有些看不懂。”申彤理了理额际的头发，“我有种预感，庄家在移位，它有重组的可能，会被恶炒，我们还是不参与的好。”她一直觉得有些蹊跷，科源震荡背后的那股隐秘力量，来自何方呢？

古锋深情地望着申彤说：“彤彤，有你这专家，我以后只管打理酒楼，稳坐钓鱼舟。股票的事，我一点也不用发愁了。不过，你说，现在中国经济有问题吗？我觉得没有。中国股市会崩盘吗？我觉得也不会。所以，我还是希望，加大投入的力度。即使短期亏损，又能亏损多少钱呢?”

“你干嘛非要满仓?才有了一百万就不怕赔钱了?炒股和做人一样，凡事要留有回旋余地，方能进退自如。对于散户而言，投入股市的钱，如果都是养家糊口的养命钱，一旦满仓被套，巨大的心理压力下造成的忧虑情绪，必将影响对后市行情的分析判断，最后结果不言而喻。看你有这想法，我建议，你先把上次你妈给你的十万块还给她，再说炒股的事。”

“我明白了，即使行军打仗也要有预备队，股市上也要有后备的资金。”

“对啊。满仓做多，是贪心的一种具体表现。不放过任何机会和利润的操作意图，结果往往是，被迫放弃的机会更多。如果遇上调整期，错误的判断很容易使利润回吐。”

“嗯。”古锋不由自主地拍了拍自己的额头。“其实现在让我独立操作的话，我连怎么选股都心中没数。其实我一直在偷懒，总想着不劳而获，等着你下指令，我只要照办就是了。”

申彤扬了扬眉毛。“这样可不行。有些东西你必须得懂。我一般首先选行业龙头企业的股票，不选择排五六名以后的，那些企业暴涨的可能性已经不大了。俗话说，强者恒强。优势企业因为管理优秀、品牌优秀，会不断地向前发展。记得英国有一个非常著名的基金经理陶布说过，我投资非常简单，简单到不能再简单，就是把英国可以做到世界上最好的企业一网打尽就行了，比如三五香烟、苏格兰威士忌、联合利华，他的投资组合在二十五年内翻了五十多倍。”

“仅仅这些的话，可选余地也有点小啊。”古锋说话时出神地望着申彤。她的脸上有温和得体的笑容，也许是笑得有些太于温和，竟然寻不到暧昧的痕迹。

“所以嘛，我还会选择垄断和稀缺行业企业，因为这些资源都是垄断的、稀缺的、不可再生的，长期持有问题不大，而且管理风险也不太大。当然在这些行业中，也应选择品牌卓著的企业股票。还有，就是选择优势行业。比如，可以选货柜码头、高速公路、电力、机场、商业零售、电信等，也可选有中国传统品牌的白酒、医药、旅游区、铁路、公路、机场等。此外，还可以选不断长大的行业，如金融、科技、消费品、医药行业、能源巨头。选股时，要注意考虑股票未来题材和主力资金的喜好，把握好买股时机，防止被套。”

“闹了半天，这么一大串，虽不是大海捞针了，可还是得费神劳力，我看，没有耐力真做不来。”

“不错，都是听起来很简单，但做起来很困难的事情。要想做好，你得每天收集资料，判断行情，融合自己的经验来制定炒股计划，偶尔做做或许是兴奋有趣的事，但只有经年累月地重复同样的工作，你在这行成功的机会才大，所以必须要有耐力。等待时机的过程，犹如种植花草，无论你多么喜欢花，如果在冬天把种子播入土，其结果可想而知。你不能太早，也不能太迟，只有在正确的时间、正确的环境，做正确的事，才有可能得到预想的效果。”

申彤连喝了几口茶，把茶杯放下，将身子靠到沙发后背上，闭上眼睛，稍事休息。

古锋出神地看着她，只觉得她身上迸射出一种独特的气质，如同桂花的幽香一样，在慢慢地沁入心脾。他不由地伸手搂住了她的肩膀。

“洗漱一下，早点休息吧。我们需要在正确的时间、正确的环境，做正确的事。”

申彤猛地睁开眼睛，一双小手捶在古锋胸膛上，仿佛在节日里飞快地敲打腰鼓……

月光如水，透过丝纱窗帘，将淡淡的影子洒落在卧室里。

古锋的手缠住申彤，让她全身柔情荡漾，这是一种从未感受过的细腻亲吻和抚摸，她的呼吸开始热烈得如同涨起来的潮水。

“锋，正确吗？”

“嗯。”古锋重重地答应了一声。他感受到了她的接纳与共鸣。

配合着律动的节奏，申彤浑身上下战栗着一种难以名状的快乐，轻松而又畅快。她觉得自己好像化作了一片雪花，在阵阵疾风卷动中，悠然起舞，上下跳跃……

第二十章

和蝙蝠谈恋爱

下了一场雨，真是好雨知时节，天暖和起来了。

上网弄得眼睛有些疼，古锋便踱到酒楼外边，换换环境来做调节。马路两旁的树木枝条低垂着，叶子透着宝石般的绿气，就连顺着枝条滴落而下的水珠儿，也好像是绿色的。古锋觉得眼睛好受多了。他抬头仰望。天上飘着细雨，没有一丝的风，但他感觉到像过滤了一样的空气中，有缕缕花香迎面拂来，他不由地张大嘴巴贪婪地呼吸。今天，他接到徐伟的电话，说周全带领徐伟、王进礼等几个人，要来股风大酒楼聚聚。这帮人可得好好伺候，马虎不得。他想轻松一下整顿好自己的精神面貌。

不久，周全一行人由服务生领着，步入最好的包间。周全他们就座后，酒楼服务员立即沏茶倒水，开始上菜，招待得非常周到。

古锋满脸热情地招呼着："今天周市长大驾光临，各位不嫌这里寒碜，前来惠顾，实在荣幸之至。条件这样子，不敢说吃得美味可口，就请一定赏个脸，吃饱喝足，多提宝贵意见！"

他身旁站着申慧，也朝大家陪笑着。她脸上惯有的一丝躲藏不定的忧郁，此时不见踪影，满脸只是快乐的光芒。古锋带她一起招呼这些贵宾，跟他们一一认识，她心里挺开心。

其实，申慧早已暗自喜欢上了这个把她救出火坑的人，却不能向他表露，因为她知道姐姐也对他情有独钟。而且姐姐如同闪电一般，已经迅速把他电懵了。她已经没有机会了。除了长得漂亮之外，她自己觉得别无长处可言。尤其是失足受骗的经历，更让她自知失去了往日的清纯，跟姐姐争爱人，她哪有这个资格？她不甘心，时常在一个人的时候伤心落泪，埋怨上天的不公平。也许吧，在内心世界里悄悄爱一个人，是一件很美丽也很痛苦的事情……

周全坐在正对门口的位子上，左边是徐伟，右边是王进礼。靠着徐伟依次坐过来的是马丽，吕刚，还有孙师傅，他现在专门给周全开车。王进礼一边的位子空着，刘宇泰挨着这个空位坐。十个座位的大圆桌，还空着三把椅子。

“小古，你们也快坐下呀。今天来的，都是老同事、老朋友，大家随便些，啊。”周全抬起右手，朝半空中点了点。

古锋就在正对他的位子上坐下来，“谢谢！周市长真是平易近人。”

“徐伟说你开业后，约过很多次了，这回我来，看到顾客盈门，才知道他所说非虚啊。”周全像开会时做总结似的兀自点着头。

一位男传菜生又端来几盘菜，站在门口的两个女服务生接过来，申慧帮着她们将菜摆到桌面上，脸蛋如同夺目绽放的春日桃花一般。

“各位领导请慢用，还有什么需要，随时吩咐。”说着，她跟在女服务生后边转身朝外边去。

“哎？申小姐，你也来坐。周市长一向体贴民众，没什么架子，喜欢热闹，你也来个锦上添花吧。”徐伟仰起脸来说。

周全一举手，命令似的语气。“坐啊。”

申慧有些羞涩地朝着古锋看，古锋早转过头来，“来吧。”申慧就要坐到刘宇泰和古锋之间去。徐伟指着王进礼和刘宇泰之间的空椅子说：“申小姐，挨着我们王局长坐，他可是年轻有为，才华横溢，风流倜傥啊。”

“老徐，你这是想让我犯错误啊。这么漂亮的女孩子，坐这儿才行。”王进礼早挪到旁边的空椅子上，示意申慧坐他刚才的位子。

周全看着申慧一笑：“呵呵，来吧。”

古锋也朝着申慧点点头，申慧红了脸走到周全和王进礼之间就坐。古锋示意门口的服务生过来，将他旁边多余的椅子撤到一边，这样他和刘宇泰之间隔了一下，正好方便一会上菜。

周全举起杯来，“开始吧，头两杯，都干了，然后能者多劳。”

大家忙举杯应和着，宴会开始了。

“申小姐，多陪我们周市长几杯。”马丽涂了宝石蓝眼影和唇彩，腮红用了冷调，说起话来显得冷艳诱人。

周全呵呵笑着，“你们两位姑娘，为这宴会添光增色不少啊。”

马丽娇声回应：“周市长，准确地说，是申小姐了，我看呀，可以选为我们这个城市的市花。”

大家都笑起来，屋里洋溢着喜庆气氛。

“国色天香，说得不错，不错啊。”徐伟点着头。

申慧被说得低着头，不敢抬起来。王进礼瞅了瞅，卖弄地说：“城市是什么？我看，城市不仅是宽阔的道路、幽静的公园、豪华的影院、整齐的厂房、不同凡响的雕塑、延绵不绝的华灯、多姿多彩的时装、文人雅士的笔墨收藏。城市还是美食城、夜总会、体育场、图书大楼、大型文艺演出。”

“噢，发什么感慨啊?”周全很有兴致地想听他说下去。

王进礼自个儿笑起来：“哈哈，我看，城市同时还是美女俊男聚集的地方。女孩子就是城市的形象，对一个城市而言，姑娘有多美，城市就有多美。来，我们大家共同敬周市长一杯，感谢周市长领导有方，把这个城市治理得如此美丽。”

一阵热闹声后，王进礼又朗朗说道：“建议周市长设一个美化城市奖，专门奖励这些用美丽来妆点我们城市的美貌、时尚、正派的姑娘们。”

“好啊，好啊，可要物质奖励才行。”马丽带头鼓起掌来，刘宇泰也忙跟着响应。房间里的气氛更热烈起来，周全显得很开心。徐伟觉得宴席的风头被王进礼主导了，心里有些不愉快，脸上失去了刚开始时的热情。

酒过三巡。徐伟说道：“小古啊，你当初辞职我还很惋惜，我们市府办失去了一位青年才俊，现在看你下了海，这老板当得有滋有味，我也就放心了，等把企业做大了，为国家多纳税，你的社会价值会更大地体现出来。”

周全赞许地朝他点点头：“不过，在一个充斥着贪污和贿赂的社会里，做一个商人远比做一名官员要容易。小古是在避重就轻啊，只顾追求个人事业成功。我们这些当干部的，时刻要想着执政为民，造福百姓，还要防止腐败，简直如履薄冰，责任更加重大啊。”

王进礼、徐伟他们几个从政的，都纷纷表示感叹和认同。古锋也呵呵地笑笑，想起以前上班的日子，恍如一梦。如果不是为了坚持自身截然不同的追求，眼前这些人就是他的未来。或许按照人生的既定轨迹，机械地消磨时光，反而会活得更加轻松些。

这时王进礼向周全提议说：“周市长，你看，咱们每个人轮流讲个笑话如何？大家也放松放松。”

“好啊，你先来吧。”周市长显然挺有兴致。

王进礼陪着一脸笑，正经地说：“还是您先来吧。领导同志往往都是冲锋陷阵、奋不顾身往前冲啊。”

“好。我提议，咱们定个游戏规则。我讲的时候，其他人就做评判，只要有一个人不笑，就是不过关，那讲的人就得干一杯了。”

“好！”众人一致拥护周全的提议。

周全满脸自信地朝申慧说：“嗯，我讲完，就从你这边转过去吧。话说有位领导同志，特别爱面子。走路总是摆足了阵势，背着手慢慢悠悠。有一天遇着天上下大雨，他着了急，就不顾一切跑了起来。快跑到楼门口的时候，他忽然后悔起来。这样乱跑，可有失领导的尊严啊。嗯，君子知错就改！想到这里，他就摆足了阵势，背着手，慢慢悠悠地，往回走到他开始跑步的地方，然后继续冒着雨，步履安详地慢慢朝前走来。”

哈哈哈！整个包间被笑声和笑的回声震得嗡嗡直响。

“太有意思了。而且深刻。周市长就是非同寻常啊。”王进礼率先止住大笑，适时地恭维了一番，接着说：“周市长这酒不用说，得免了！该申小姐了吧。”

申慧想起曾经听人讲过的一个小幽默，睫毛轻颤地讲道："有个男人，在路边捡到一个瓶子。打开盖子，里边跳出来一尊小神，说，我可以满足你的任何一个愿望。那男人忙说，我要做一番大事业，这件事呢，必须是没有任何一个男人完成过的，或者曾经尝试去做过的。小神仙听了，哈哈一笑，说这不容易嘛，我就把你变成家庭主妇吧。"

哈哈哈！

"呵呵，申小姐是女中豪杰，讲起笑话来也很特色，我看，过关了。"

"您过奖了，我这也是听人讲来的。"申慧娇笑着说。

既然周全市长发了过头令，王进礼忙接上话茬："好吧，那我就恭敬不如从命了。有一个镇长，知道县长的属相是属鼠的，于是订做了一只金老鼠，送给县长，作为庆寿礼物。县长接过金老鼠，不住地夸奖这个镇长聪明能干。随后，县长又悄悄告诉他说，你知道我太太的生日吗？也快到了，她是属牛的。"

又是一阵哄堂大笑。

刘宇泰笑眯眯地说："我接着申小姐的说，也来个小神吧。有个人在沙漠里没饭吃没水喝，这时跳出小神仙来说，我可以实现你的一个愿望，快说吧，我赶时间。这个人就说，我要老婆，神仙立刻变出一个美女，然后不屑地说，都快饿死了，还贪图美色。"

"不行，不行，不可笑，得干一杯。"马丽嚷嚷着，徐伟几个也认同，刘宇泰只好喝了一杯，说道："总得有人喝，是吧。古老板，该你了。"

"有个傻子，浑身脏得要命，处处招人讨厌。前一阵城里刮起买彩票之风，傻子就跑彩票摊前念念有词，有好事者听出他嘴里说的竟是一串数字，就记下来写作彩票号码，没想，竟然中了一个一等奖。于是你传我、我传你，越传越离谱。傻子再出来，便有一群闲人争相簇拥着。近来呢，城里又流行起即开型实物彩票，不需要写号码了，就没人再跟着傻子了。有好事者问傻子，现在好吗？傻子呵呵傻笑，回答说，这几天真好，再没一群傻子缠着我了。"

古锋说完，见有人笑，有人目无表情，心里有点后悔，怎么最近三句话不离本行呢。接着就听有人反对，他只好老老实实端起杯子饮酒。

孙师傅和吕刚见势，都痛快地端起酒杯，先干为敬，倒是省得费口舌了。

轮到马丽了。“那好，我来讲个谈恋爱的事。一只老鼠，得意地跑去跟猫说，我现在啊，正和蝙蝠谈恋爱呢，将来孩子们就生活在半空中，那时候还怕你们猫吗？猫冷笑一声，指着树上的猫头鹰说，看见没有，她已经怀上我的孩子了。”

哈哈哈！众人都忍不住笑了起来，尤其是马丽自己，咯咯地笑着，还捂住了肚子，勾下了腰。

徐伟先忍住了笑，朗声道：“有一个人，脚生了疮，痛得不行了。就跟家人说，快去把墙壁给我凿个洞。洞凿成了，他把那只痛脚伸到了邻居家里。家人问他是什么意思，他说，它到了别人家，让别人痛去吧。”

嘿嘿，呵呵，虽然众人反应不同，基本上都有笑意。看来也有几把刷子，这笑话斗起来还真够热闹的。

不知不觉，酒楼包间的窗外已是夜色朦胧。城市夜空下，肆意闪耀的绿色霓虹灯格外刺眼。城市马路边，娱乐场所里叫嚷的阵阵暧昧之声格外刺耳。城市小街里，夜归的醉汉们发出梦魇般的呢喃格外刺心。

这样的城市，早晨让你压迫，中午让你紧张，晚上让你疯狂。

第二十一章

人生中最大的投资

早上醒来的时候，古锋看到申彤坐在床边，静静地观察自己睡觉的模样，心里感到一阵爱意的温暖。他觉得大脑昏沉沉的，嘟囔道："不好意思，昨晚喝多了，老喊胡话，让你没休息好吧。"

"你睡觉的样子好可爱啊。"

申彤的脸上写满宁静的温馨，身体自然柔和地舒展开来，又倒在他怀里。两个搂抱在一起，古锋清醒了许多，揽住申彤想要吻她，可她轻轻推开他，站起身来。"该吃饭了，今天要去你家，我有点紧张，早早地睡不着，别到时候无精打采，让你爸妈不喜欢我。"

"怎么会呢，你有自己的兴趣和事业，有独到的生活品位，这样的好媳妇，可是打着灯笼也难找啊。"古锋说着，顺从地穿衣起床。

申彤到厨房里，忙着将饭端上餐桌，然后她去另一间卧室里喊申慧。

阳光透过朝南的落地窗，静悄悄洒落进来。从这里向外望去，造型十分别致的假山流水尽收眼底。

古锋走到餐桌边。申彤幸福地朝他招呼着，"来，快坐下，我们吃吧。"她骄傲地把精心准备的饭菜和米粥端到他面前。

"真没想到，你还有这么好的手艺。"

"夜里你有呕吐，这会饿了吧，多吃点，回家时显得精神点。"

"嗯，小慧呢，等她来，一起吃。"

"她不愿起床，说是你也不照着她，让她喝了酒，这会儿还难受着呢。等到点的时候，她自个儿会按时赶到酒楼。”

“生意上多亏有她啊。昨晚周市长到场，一家人怂恿着让小慧喝酒，幸好这种场合不多。”

“你以后也注意点，一是别把我妹妹灌醉了，二是你别让人给灌醉了。没酒量，你少喝点，我不信就应付不过去。”

“是啊，这点我改，听你的。哎呀，好香呀。”

古锋感觉到申彤十分细心体贴，她煲的粥端上来，温度适中。他喉咙里发涩，一口气喝掉了一碗。申彤站起来，去替他再舀一碗。古锋望着她的身影，心中洋溢着无比的幸福。

她是这么一种优秀的女孩子，无论在事业上还是在生活上，她从来都不偷懒。或许你可以说她做得还不完美，但你不能说她没有尽力。和她相比，自己真是相形见绌。就拿少儿主题乐园计划来说，他觉得实施起来难度很大，可她鼓励自己，等启动资金凑够了，马上去做起来。她说，凡事不尝试，不做起来，机会就是零，如果努力行动了，至少会有一半成功的机会。

“你想什么呢。”

申彤回到餐桌前，剥着一个煮鸡蛋。古锋忙回过神来，感激地看了看她，回答说：“瞧你的工作那么繁忙，生活中事事也安排得条理分明，跟你在一起，如浴春风般，实在快乐极了。”

“你就会奉承人。我不会为了大目标而放弃每一天、每一分钟的快乐。工作是为了快乐和充实，每一天的快乐对我很重要。这是现在我唯一的追求。”

“这一点我得向你学习，让每一分钟都活得精彩。”

申彤笑了笑，将剥去皮的鸡蛋放进古锋的碗里。“你们的宴席进行到那么晚，都聊些什么呢。”

“乱七八糟的，瞎应酬吧。倒是谈起过科源，最近它多次股价异动，又是拉高，又是派发，周市长说，这次基金成了弱庄，似乎控制不住局面，新的庄家很快会冒出来。”

“不错，是恶庄，来势凶猛。”

“说起来，有点让人不寒而栗。看来，在股市里赚钱，懂得分辨庄家太重要了。有些股票，在诸如经济增长、利率的大环境与其实际业绩均无大变化的情况下，一两个月时间要么涨三五倍，要么跌三五倍，这些庄家真是呼风唤雨，无所不能啊。”

“是啊。庄家对敲，自买自卖。在拉抬时，不断少卖多买。在打压时，不断多卖少买。当接近拉抬目标价位、手中已拥有大量股票的时候，就逐步出货。同样，在打压价位时，开始逐步进货。交替使用这两种手法，庄家可以快速盈利。要跟好庄，只要打开K线图，一个个地去寻找，一般是能找得到庄家的踪影，也可以发现庄家拉高出货的痕迹。”

古锋听了，有点纳闷地问：“既然如此，你为什么放弃科源？”

“以我现有的能力，风险过大。科源的质地太差了，可能雯姐在里边工作，会有更多体会。如果不是它与G市政府有着千丝万缕的联系和利益关系，在经营业绩持续恶化时，市政府不遗余力地予以支持，恐怕它早撑不到今天了。政府还把以往收到的税费返还给它，来大幅度提高企业的会计利润，向其注入实实在在的经营活动现金流入，但这种现金流入，你说能持续稳定吗？”申彤见古锋也吃完饭了，站起身来说：“等今天见到雯姐，我会向她请教一些有关科源的问题。去，看一会电视吧，等我洗好碗筷就出发。”

和煦的阳光照在车厢里，暖洋洋的，古锋和申彤的心情变得轻松起来。半个小时后，他们到家了。

古妈见到申彤，心中的石头总算落了地。这女孩穿着镶有花边的条纹衬衫，桃红色薄薄的小外套，碎花连衣长裙，长得楚楚动人，还流露出淡淡的清新味道。她相貌有点平平，可着装富有品位，气质独特。听雯雯说，人家已经帮锋儿赚到上百万了。这对于辞掉公职的儿子来说，帮助实在是大。嗯，过日子应该是一把好手。古妈左瞅瞅，右瞅瞅，觉得儿子的眼光不错。

一家人寒暄过后，古锋出门去，将申彤买的一大堆礼品从车上往屋里搬，古雯跑出去帮忙。申彤有点儿羞涩地说：“我也去拿东西。”

“孩子，你歇息一下。”古妈伸手要拦。

“我不累。”申彤说着就往外走，看到古雯提进来两个包，她想帮帮手，可古校长去接过来，放到一边的小搁物间了。古雯和申彤手拉着手又出去搞运输。

不苟言笑的古校长走过来，古妈拉他到后边的院子里，小声地问：“你觉得怎么样?”

“这姑娘不错。”

“锋儿是看上她有才了，长相虽一般，但平头正脸，五官端正，模样和和气气的，还挺受看的。刚才你听到没有，人家喊我们爸妈了。”

“当然听到了，这会儿谈恋爱倒来个闪电战，好啊，好啊，早点结婚，要个孩子，趁着我们身子骨还硬朗，给照看着……”

“你倒比我心急。”古妈打断他，“哎，我们得表示一下吧？锋儿也不早点打个招呼，搞了个突然袭击。过会儿你找个借口，出去取点钱回来，见面礼总是要给的。”

“我看，就把锋儿还回来的那十万块给她，她帮锋儿赚了大钱，现在爸妈都叫了，我们太小气可不行。”

他们回到客厅里。东西都搬进来了，申彤正和古雯聊得火热。古妈走过去，拉起申彤的手，竭力表示热情地跟她说话。“孩子，做投资工作，挺辛苦的吧。”

“还行，时间长了，都适应了。”

“我常听雯儿说，整天跟那些数字打交道，很累脑子。你做这一行，可得注意休息。”

“没事，您放心。”

“锋儿呢，从小就缺乏经营头脑，这方面你多教教他。”

“哪里啊，做企业我看他在行。”

“你还夸他呢……”

古妈刚想再说什么，古校长笑着说：“我得出去一会儿，社区绿化的事找我商量，早就约好的，不好推脱。你们聊，我很快就回来。”

申彤忙站起身来。古妈忙拉她坐下，说："坐，坐啊。以前上班时，他把工作看得比家庭重要，现在退了休还是老性子，一有什么老同事老朋友找他出去，他就把家里的一切都抛下。呵呵，你们年轻人，一定得兼顾好事业和家庭啊。"说话间，古校长出门去了。

古雯十分麻利地削好了一个苹果，递给申彤。"吃啊，自己家，别客气。"

申彤想让给古妈，古妈笑着推开了。

"你客气啥，快尝尝，这苹果很甜。"

申彤轻轻地咬了一口苹果，果然清冽甘甜。她开始感受到这个家庭的温暖，脸上盛开了快乐的花朵。她想起有句话说的很有道理，"人生中最大的投资是婚姻，人生中最长的投资是家庭。"是啊，如果把人生的成功比作是一个数字的话，婚姻和家庭就是那个打头的一，而其它方面的成功则是这个一后的零，如果没有了婚姻和家庭，再多的零也是枉然。她一向相信自己的选择，正如同她的操盘风格一样，她的任何一个决定都不是一时冲动做出的，而是经过了足够理性的分析与判断。

她希望自己跟古锋的爱情，能够亘古不移，能够天长地久。

回华融国际城的路上，申彤的手机响起来。她坐在副驾驶席上，车子由古锋开着，他两眼瞪圆了，握着方向盘的动作略有些僵硬。

"喂，哪位？"

"是我，申小姐，上次我打电话说过了，想请你加盟我们的投资公司，担任公司副总，由你全权负责公司的证券业务。经过董事会研究，这不，待遇方面也定下来了，每个月的基本工资是两万元，如果你主持的项目赢利了，公司就会以20%的提成回报给你，当然，还有公司的股份，都好说。不知申小姐你意下如何？我这里可是求贤若渴啊！"

"谢谢了，蒲先生，怕是我难当重任吧。"申彤打着电话，朝古锋笑笑。

"谦虚什么呀，你像一位出色的乒乓球运动员，在电脑前机智地左拦右挡，将多种股票玩弄于股掌之中，能请到你，实在太荣幸了。请你务必考虑一下。”

“行，我们再联系。”

“好，我等你电话，可一定哟。”

“再见！”申彤把手机放回包里，目光看着前方的路。

蔚蓝而清亮的天空下，有几只鸽子拍着翅膀轻轻掠过，成行的树木郁郁葱葱，树上开满了花。

古锋扭头看了一下头问：“你要跳槽？”

“哪里呀。说起来，挺讨厌的。这个人叫蒲松，以前跟一家外地的公司老板去过我的公司，当时对他没多少印象。不是跟你讲过，最近一段时间，我收到过十多次搞笑的短信，打电话过去问，才知道是他，现在自己办了一家投资公司。”

“听起来，他开出的条件还不错，提成比例高。”

“不知道他的公司有多大资金规模，如果真如同他所说的，有几亿元给我运作，倒值得考虑一下。我现在的公司老是把利润抽出去，搞创投项目投资，手头只有五六千万老本钱可用，发挥余地太小。我想起来了，你同学的弟弟胡蒙就跟着这个蒲松干，改天你约一下，我跟他聊聊。”

“其实，如果换单位的话，你不妨考虑更大些的机构，你的水平那么高！”

“这几个月只赚了两倍多，和一些顶级操盘手比起来，差距还大着呢。”

车缓缓驶入一个加油站，申彤告诉服务员将油箱加满。她嘴里朝着古锋嘟囔道：

“近期国际石油价格大幅度下降了，可国内这油价反倒再次上涨，你家附近的那个加油站也关门了。看来，这石油股不能碰。”

“就是啊。”

古锋看到申彤闭上眼睛休息，便也用双手擦了擦脸，长长地舒了口气，然后抄起手机拨了号。“小胡，最近怎么样？公司业务进展顺利吗?”

“古哥呀，我还行，业务方面不错，你那都好吧。”

“都好，有时间就到酒楼玩。我这有个事，你们老板邀请我的一个朋友过去，不知公司到底怎么样?除了股票，还做什么业务，资金有多大，你给我透透底啊。”

“这个，实话跟你说吧，公司底细我还真不知道。我来了后主要是做证券咨询，目前公司光收取的客户理财金和保证金，就有上千万了吧。这几天，又要代理一家科技公司的原始股，这种股票一上市至少可翻两三倍，而且上市地点就在国内中小企业板。已经有很多客户感兴趣，这块承销出去，几千万没问题。我都没想到，这么快就有这么大的收入。”

“那行，先祝贺你了，我们改天约个时间，见面聊。”古锋挂了电话，目光投向申彤。“听胡蒙说，还不错。”

“不对!”申彤一直在思索着什么。“你知道吗?时下股市跌宕起伏，这让不少非法证券咨询有了可乘之机，要么拉你交上千元的会员费或是保证金，加入炒股组织，要么是所谓的专家要收取你的诚信费和提成。还有，他的原始股，很有可能也是个骗局。看来，这个蒲松的头脑比一般的骗子要强。”

“你这么快就能肯定?”古锋的目光瞥了瞥加油站的计价器，掏出钱包把油款付给服务员。

“直觉吧。我如果没猜错的话，他的初衷，可能不是骗到钱就开溜，而是想利用拿到手的保证金还有其他钱，全部投入到股市中，赚了钱的话，再把客户的钱返还回去，等于借了钱炒股，却不付利息。但如果股市上受了损失，那他肯定不能在G市呆了，搞不好就是卷款逃跑。”

“所以他想让你过去，帮他炒股。”

“算了，以后甭理他就是了，想一想真可笑。但愿我是多虑的，胡蒙不是以为公司还好吗?可谁能料到将来的后果呢。”

古锋点点头，“相信你的判断没错。我们还得提醒胡蒙，千万不要误入歧途，只看到眼前一时的利益，却帮着干骗人的事。等回头我再给他打个电话，约他到股风大酒楼见面谈，绝不能让他助纣为虐。”

“你这么富有正义感啊。看来，哪天即使你能把一个企业做得很大，也不适合于上市之后还由你来主持经营，除非你退居幕后，安心当股东。”

“这话怎么讲？难道有正义感，就不可以当上市公司老总？”

“呵呵，随便说说而已。我们走吧。”申彤说罢，略微显得疲倦地合上眼皮。

古锋接过服务员递来的发票，放到钱包里，然后伸手一触车上的按纽，车窗自动合上了。他发动起车子，瞅了申彤一眼，关切地说：

“最近一天到晚看财务报表，累坏了吧。”

“是有些累啊，你不仔细研读分析，很容易被表面上的数字所迷惑，上虚假信息的当。”

“我是看不懂那些东西，以前听王进礼讲过，股民们对于上市公司的会计信息是否真实并不关心，我现在也不例外，投资决策时这方面几乎不予考虑。但我也感觉到了，内幕交易、庄家炒作和政策救市大量存在，使得公司的真实财务状况和其股票的市价相关性不强。真如同雾里看花呀！”

申彤睁大眼睛目视前方，“不错，这样的市场中成长起来的股民，没有信心也没有耐心来长期持股，依靠公司成长来获取回报。大家只是热衷于靠内幕消息判断股价走势，获取短期的价差，投机动机非常明显，只会盲目地跟风、追涨杀跌。所关注的焦点是所谓的内幕信息，而绝非财务会计信息。买卖股票的动机完全定位在博取差价，获取投机利益，没有耐心在培养公司长期盈利能力的过程中，获得投资收益。在这种投资动机的指引下，会计信息是否真实，对广大股民而言并不重要，他们真正关心的是，会计信息的披露能否形成‘炒点’，而使股价上升，这是他们的切身利益所在。”

“你看得很透，难怪你从来没有追涨杀跌、快速进出。”古锋非常信服地点点头。“哎，近期农业板块表现得最好，我盯得很紧，觉得农禽股份和中佳油业很不错，昨天几家股评一致看好，尤其是从华尔街归来的经济学家石中金，被股民们称作点石成金的高手，他也是一再推荐。你说，是不是拿三十万元建仓？”

“我跟你说过不要听股评的。他们描绘某股将大幅上扬，买入某股可以赚钱，可你有没有想过，当你轻而易举地获得这些信息时，你应不应该相信有这样的幸事眷顾？股评的正确度是有限的，如果它完全准确，那么从收益的角度看，股评人士就应该放弃股评，而专门从事投资。如果股评人士认为投资不如从事股评业务来得赚钱，那么他的股评就不能指导投资。像那个石中金，什么经济学家，也不过是在证券公司里混饭吃。”

“好，好，这回我记住了，我自己有个这么专业的老婆，干嘛还要听他们的。”

“别只顾耍贫嘴，该转弯了，开得慢一点。”

“嗯，我这还开得快呀。”古锋专心地看着路况，稳稳当当地开着车。“彤彤，你认为农禽股份和中佳油业怎么样？”

“农禽股份的报表过几天出来，等看看再说，别轻举妄动。中佳油业？呵呵，这几年你都千万不要考虑。”

“啊，为什么你这么肯定？如果二选其一的话，我本来偏向于这只股呢，它可是X市第一纳税大户，而且股风大酒楼炒菜用的油就是它生产的。”

“我知道短期炒作它可能会有盈利，但中佳油业惯于掩饰重大交易或事实，还是绝对回避为妙。当然，很多上市公司都是这么做的，不是利用报表项目进行掩饰，在会计报表项目中，以‘其他应收款’和‘其他应付款’作为调节器，就是在表外披露中掩饰，通常是对重大事项如诉讼、担保事项等隐瞒或不及时披露。只不过，中佳油业的问题我比较清楚。”

“很严重吗？”

“有没有更严重的我不知道，但我了解一点，中佳油业异想天开地设计了一个多报公司花生油库存的方法。它在公司的油罐里注水，只是在表面加上一层油。油罐由地下管道相连，这样在审计员考察库存的时候，表面的一层油可以根据需要传送到不同的油罐。更为精彩的是，银行贷款给中佳油业两亿多元，以资助它的花生油业务。它在X市西北部有一个巨大的花生油储藏中心。每一次获得贷款，它都以那里的一部分花生油储量作为抵押。因为它不用给银行真的运去花生油，只需要一纸协议，保证花生油在还清贷款之前属于银行。中佳油业这样的做法，无疑是埋下了一枚炸弹，一触即发。”

“哇，好险！”古锋朝申彤伸了一下舌头，“幸好你这几天没到外地调研，否则我可能会自作主张，炸个粉身碎骨。咦，这种事一定知情者甚少，中佳油业的内部员工也未必有多少人知道，你怎么能得知这样的秘密？”

古锋心里非常佩服申彤，又偷眼看了看她，感觉她如同一帧清淡的风景画，给人更多的是自然的一面，热烈而不妖艳，恬静而不沉郁。

“说来也巧，我跟两个基金经理一起去调研过，都没发现什么问题，我已经决定跟进机构的买入。那两个人当天下午坐飞机走了，而我买的是晚上十点的火车票，反正有时间，我就在中佳油业总部所在地闲转，发现有不少员工呼朋引伴，进了附近一家大型茶餐厅，我便也去那里边吃饭，想见识一下他们的精神面貌。谁知，还真让我抓住了这个秘密。”

“呵呵，不会是中佳的老总跑去茶餐厅里，召开高层办公会，被你窃听到了？”

“你知道，有些人天生讲话嗓门高。当时没有什么大角色，是一对青年男女，我正好坐在他俩旁边，虽说我们中间有半高的隔板，可那个男的讲话特别洪亮，几乎全听到了。他跟女孩讲了不少肉麻的话，唯恐对方不相信他有远大前程，又一个劲儿吹嘘，就把中佳油业假库存的事给抖出来了。”

前边马路旁衔接着一条长长的围墙，围墙中段被拆了豁口，用化纤网遮掩着，里面正在施工，尘土断断续续地在半空中飞扬，好像谁的一腔怨仇在纠结不休。

古锋谨慎地把持着方向盘。“他是具体操作人吧。”

“算你猜对了。那个男的原先不过是一个搬运工，可竟然能想出这样一个点子，写信向公司老总献策并被采纳。他正是凭借这样的功劳，那天刚刚被提升为仓库主管，还拿到几万块资金。好像女孩子以前对他看不上眼，我听到她有些动心地说了一句，伟利，没想到你还是个人才呢。”

说话间，他们已驶入了市里。繁华的大街上，红男绿女个个衣着光鲜，流光溢彩。走着走着，车流量有点大，古锋放慢了速度。申彤别着头朝一边的烧烤街观望。街上袅袅升腾起许多烟雾，盘旋进梧桐的枝叶里，久久挥散不去。

第二十二章

故弄什么玄虚

申彤的揣测没错，蒲松的如意算盘打得很好，计划也很周密。这年头，英雄不问来路。他的公司还未正式注册，准确地讲是一家假公司，更不用说公司根本不具备股票买卖和转让的资质了，但这并不妨碍他每天督促业务员，疯狂地打电话，骗取各地客户不断地汇来资金。

此刻，他坐在宽敞明亮的办公室里，闭着眼睛沉思着什么，左手指缝夹着的香烟快要燃尽了，只剩下靠近过滤嘴的一丁点。今天田伟利忽然打电话给他，建议他设个股评员，到电视台去造影响。他担心自己的公司没有注册、没有资质等各种问题暴露出来。田伟利却说，越是心虚才越应该造大声势，这样唬得别人懵了，才会被蒙蔽。等别人清醒过来的时候，他就可以鼓着钱包卷席走人了。并且保证，只要到时候按他的意思推荐个股，各路打点的费用，他一概买单。既然这样，他蒲松就没有什么可担心的了。

砰，砰，砰，外边响起了敲门声。

“进来！”

胡蒙精神抖擞地走了进来。

“老弟啊，坐，有件出人头地的事，不知你敢不敢做。”蒲松开门见山地盯着胡蒙问。

“只要不犯法，有什么不敢的。”胡蒙不卑不亢地说。

“当然不犯法了。是这样的，我们公司打算推荐一个股评专家，到电视台去参与节目制作。这可是个大好机会啊。但也需要称职的人才。

我觉得咱们公司的业务员中，你是最优秀的。而且你选的个股，一般都是稳中求胜，许多顾客都非常信任你。我听说，还有人铁定了心，就要听你的建议呢。你看，你最适合这个位子了。”

“嗯，股评节目我倒是也看，他们水平也比我高不到哪里去。问题是我自己水平也不行，万一出了差错，不是误人前途嘛。”

“呵呵，实话告诉你吧，许多所谓的股评家都是图钱误人。他们拿了庄家的钱，听命于庄家的指使，是庄家的走狗。所以啊，咱们就针对这种歪风，不为任何庄家卖命。只要实事求是推荐个股，这样咱们公司的声誉就能上去了。而这个伟大的使命就交给你了。”蒲松一个劲儿地给胡蒙戴高帽，这个年轻人会受用的。

胡蒙沉默了良久，大概很动心。

“你好好考虑一下吧。到时候我请你做公司业务总监。但你平时不怎么需要管业务员，你的任务主要就是按时和电视台连线，推荐个股。当然还要讲许多与此相关的废话，这个不用我说，你那么聪明，肯定一学就会。根据按劳分配原则，你做这么重要的事，工资比现在翻一番。”

“想不到蒲总和公司这么看得起我胡蒙，我不是不愿意为公司做这件事。我只是担心自己水平不行，再说，电视台凭什么相信我啊，我又不是科班出身？”

“你只要愿意出面就行。其它的事，你一概不用操心。等和电视台联系好了，我就通知你。你啊，就准备节目台词吧。”

胡蒙点头称是，高兴地离开了办公室。

见胡蒙走了，蒲松重新点燃一支香烟，狠狠地吸了几口，然后摸起电话。

“喂，申小姐，我上次的提议，你考虑得怎么样了？……啊，没兴趣。条件我们可以再谈嘛……是啊，是啊，你们女孩子就喜欢安宁。我也没办法，谁叫我们庙小呢。好吧，什么时候你改变了主意，随时给我打电话，啊……”

他把话筒一摔，自言自语地说了一句：“妈的，道不同，不与谋！”

他垂头丧气地朝椅背上一靠，双手交叉到脑袋后边，脸部朝上看着天花板吊顶。

如今看来，要想炒股赚大钱，只能完全指望田伟利了。上次按他说的照办，让客户短期炒作ST科源，都赚到了一点钱，增强了他们对自己的信心，还新发展了不少会员。但是这个田伟利虽然年轻，城府却很深，不知道他葫芦里卖的是什么药。一旦资金损失或是被套，客户们闹起来，那可就麻烦了。想到这里，蒲松不由地皱紧了眉头。

过了一会儿，他猛地挺起身来，狠吸了一口烟，嘴里“噗”地喷出一大团烟雾。他又自言自语道：“牛市的时候，每个人都敢自称股神，炒什么都涨，我怕什么。不成功，则成仁！”

“当当当。”

外边又有人敲门。蒲松漫不经心地应了一声：“进来。”

“蒲总，这位是黄小姐，对华泰科技的原始股很感兴趣，特地来我们公司考察。我刚才跟她先聊了一会，她很想跟您再谈谈。”

一位挂着工作胸牌的老伯恭敬地说。看上去，他有五十多岁，是看到报纸上刊登的公司招聘信息后，被蒲松招入公司的，像这样的退休职工来这里上班的还有十多人，再加上各类年轻的闲散人员，蒲松的公司一下子壮大到三十多人的规模。新人上班后的头三天，早上是早会，晚上是晚会，中间的时间是培训，同事之间互相激励、反复灌输、集中“洗脑”。培训的内容是讲解股票、投资、推销等方面的知识，最后一天则是讲华泰科技的股票有多好，是X市的行业龙头企业，马上要上市，是绝佳的投资机会，鼓动大家购买，并让他们向自己的亲戚朋友熟人等推销，每推销一万股发放一千五百元提成。

蒲松打量了一下来者，满脸堆笑地说：“黄小姐，幸会，幸会啊。你去忙吧。”老伯“嗯”了一声出去了。

他伸手朝旁边的沙发示意，“来，请坐，快请坐！……这是鄙人的名片。”

“噢，是蒲总。我叫黄娜。”黄娜说着，目光飞快地朝四下打量了个遍。

昨天她突然接到一个陌生电话，向她推荐入会炒股，她说自己并没有炒股，对方转而向她介绍委托理财。本来，她对这类事并没什么兴趣，但是上次郝杰炒股失败，是他俩心中的一个结。再说，现在他们的日子过得太寡味了。没有任何其它收入来源，两个人每个月就靠那点死工资度日，借古锋的钱不知哪天才能还上。虽然不能说吃不上饭，但和人家大把大把花钱的人比，总觉得这日子难熬。所以她整天在心里懊丧，要是嫁给以前那个富商，就不会受这份窝囊罪。人家那些干法院的，吃了原告吃被告，肥得流油。郝杰却没本事，不会来钱，炒股还只会赔钱。她越想越气，可是自己一个女人家，能有什么本事呢？唉！想起来，好像真的只有这股市能成就女人。不用抛头露面，不用卖弄色相，不用吃苦受罪。再说，她常听身边的人说，现在是大牛市，傻子也能赚钱，郝杰他怎么就比傻子还傻呢。对，我为什么不试一下，郝杰赔钱，自己未必会输。

来到写字楼的这一层，黄娜看到大门口挂着“国诚投资”的牌子，办公室的玻璃门上也到处标记着“国诚投资”，她的心里已经放下了警惕性。

刚开始，约她前来的老者接待了她，让她开户炒股，但马上又说炒股和委托理财的收益太低，不如参与他们的另一项“业务”，购买华泰科技的原始股，并大肆吹嘘了一通美好的暴利前景，还主动出示了一些文件，如公司的上市承诺书、股份回购承诺书、交割单等。她对于股票方面知之甚少，拿不定主意，就要求见一见这家公司的老总。

“黄小姐，您的名字实在太好听了，人更是长得漂亮。能帮您赚钱，实在乐意之至！”

蒲松将泡好的一杯茶递给黄娜，眼珠子却偷偷地到处乱转。

“谢谢！您的名字才有意思呢，蒲菲特，我第一印象还以为您是外国籍呢。”

蒲菲特是蒲松印在名片上的化名，他心想，申彤不来也是一件好事，因为之前他们那次见面他用的是真名字，如今业务搞起来了，他还用真姓名，不仅有点土气，而且也太傻了。

“呵呵，这倒不是，我是龙的传人，曾经在美国沃顿商学院读过书，在华尔街银行打过工，但思乡心切，今年便回国创业，为国效力。美不美，家乡水嘛。”

“您真让人佩服啊。看起来，你们的客户蛮多。”黄娜在外面办公间曾看到十多个和她一样前来咨询的人。

“是啊。股海太深了，靠单打独斗，赚钱没那么容易。别看如今的牛市在一个劲儿飞奔向前，可止不定哪天，就会陷入恐慌性杀跌之中。像沪深股市几次暴跌，行情跌宕起伏，从一片惨绿，到红光四射的大落大起，一般的股民又如何能够把握住机会？所以，大家都乐意跟我们公司合作。”

“说实话，我并没有炒过股。”

“是嘛，那我们公司的业务更适合你了。在股市中，往往流传一些人如何赚钱、如何发财的故事，但这只是表象。我们的儒家文化提倡隐恶扬善，因此，赚钱的故事要比赔钱的故事更容易流传。一般说来，投资能够成功，是各种主观和客观因素综合作用的结果，这与买股票必然赚钱没有任何联系。打个比方说，你的同事在上证综指七千点附近买入股票，尚有较大盈利，但这不等于你在上证综指六千点附近买入股票，也一定赚钱。可见，股票投资对专业知识要求很高。这些知识的积累，只能循序渐进。它如同科学研究一样，没有任何捷径可走。在股票上投资，并不一定会让你的资本保值增值。”

“蒲总不愧是专业人士，你认为我应该怎么做呢？”

“把钱交给我们公司，代理炒股，就会稳赚不赔。不过，相比较而言，收益太慢，只是小钱。现在认购华泰科技的原始股，可是千载难逢的好机会。”

“我听说你们自己人都买了，应该不会有什么问题吧。”

“能有什么问题？即使不上市也不会有损失，股权转让过程有国家的产权交易部门把关，非常可靠。”

黄娜心里合计了一下，没想到这原始股操作起来这么简单，不必整天盯着股市行情，一朝上市投资会至少翻一番，确实比较适合自己的个人情况。她现在还不想让同事们知道，她也开始炒股了。通过今天的实地了解，尤其是刚才与蒲松的谈话，她觉得这家公司宣传得还算可信，法律文件也很全，不如买一些吧。但是，是否再详细地了解一下公司的情况？

蒲松见她脸色露出一丝犹疑，又笑着问道："看您的风度，大概从事政府工作吧？"

"蒲总很有眼力，我在市司法局上班。"

"呵呵，黄小姐，我们是正规大公司，不会专门骗您的。我看这件事，我们还是赶紧敲定吧。你打算投入多少呢？"

"好吧，我投六万元，每股三元的价格，我能买两万股吧。"这六万元是她上班以来存下的私房钱，不要说郝杰，连父母都不知道。

"这么好的机会，不多投点？"

"我一个上班族，只攒了这么多钱。"

"我们高效率点。你瞧，这是股权转让协议，你看看，没什么问题的话，我们把手续办了。"

黄娜接过协议书，厚厚的一摞，中英文对照，文字行间距很近，密密麻麻的，有好几十页。她大致扫了几处自以为关键的地方，问道："协议可以签，可为什么一定要付现金？我把资金打入你们公司账户吧。"

"这个，黄小姐就有所不知了，我们国家规定，证券公司不得买卖一级半市场股票。一会我带您到财务部去，让专人陪您去取了款，把全套手续给您，您就可以去忙了，以便节省您的时间。"

古锋在股风大酒楼的办公室里，接到了他乡下姨父打来的电话。

"我是你姨父啊，古锋。"

"姨父，您老还好吧，是不是到城里来了。"

"没有，我在家里呢，今天我往你的银行卡里，打了十八万块钱。"

"啊？您打钱干什么？"古锋心中一阵诧异。

“请你帮我炒股啊。我听说，现在炒股就像是从地上捡石子一样容易。”

“哪里啊，姨父，这些钱是您一辈子辛辛苦苦赚来的，扔到股市里风险可大着呢。”

“哎，你别吓唬我，我听古雯讲了，你现在炒股发大财了，怎么，就不兴姨父沾沾光？你水平那么高，一定得帮我把这些钱用起来，存银行里才几个利息，现在物价涨得厉害，你不帮忙，就想让我的辛苦钱越存越少啊。钱我打过去了，你不帮也得帮。你不用给我开账户，我听古雯讲，少一个账户也就少一些手续费，也不会因资金分散，错失良机。”

“姨父，那我只好听您的，炒赔了可别怨我。”

“怨什么？买卖情况你自己掌握就行，我等着你的好消息。不说了，挂了。”

古锋放下电话，轻微地摇了一下头，尔后又觉得释然。能帮姨父把钱成倍地翻番，是对他家境的很大帮助啊。要知道，他们全家种地务农，加上一年到头靠养猪，才能赚几个钱呢。表弟快上大学了，学费要交，将来结婚也需要钱。

第二十三章

誓言背后的一面

最近一段日子，胡蓉过得十分苦闷。这与工作无关，由于王进礼的关照，她在报社的工作相当轻松。一周到办公室去一次也行，去两次也成，有没有广告业绩，到月底都会有不菲的收入。王进礼在华融国际城买的这套五居室，住起来非常舒服，里边各类家庭生活物品和娱乐设备应有尽有，有一个房间专门辟出来作为健身房，里边摆着几样高档健身器材。

她睡了一整个下午，起床后简单地做了一番梳妆打扮。看着镜子里的自己仿佛日渐衰老，她深深地叹了一口气。电话铃声响起来，她走过去接听。

“小蓉，你好吧，没事就在家多休息休息。”话筒里响起王进礼富有磁性的声音。

“你什么时候过来?”

“不是说了，市里开两会，特别忙，等过几天我回去。都想死你了，只是公务缠身，身不由己。”

“鬼才相信你呢!”胡蓉有些恼怒地挂断电话。电话铃接着又响起来，她决定不去理睬，又坐到镜子前发了好长时间呆。

王进礼已经一个星期没到这里来了，平时也不过一周来个三两次。偌大的一套房子里，整日冷冷清清，这令胡蓉备感寂寞。她不甘心只做地下情人，她想过一个妻子所能拥有的光明正大的日子，她想要和他的朋友在一起喝酒、打牌、发短信、说笑话、K歌跳舞，这样的要求再正常不过，并不过分啊，可对于她来说，却是一种莫大的奢望。王进礼每每发誓要尽快离婚，跟她光明磊落地生活在一起，可一次又一次失望之后，她感到那一天遥遥无期，甚至潜意识告诉她，也许是永远不会到来了。只是她实在不甘心，仍然存在着幻想。感情世界里只要誓言存在一天，幻想就永远不会消失。但誓言背后的一面翻转过来，就会变成谎言。

闲来无事，她待在家里捏着电视遥控器，靠一些无聊的肥皂剧打发时光。除了去报社并顺路买点菜之类，她基本上足不出户。偶尔她会出去，到附近的花店学学插花，跟花店里打工的那几个十七八岁的年轻女孩子聊聊天，她会寻得着自己当年天真活泼的模样，心灵上得到一点儿莫名的慰藉。

胡蓉出了门，慢慢地行走，穿越小区里的健康苹果广场，又从植物迷宫和幸福会所一边走过，出了华融国际城的大门。她顺着马路，朝南边直走了一百多米，再右转走入一条窄了许多的街道。两旁有十多家小商店，摆在路边的各式商品琳琅满目。临近花店时，两个正在弯腰收拾新鲜花草的女孩子望见她，热情地跟她打招呼，她向着她们点头示意，脚步不停歇地走过花店，继续前行到十字路口，再左转向南走，径直走到一家生意兴隆的大排档门口。

“姐。”胡蒙从打开的落地窗里探出头来喊她。她进了门，从几张坐满人的桌子旁边穿过，走到胡蒙对面的椅子上落坐。

“你从哪里走过来的？我还老盯着对面的车站看，报社有到这儿来的公交车。”

“噢，我从客户那边直接过来，没去报社。”

“好久没来这里，菜谱都换了，挺有意思的，你看看吧。”

胡蒙将红皮封面的菜谱递到胡蓉面前，接着说：“怕人多上菜慢，我先点好了，你猜？我点了些什么菜？好着呢，有翠柳啼红，也就是青椒炒红辣椒。二龙戏珠，就是两根豆角中间放个肉丸子，红唇灿烂，就是白糖拌西红柿。”

胡蓉听了，觉得是有点意思，便打开菜谱来看。

“还有芙蓉出水，就是清炒小白菜。玉腿生辉，就是油焖田鸡腿。纤指弹琴，就是腐竹芹菜。小家碧玉，就是小葱拌豆腐。还有，玉女脱衣，你说是什么？去皮的黄瓜。哈哈哈！不过，这些我都是按你的口味选的。”

“这乱写些什么呢，东扯西扯的。”胡蓉将菜谱合上，扔桌子一边去。

“你别说，看来这家的老板挺有创意。”

“哗众取宠。”

“这有什么了，能吸引眼球就行。你从事广告业，也该学学这一手。”胡蒙大咧咧地说着，样子很开心。

胡蓉这才恢复了一些精神，她问道：“点这么多菜，你发薪水了。”

“我提职了，姐。还有，我当上了股市的特约评论员。G市电视台经济频道。”

“是吗？行啊你，成专家级人物了。”胡蓉第一反应就是为弟弟高兴。

“那倒没有，只是公司业务需要。其实，我还是想回到以前的生活中，自由自在炒股，无拘无束过日子。可惜手头实在没有多少本钱。”

“你想要多少？”

“十五万块吧，我不想再玩小的了。现在我的工资都在股市里。有人用三千块，三年就会炒到十五万。我也做到的话，按这个速度，一年就能炒到二百五十万。我小富即安，没大追求。来，菜上好了，姐，吃呀。”

胡蒙说着，自个儿倒上一杯啤酒，喝了一大口。胡蓉伸手拿过啤酒瓶，也给自己倒上一杯。“难得我们姐弟俩又在一起，我陪你喝几杯。”

“你不是不会喝酒嘛。怎么，干得不顺心？”

“没有。刚才你说什么，又要炒股，炒到多少？我看你，非得整个二百五。”

“呵呵，姐，你可真会说笑啊。哎呀，你喝酒这么猛，一口气干一杯。”

“你不是知道我做广告业嘛，陪客户练出来了。”

胡蒙见胡蓉又要倒酒，忙夺过瓶子，替她来倒上。“是吗？公款喝酒，不错，今天还是你买单了，谁叫我是你弟弟。我们干一杯。”

两个人各喝光了杯中酒。胡蓉夹起菜时，感觉酒劲开始往脑海里冲了。“好，我买单。趁着我没喝醉，你把你银行的账号写在这上面。”

胡蓉掏出包里的笔，拿出一张单面名片，翻转过来，将空白面朝上放到胡蒙的桌子上。

“不是吧，姐，你又要给我赞助啊。”胡蒙顺从地找出自己的银行卡，将账号抄下来。以前他还在读书的时候，胡蓉就常给他寄钱，供他补贴生活。

“明天我打十万块给你，这样让你快点炒成二百五。”

“又取笑我了，姐，你怎么有这么多钱？”

不知是不是酒力上来了，胡蓉脸红了起来。“你才用了几天，就赚了好几万块。我在报社干得时间长，我们广告也很有油水的，以前我还有存款的。再说，女人天生会攒钱嘛。”

“还是姐姐疼我，来，服务员，再拿一瓶啤酒。姐，我敬你一杯。”

接连三杯下肚，胡蓉觉得胃里翻腾起来，如同遇上了沙尘暴一般难受。“服务员，还要一瓶啤酒。”

“不会吧，姐，才几天呢，你的酒量就练出来了。还是少喝点吧。”

胡蓉低头拣着几样菜吃，好把酒气往下压。王进礼想用钱收买着自己，拖延着不跟自己结婚。那就实际点，他不是有钱吗，多问他要点钱，再给弟弟一些，让他去投资，早点脱离往常那窘困的生活。

她抬起头来，朝四下里环视。她看到了最里边墙角的桌子边，有两个女孩在吃饭聊天，好像讨论着什么麻烦事，全是一脸肃容。

她又想起了李雅。

那是她们最后一次见面，李雅前去探望胡蓉，请她吃晚餐。她们也是像这两个女孩一起，躲在饭店最隐蔽的位置窃窃私语，只不过李雅请客的地方，是一家非常高档的餐馆。

李雅还是一贯的衣着名贵，打扮得珠光宝气，俨然一个上流社会名媛。而与之相比，自己身上的一件法兰绒花纹拼接连衣裙，如同在向周围的人们发布宣言，她是我的小姐，我是她的丫环。

胡蓉感叹于两个人境况的迥然不同。“李雅，你漂亮得到了令人惊艳的地步了，在你面前，我就像只灰老鼠。”

李雅没有马上说话，竟然点燃了一支烟，纯白色加长的那种香烟。“灰老鼠有什么不好啊，揣着小理想，活得逍遥自在。”

胡蓉吸进了她吐出的烟雾，被呛得接连咳嗽了几声才能说话。

“你好像变了！或者，有一点还没有变，一丝美丽的哀愁。不对，全变了，好像哀愁变成了苦痛了，请原谅我这么说。”

“人都是会变的，胡蓉。”

胡蓉想起毕业以来这段时间，梦想一个接一个被现实击得粉碎。难道她还能像在校园里那样单纯吗？她低下头去，一言不发。

李雅又吐出一连串烟雾，这次是朝向侧后方吐去。那样子让胡蓉觉得她像个坏女人一样。“难道你也跟我一样的迷惘、困惑，却没有谁会来安慰？不对，你是从来不需要为生活费心的人。”

李雅还是不说话，只怪怪地笑着看她。

胡蓉抬起来，也笑了笑：“又捉到你以前的影子了，记得临毕业时，我对你说过，我觉得自己真的一无是处，没有一点价值。你就这样怪笑。到了现在，生活给我的折磨更多了。你永远不会明白的。”

李雅听了，旁若无人地发出了一阵狂笑，吸引了近处的几个就餐者，用古怪的眼光朝她看，可她一脸的无所谓。“胡蓉，我这样子没吓着你吧。”

胡蓉摇摇头。“好像我们俩无话不说，谁不了解谁，可是很多时候，都是怪怪的。”

李雅又是一阵大笑。“别人会不会以为，我们是一对怪异的同性恋呢。”

胡蓉也笑了。“本姑娘现在孑然一身，热烈欢迎恋爱光临。爱情也是财富啊。就是不知道你怎么样。啊，你向来什么都不缺，对我兴趣如何。千万别告诉我，你正在谈恋爱，甚至跟某个人同居着。那样我可就没戏了。”

李雅又深深地吸了一口香烟。“你乱说什么呢？爱情对于我而言，就像一张扑克牌的两面，可以随意翻转，可以去爱，也可以不爱，相信在这一点上，你跟我不一样。”

胡蓉啧啧地用舌头咂着牙齿。“这可不一定，李雅，别把自己装扮得这么神秘，好像一切都看透了。而实际上，可能自己陷得最深。”

李雅看似漫不经心，实则沉重地叹了一口气。“作为朋友，我必须提醒你。以后，如果你谈恋爱，留神那种什么都好的男人，尤其是嘴巴特别甜，特别会哄人的男人，做起事来处处为你着想，特别体贴的男人，还要留神那种经过一番奋斗赢得名利的男人。总之，啊，你还是好自为之吧。”

胡蓉毫不在意地摇着头。“你这样教唆我，想让我无所适从，出家当尼姑啊。我知道了，你身边有这么样的一个人，你说的种种劣迹兼而有之，就在这儿朝我穷摆了。我有点不懂，那么好的男人，有什么不好？太完美了，你也不满意啊。真是吃饱了撑的，你富人不知饿汉饥啊。”

李雅把燃了半截的香烟，使劲按到她用过的一个菜碟上，等烟熄灭了才松开手。

胡蓉淡淡地笑了笑，目光紧盯着李雅。“好啦，你谈你的爱情哲学吧。我很实际的。我早想好了，去爱一个成过家的离异男人，他应该更懂得珍惜，嘴巴不再那么甜，行动也不那么荒唐了，甚至跟一个已婚男人拍拖都行，无所谓。”

李雅伸出两个手指，将菜碟里的半截湿漉漉的香烟捏起来，又扔进了烟灰缸里。她的表情马上激动起来，尔后又平静下去。“你绝对不可以这么想，更不能身体力行。已婚男人会向你哭诉，婚姻不幸，老婆刁蛮，那全是假话，是花言巧语骗你的同情。你绝对不要理他。唉，男人有太多欺骗女人的手段，让你防不胜防。”

胡蓉一撇嘴。“为什么？感觉这个世界太恐怖了。”她敏锐地察觉到了什么。“李雅，你好像有什么不痛快的事情，干嘛不说给我听听呢？尤其是你跟某个人的关系，干嘛非得保密。我们俩是好朋友啊，你现在这个样子，我真的很担心你。”

李雅甩了甩头，又拿出一支香烟，熟练地点燃了。“我什么事都没有，什么事对我来说也没有意义。”

胡蓉朝前坐了坐，握住李雅的一只手。“到底发生什么事了？你以前并不是这样子的，现在太过激了，有点歇斯底里的绝望。”

李雅还在发呆。“没有钱、没有权的男人算不上男人，有了钱、有了权的男人就变成了坏男人。男人是贪婪的动物，是上帝发泄物欲和兽欲的工具。”

“是不是你爱着某个人，却没得到真正的感情？”

李雅有点苦苦地笑笑。“你不必再问了，现在我不想谈感情。我是一个空洞，是一个无法被填满的空洞。花花世界，甚嚣尘上，欲望横流，罪孽深重，我们能逃往何方呢？无处可逃！”

胡蓉的眼睛触及到了李雅眼睛里的一片晶亮，也瞬间潮湿起来。“别这样，李雅，我有点怕。你记不记得，大三下学期我们郊游，你的情绪也十分低落，你说，跟大自然中自给自足的植物一样，我们有一个始终可以逃、也是唯一可以逃的地方，就是自己的心灵。”

李雅的嘴角咧开了，雪白的牙齿闪了出来。“唉，可惜，真可惜，我已经守不住自己的心了！”

……

“姐，你怎么了？问你半天也不说话？你没事吧？”

胡蒙伸手用力推胡蓉的胳臂，弄得她都有点疼了。从那段苦涩的回忆中醒转过来，胡蓉觉得自己的大脑，如同注满了铅的容器一般沉重。“没什么，只是想起一个朋友。”

“啊，姐，你谈恋爱了，太好了，哪天我们聚到一起认识认识。”

胡蒙本来为姐姐的模样感到担忧，此时一阵高兴起来。可胡蓉接下来的话，马上往他头上泼了一盆冷水，让他青春的细胞降降温度。

“认识你个头！你知道我想起谁来了？李雅，我同学。”

“啊！李雅姐。我想，她顶多是了解一些股票操作手段，但没掌握抗风险的技巧，她不会尽早割肉再抄底，而一味傻等解套的来临，结果越套越深，不可自拔。”胡蒙清了清嗓子，又说：“对不起！姐，我知道，你一定是担心我才这个样子的。你尽管放心，我不是新股民，学费我也交过不少，现在我已经明白了，这炒股呢，不仅要理性思维，还要严守纪律，买该买的股票，该空仓时空仓，这样才能在激荡的股票市场中胜出。下一步我将坚持见好就收、落袋为安、谨慎为上……”

“好啦好啦，我对炒股不感兴趣，地球人都炒股了我也不炒，我也没有心了。”

“姐，说啥呢?”

“十万块钱算我送给你的，不用想着还。还有，等我再有了钱，也交给你，你来替我炒股，我犯不上费心劳神。”胡蓉双手揉了揉有点胀痛的额头，显出疲惫的模样。

“我知道，就姐姐你心疼我。给，我的账号。这么多钱，真是及时雨啊，有朝一日我一定会还给你。”胡蒙拿起桌子早已写好账号的名片，要递给胡蓉，可他忽然又缩回手去，翻到名片的正面看了一下。“你怎么认识王进礼?”

胡蓉一把将名片夺了过去，塞回到包里。“不是以前替鲍辉卖货给财政局嘛。”

“噢，王进礼管财政局，一定很有钱。姐，你再吃点菜。哎，服务员！上两碗米饭来。”

“急着上饭干什么呢？这酒还没喝呢。”

胡蓉举起一个啤酒瓶子，把瓶口对着嘴，扬起脸喝起来。瓶子扬得太陡，啤酒带着泡沫从她嘴角淌了出来，像是一朵朵的花瓣粘在她的嘴唇和腮帮上。

第二十四章

千年修来的福份

股风大酒楼门口，摆着两株盆栽的合欢树，刚刚抽出花枝，在初夏阳光的照耀下，显得分外妖娆。

古锋正埋头在电脑屏幕前，神情颇为专注，冷不丁听到门开了，“咯噔咯噔”的脚步声，不用抬起头来，他也知道来者是谁。特有的芳香气息，还有空气中轻微的呼吸声，都这么熟悉而亲切。他们有两天时间没见面了。

“彤彤，不是说明天才回来吗？怎么不通知我去接你！”

“不感到惊喜啊！”申彤略有些撒娇地说着，将随身携带上来的两个手提袋放到桌面上，盯着古锋瞧，好像整个心灵都从眼光中流露出来，她要让他看出，短暂的分别令她有多么地想他。

“呵呵，岂止是惊喜，你再晚回来一天，就要让人发疯了。”古锋深情地凝望着她漆黑的眼睛，觉得她比以前更美丽了，他的身子不由地靠了过去，拥抱住她，想去亲吻她的嘴唇。

她竖起一根手指放在嘴边，止住他。“嘘！小慧随时要进来的，她刚才在大厅里忙呢，我跟她打招呼，她说马上就来。”她轻轻地落座，并示意他回到座位上。

古锋也坐下，问道：“买这么多东西啊。”

“你先试试这套SAYMAG西装，合不合身。”

她张罗着帮古锋把上衣穿好，前前后后仔细打量了一番，感觉肥瘦适中，满意地说：“不错。”

两个人各自坐好。古锋眼睛里充满爱恋地看着申彤，为她真挚的爱而一阵感动。“你对我真好，遇上你真是千年修来的福分。”

申彤听了，心里美滋滋的，嘴上却说：“好了，说得这么肉麻。让人怀疑啊。”

“我说的是心里话。有时候，想起有缘与你相识，我还有点感谢我同学鲍辉，别看他办过不少荒唐事，那次带我去元都洗浴城，算是他无心插柳办的一件好事，不然我怎么能遇到小慧，又怎么能认识你呢。”

申彤听着，脸色刷地冷淡下来。“以后，不许再提元都洗浴城的事，你这么说倒让我觉得，自己的爱情与妹妹的痛苦相联系，是一个错误呢。”

“对不起，我说错话了。”

“唉，也没什么，只不过元都洗浴城逼良为娼，到现在不知又害了多少人呢。”

“是啊，它仗着以前的市委书记撑腰，干了不少坏事，我怀疑就是他们派人要报复我，如今市里领导班子调整了，原市委书记调外地了，周全当上了市长，等有机会，我一定跟他提提这件事。彤彤，不必因为它影响我们的好心情。”

“喂，我说，你为什么对周全那么有好感？你提他有什么用？人家市长为什么要给你面子。周全就一定会秉公执法吗？官场上要是有好男人，下水道就能蹦出卫生球。”

“嗨，周全跟一般的领导不一样，从来不会高高在上。他能体贴民情，为老百姓做过几件实事。我虽说辞了职，对他还是很敬重的。这不是因为谁的关系，是因为他的确是个难得的好领导。前天，他爱人，市展览馆的黎馆长还来过我们酒楼呢。走的时候很高兴。”

“又带一帮人来应酬，让你买单啊。”

“没有，就她和十二岁的儿子周黎，娘俩是慕名来股风大酒楼体验，跟我聊了好半天呢。”

“体验？她和她儿子也是股民？”

“黎馆长是想让我帮她说服周黎，不要再炒股了，因为不止周黎，他班上还有好几个同学也炒股，经常在学校里聚集起来研究股市行情，考试名次都在下降。老师说周黎上课没了积极性，心不在焉，而放学回家后，周黎也不做作业，只是开着电脑查看股市行情，如果不让他那么做，他就会长久地看着作业发呆。黎馆长有些担心，可她不了解股市里的事情，周黎根本不听她的劝告，还劝她要革新家庭教育观念。”

“现在的小孩子呀，可都是小人精。所以，他妈妈找你来现身说法了，有意思。”

申彤盘腿而坐，将膝盖朝向古锋。她直视着他，眼神里很有些柔情似水的味道。

“你还别说，我可是绞尽脑汁、循循善诱啊。也起作用了。周黎说，往后先做完作业再炒股，并保证用在这上面的时间，每天严格控制在一个小时之内。临走时，他还说，以后要做操盘手，做股市评论家。”

“是吗？他现在炒股的战绩如何？”

“挺厉害，两万块压岁钱，都快翻一番了。周黎这孩子对新鲜事物的接受能力特别强，炒股的基本常识和操作方法，你说一遍他就能听懂。每天他都跟同学交流探讨股票行情，小小年纪很有主见。依我看，只要他不沉溺于其中，应该不会有大问题。”

“小孩子金钱意识太重，整天想着赚钱不是好事。”申彤说着，又恢复了爱情驱动下的激动，她指指电脑：“刚才你又在网上看股评啊。”

“没有，我在盘点账户呢，你可真行啊，我计算出来了，按照今天的收盘价，我账户里的股票总价值已超过了二百万元。我认为，目前中国经济持续走好，股市基本环境与以前相比已有很大的发展，现在股市的风险已经大大降低，而且投资机会众多，所以发生大规模熊市的几率已经非常小。最近大盘呈现连续快速上涨式的宽幅震荡，沪综指数已迫近八千点，我这三十万元预备队也应该马上投进去，满仓操作。”

“说实话，我还是不主张满仓操作。我知道，你早就想抓住每一次回调机会做短差，做‘t+0’，买入手中持有的股票，在反弹中当日卖出，这样既不损失中长线持有的筹码，又能获取短线差价。你累不累啊？还是预留三十万元做机动部队的好。”

“农禽股份怎么样？长劲十足，我拿二十万元做总可以了吧。”

申彤用食指触摸了一下嘴唇，不安地说：“绝对不可以。今天早上它公布了年度报表，旅途中我一直在看，连同以前搜集的资料，我认为问题已经暴露了。”

“什么问题？”古锋迫切地洗耳恭听。

“农禽股份把出售两家子公司大约一点五八亿元的所得及利润，进行了对销和错误归类。根据企业会计准则的基本原则，经营性收益与投资性收益必须划分清楚。经营性收益是销售收入的一部分，而投资性收益属于企业的利得，构成收益的部分，直接形成利润，财务报表上也应该分开呈报。例如，农禽股份在其核心业务销售和连锁加盟收费不断亏损的情况下，其主要利润来源于利息收入和各种名字专用权的服务收费。同时，它还将相当于放贷后回收的资本魔术般地变为收入，来加以确认。通过股票和债券，农禽股份从市场募集了资本，然后把这些钱出借了，借给谁呢？那些名字专用权也就是连锁加盟店的获得者，这些人很多与公司的经理们和董事有关系，然后农禽股份从这些名字拥有者那里，以利息收入和其他收入的形式收回资金。”

古锋见申彤停顿了一下，似乎她咽了一口唾液，忙将泡好的茶水递到她手中，“来，先喝点茶。”

她接过去，一连喝了好几口，接着往下说：“不祥的预兆是，这种从属业务的收入在公司报告中，占据了营业收入的主要地位，由于这些收入与产品销售收入捆在一起，使得人们很难发现问题。除此之外，农禽股份还将出售子公司的股票收入，作为销售收入来加以确认，并使用一次性所得注销未来的营业费用。我敢打赌，三个月或者至多半年时间，一定会有事情发生的。”

“噢，原来是这么一回事。如果不是有你，我不呛满一肚子水才怪。”

古锋一手去挠了挠后脑勺，又站起来，拿过申彤的茶杯，去墙角的饮水机边续水。只听申彤问道：“哎，这几天你住哪边了？”

“还是我那小窝呀。”

“我不是说，你住华融国际城嘛，免得小慧没人照应。”

“你不在，多不方便。”

“是怕自己没定力吧，我倒不担心你欺负她。”

“嗨，别开玩笑了。说正事，你什么时候去办个户口证明过来？”

“呵呵，想领结婚证啊，我都不心急，你急什么。”申彤有些调皮地故意露出一种逗弄人的神情。

古锋抑制住笑意。“我是怕你这富姐跑了。”

“去你的，对自己这么不自信。我忙过这段时间就休假，来回两天时间足够了，上次我的大学辅导员还打电话，说可以帮我转户口，有老师帮忙手续好办。”

“嗯，我们要不要先抽个时间去你老家看看？”

“还是算了吧，我家向来是重男轻女，爹娘有我哥哥和两个弟弟陪伴，才不会想为我们姐妹俩操心呢，结婚时他们谁愿意来谁就来。”

申彤似乎想起了什么不愉快的事，神情有些不悦。古锋便岔开话题：“干餐饮这行，也没个双休日，小慧忙了这么多日子，太辛苦了，我也不知道怎么感谢她。”

“你在G市认识人多，帮她介绍个如意郎君就行了，这是要紧的，她天天泡在这酒楼里，人来人往，你有没有见过谁对她有意啊？”

“还真让你说着了，最近胡蒙好像来得很勤，也不上来跟我打招呼，就喜欢混在大厅里。昨天我见小慧跟他聊了好半天，被我撞见了，小慧似乎没什么，胡蒙的脸上却一个劲儿直发红。我觉得他有问题，肯定有问题。”

“我说呢，小慧天生丽质，身边不会缺少追求者。你呀，可留意着把好关，别让她再被人骗了。”申彤温和地说，可有一丝烦躁的气息，慢慢在她的瞳仁里泛开了。

“是，保证当好护花使者。”

“胡蒙人品朴实，也有学历，倒是可以重点考虑。对了，上次有没有劝他对蒲松的公司留一手啊。”

古锋点了点头。“嗯。我委婉地和他提过。但他好像还有幻想。他现在成了蒲松公司的股评分析员，都上电视了。”

“哦。看来也挺有能力的。不过，咱们得想办法帮帮他。做股评节目虽然赚钱多，但是处在风头浪尖上，可不是好玩的。特别是我担心，一旦蒲松公司有诈，他可就完了。”

“好，这件事我想办法再劝劝他。”

申彤从另一个袋子中掏出身套裙。“你看，这是给小慧买的，上周刚在意大利米兰城展示过的款式，她一定会喜欢。”

“这套裙子一定很不错，小慧怎么还不来啊，我去喊喊她。”

“好啊。”申彤应了一声，开始闭目养神。

已经过了晚上十点半钟，酒楼里的客人剩得没多少了。古锋下了楼，看到申慧正在指挥几个服务生清洁卫生，她自己手中还拿着一块抹布，脸上淌满了汗水。

“小慧，说过多少次了，你还是事必躬亲。”古锋过去将抹布一把夺下，放到旁边的餐桌上，又说道：“走，你姐在等着呢。”

“你俩聊吧，我安排一下他们下班。”

“不用的，咱们酒楼管理很正规，他们知道该怎么做。”见申慧站在原地不动，古锋拉起她的一只手，往楼梯口走。走了没几步，申慧接连咳嗽了几声。古锋站住脚，松开她的手，从一侧的酒柜上取下包手帕纸递给她。“来，擦擦汗，外边有风吹进来了，这会儿温度有点低，你没着凉吧。”

“怎么会呢，我体质好。”小慧擦着脸，似乎在想着什么事，却又忍不住咳嗽了一声。古锋见状，忙说：“我们今天早点回去，明天你在家好好休息一天，这么久了，让你一直日夜劳累，以后呢，每周你都必须至少休息上一天。这么说定了，你可要听话。”

当申慧点着头，眼中闪现出激动的火花时，她却看到了古锋持重温暖的眼神，这种温暖是兄长对小妹最真切的关心，和男女间的情感无关。她只觉得心中有一些流动的东西在结冰，扎着了她的心，难言地疼。

“看样子你快累坏了，你在这儿坐一下，我去把你姐喊下来，我们马上走。”古锋说完，“腾腾腾”地跑上楼了。

申慧站着没动，泪水禁不住流了出来。她觉得自己深深地爱上了他，但她的感情只能深藏在心底。

邻近的一张桌子上杯盘狼藉，桌边围坐着三个人，喝着茶水，聊得火热。

“我现在还是一个新手，不太懂，我听大哥您现在真的很懂，也很专业的样子，以后得多指教我呀。”

“嘿，新手怎么了？你瞧，他的胆子比我大，赚得比我多多了。这次的大牛市为什么新股民赚得比老股民多，还不是因为新股民胆子大吗。”

“哪里哪里，我没告诉你们，别看我炒股时间不长，我可没少赚啊。因为我的老婆很不简单，她属于职业经理人，外面很多人都把钱交给她打理，我自然是近水楼台了。”

……

回到华融国际城，申慧很快躺下了。她的卧室里没有摆沙发，地板上铺着一层米色花纹的塑料皮，上面随意扔两个蒲团，床也是席地而放，没有床架。这一间与申彤的卧室被宽敞的客厅隔开老远，这让古锋到这里与申彤住在一起时，不觉得过于难堪。

申彤的卧室里配有独立的卫生间，地面上是新砌的天蓝色防滑砖，塑料扣板上是一对对戏水鸳鸯。古锋洗完澡，披着浴袍走出来。

满眼粉红色的墙壁，粉红色的窗帘，柔和的床灯，空气仿佛荡漾着一种暧昧与神秘的气息。申彤穿着件粉红色睡衣，坐在床边，静静地在看电视上演的一场维也纳音乐会。她扭了扭头，看到古锋的眼睛里流满了激情与渴望，她的心不由地跳得像有节奏的腰鼓，却假装她的注意力依旧扑在屏幕上外国交响乐团演奏的画面上。

古锋走近她，看到她新换了床单，这床单洁净得近乎无瑕疵，如缎子般柔滑，他内心里更是撩起了欲火，一种青春的欲望似乎要冲破他的身体。“早点休息吧。”

“你先睡啊，我要听一下音乐会。”申彤说着，脸上显得万般娇羞。

古锋再也受不了，猛然抱住申彤，吻住了她。他情不自禁地大口吮吸，感到她齐整的牙齿结实顺滑，真是清爽又甘洌。他用热吻堵上她的嘴，他的吻从上往下游走，胸脯、腰肢、大腿、小腿、足踝，尔后又游回来。他的舌头在她身上一寸寸地舔触着，他要向她展示他的万千柔情。

“你可以多吻一会儿吗？我喜欢你吻我的脖子。”申彤喃喃地说了一句，不觉发出了阵阵呻吟。

他们就像大海里涌起两排重叠的浪，澎湃激荡着，卷动且升腾……

申彤的脸上泛出红光，她的心在剧烈地颤动。忽然她觉察到了什么，睁开眼睛盯着古锋，只见他面部紧绷、身体微微地抽搐，眼神在一瞬间仿佛像北冰洋里的水滴一样，在热辣辣的空气中凝固了。她的心不由地得到了莫大的满足，并开始悸动不已，捕捉到了一种值得永久回味的感觉。就在这电火交汇的一瞬间，她感到一种猛烈的爱意袭来，倏地流遍全身，她深深地为这份真挚的爱意而感动，无从抑制地流出了眼泪。

两个人忘乎所以地搂抱在一起，倾听着彼此的心跳，将对方攥得紧紧的。古锋在喘息，申彤也感觉呼吸不畅了，在一种窒息的快意之中，他们好像忘记了如何呼吸。

不知过了多长时间，申彤勾住古锋的脖子，娓娓而语：“我想永远和你在一起。”

“我也是，将来我们的家庭一定会很幸福，你快点嫁给我吧。”

“要多快啊，我可希望我们的婚礼举办得隆重而热烈。”

“从明天开始，我们及早下手，筹备婚礼。”

“你还真是迫不及待呀。”

“是啊，彤彤，我发现我越来越爱你，因为我好喜欢和你刚才的感觉。”

“你简直坏透了。”

古锋刚想再说点什么来回应她，她娇艳的红唇却已递了过来，听任他吮吸爱的蜜汁。

第二十五章

万一走露风声

鲍辉专心致志地开着车，不紧不慢，尾随前边的一辆黑色奥迪A8。从狭窄的街道转上市中心的财富大道，他稍稍慢了一点，按动开关，启开左边的车窗，将嘴里咀嚼了半天的口香糖向外一吐。可“呼呼呼”的风声之下，那枚糖核猛地被吹回来，刚好粘在后排左边的挡风玻璃上，他急忙将车窗关好。如山峰一样的城市高楼下，街道上肆意刮过的风，宛若迅即掠过的过山风一样，强劲猛烈。城市里看不到地平线，但来自西边的晚霞，还是燃烧在高端楼顶的玻璃墙幕上，光线辉映下来，衬托着这条大道的繁华气象。

黑色奥迪已驶出老远了，此前在市财政局大门口盯了半个多小时，这会儿决不能跟丢了。鲍辉集中起精力，急忙加速，变换车道，超过前边塞进来的车辆，去追他一路跟踪着的目标。

很快，他跟着那辆车，拐了几条街道，来到华融国际城大门前。奥迪车应该是有小区的停车证，门卫高高地升起拦路杆，直接放它驶进去了，拦路杆又降落下来。鲍辉把速度放得很慢，犹豫着要不要马上跟进去。他的手机响了，看一下号码，忙擎到耳边，一边讲话一边靠边停下车来。

“表哥，我刚好在跟踪王进礼呢。”

徐伟的声音从听筒里传过来：“噢，你在哪？我正想问问呢，有没有什么发现？”

“他刚刚进了华融国际城，这个时候进去，正好吃晚饭呢，你说的没错，他肯定有情妇，大概是在这儿买了房子，我盯着，看他今晚走不走。”鲍辉说着，看到刚才进去的那辆出租车出来了，没有载客，顺着刚才来的马路开走了。

“华融国际城？我知道在哪里，这和他家隔了老远，显然是为了跟情妇幽会图个方便，我估计，今晚他要住那儿，你不必耽误时间等他，该忙什么就去忙吧。不过明天早上你再辛苦一下，赶个早，去里边的地面和地下停车场，找找他的车在不在，就可确认他是不是在那儿过了夜。如果在，你多麻烦一下，等着他出来，看看有没有什么人送他之类。我给你的数码相机带着了没有，尽量多拍几张好做证据。”

“唉呀，我干脆自个掏钱，找家商业调查公司帮你干这事吧。”

“不行，万一走露风声呢，这种事只有自己人值得信任。现在贾书记和周市长，都倾向于让王进礼当市长助理，我的机会很小很小，只有他自己犯错误，我才有希望。你放心，表哥什么时候亏待过你，啊。”

“好吧，我就继续尝尝当密探的滋味吧。小时候我曾经想当警察，长大了专门抓坏人。后来当老板自己做事，都忘了这个志向了。现在倒是个过把瘾的机会。这事挺有意思，到时候王进礼爆出桃色新闻，我也有成就感。哎，你最近忙什么呢？”

“瞎忙，周全当了市长，肯定要烧几把火，不然怎么能体现政绩呢。昨天他让我起草一个文件，要向全市公务员发出明确规定，不允许擅离职守炒股，或上班时间网上炒股，一旦发现将严肃处理。这影响面还是挺大的，如今公务员工资高，还有不少灰色收入，没有后顾之忧，已经成为主力的炒股群体。周全说，老百姓希望的是一个服务型政府，公务员就应该把本职工作做好，提高服务质量，在上班时间绝不能炒股。呵，做做表面文章罢了。这跟你没什么关系。”

“嘿！的确是表面文章。这股市的开张时间，全在上班时间里头啊，要买卖交易股票，只能在上班时间完成，上班时间不准炒股，难道深更半夜、黑灯瞎火里还能炒股？呵呵，你们玩词语游戏啊。其实，你们公务员十个人干一个人的活儿，时间比我还空闲得多，每天在办公室待着不炒股做什么呢。我早就后悔，毕业后不进党政机关工作了……哎，有情况。”

王进礼在来华融国际城的一路上，满脑子盘算着如何对付胡蓉，根本没有觉察到自己竟然会被鲍辉跟踪了。

他经常告诉自己做人要自信一点，凡事在行动之前充分论证好，之后就无需警惕什么。最初胡蓉在他的眼中，显然还属于那种涉世未深的女孩子，容易受他任意摆布，而那些被他挪用出来私自炒股的公款已经填平了，精心设计的资金流转路线，已足以将他违法的行径最大限度地加以掩饰，他相信不会出问题。可如今的胡蓉，非要逼着他离婚，非要嫁给他。这是他万万做不到的。

他的心里阵阵翻腾，一种异样的恐惧感隐隐地出现，如同蛀虫一样噬咬着他。

“小蓉，我回来了。”踏进自己精心安置的这个小家，王进礼摆出一副十足的男主人的模样。他将手中提着的两大包物品搁一边的地上，然后脱下皮鞋，换上拖鞋，踱入客厅中。

胡蓉歪倒着身子，头靠在沙发上的枕垫上，默默地看着墙上的一幅山水画。王进礼走到她身边，俯下身子，在她的额头上印上一记亲吻。“不舒服呀，来，今天我做饭。”

读大学的时候，王进礼找了份在饭店当菜工的兼职工作，每天下午他都在充满油腻腥臊的厨房里择菜、洗菜和切菜，时间长了细心的他从大师傅那里学到了手艺，也当起了厨师。凭借这个本事，他第一次跟当时的女朋友现在的老婆回家去，就赢得了她那副部级老爸和正厅级老妈的夸奖，后来胡蓉也对他的这身手艺叹为观止。

半个小时后，王进礼做好了满满一桌饭菜，色香味样样俱全，饭厅里飘溢着诱人食欲的香喷喷的气息。

胡蓉还是懒散地靠在沙发上，出神地想着心事。她今天睡了一下午，王进礼进门时，她刚醒来不久，正在为自己做的恶梦而心有余悸。

最近跟王进礼在一块，她偷偷地停止服用他买来的避孕药，她想为他生个孩子，最好是个儿子，他结婚这么多年还没有孩子呢，到时候他一定会欣喜若狂，会不顾一切地要求法院判决他离婚，然后他会跟自己结婚，就像他很多次描述过的那样，他俩组成一个幸福的家庭，过着永远快乐的日子。然而，那个恶梦实在太可怕了，也许她真的过于幼稚了，如果再继续走下去，前方是无穷无尽的黑暗，终究会恶梦成真！可是她又没有勇气，立刻决定斩断这段错误的情缘，或者说，她太不甘心了。

“小蓉，过来吃饭呀。”

王进礼用一种很讨女孩子喜欢的、富有磁性的声音朝她喊。胡蓉情不自禁地受了一点触动，又开始天真地认为他是爱自己的。她擦了擦沾在脸上的泪水，去卫生间洗了洗脸，涂上王进礼给她买的名牌保湿霜，又仔细梳了梳头发，然后走到饭厅里。

“你不舒服啊？我知道，都是我不好，来，先坐下。宝贝，除了现在还不能给你婚姻，我什么都可以为你做。你要相信我，问题总会解决的。我害怕看见你忧郁的样子，这太折磨我了。嗨，瞧我，说这些干嘛，让我们快乐点，吃饭。你尝尝这几道菜，都是你平时爱吃的。”

王进礼一边用筷子向胡蓉的碗里夹菜，一边不住地用温和的目光看她。她什么也没有说，只给了他一个浅浅的笑。王进礼从她额前的长发间，分明地看见她闪烁的眼神里写满了落寞。两个人开始吃起来，他自我放松地找话跟她说。

“小蓉，今天我听人讲了个故事，挺有意思，就讲给你听听，啊。古时候有个男人出门去砍柴，过河时不小心斧子掉河里去了。河水很深，他无法去捞。突然来了个神仙，说我帮你捞出来。神仙捞上来一把金斧子，那男人说不是，又捞出一把银斧子，男人还说不是，直到第三次就捞出了他的斧子。神仙说，你是个诚实的人，我把金斧子和银斧子都送给你。说完，神仙腾云而去。不久，那个男人和他的女人一块过桥，女人被风一吹不小心掉河里去了。神仙又来了，先是捞出一个闭月羞花般的美女，男人说是他的妻子。神仙说，你不是个诚实的人，她不是你妻子呀。男人说，我也知道她不是，但如果和上次一样我说不是，你再捞一个沉鱼落雁般的美女，我还说不是，然后你才捞起我的妻子，把她们都赏赐给我，那我怎么养得起。所以就要这一个吧。哈哈哈，我觉得自己跟那个男人有点像呢，你就是上天赐给我的那个闭月羞花般的美女。”

“都讲些什么呢，无聊！换作你，肯定非要把你老婆捞出来才肯罢休，糟糠之妻不可丢，还要再拥有一个沉鱼落雁般的美女。看你什么臭德性啊！你到底打算什么时候跟我结婚？”

胡蓉觉得自己不能对他过于冷冰冰的，毕竟他也有苦衷啊。

“好，你只要理睬我，怎么骂我打我都行。我巴不能故事真的发生呢，让我老婆掉水里才好。她呀，没什么修养，生性多疑，只要我多瞅别的女人一眼，她都能在大街上破口大骂，唉，妻管严的日子难熬啊。不用你催我，我哪天不在想着跟她离婚?！来，陪我喝上一杯酒，解解闷，就过去了。”王进礼的妻子很贤慧，到他嘴里却成了刁蛮的泼妇。

胡蓉端起杯子，一闻到啤酒沁出的气息，就有些倒胃口，她跑到卫生间哇里哇啦吐了起来。

“怎么啦？你没事儿吧？哪里不舒服吗？”王进礼也关切地跟了进来。

胡蓉想，大概上次跟胡蒙吃饭时喝得太多喝伤了胃。不过她不愿搭理王进礼，任凭他百般讨好。等稍好受点了，她就回到桌前，端起整杯酒，一古脑全部灌到肚子里去了。王进礼观察着她的举动，身子朝前倾过来，拉住了她的左手，表示出十分关切的模样。

“瞧你，还是很生气的样子！不能高兴一点吗？”

胡蓉的嘴唇开始微微颤抖，目光里流露出自尊心受到刺伤的神情。“高兴？我有什么事，可以让我高兴呢？”

“如果在家里觉得太闷，你可以多出去走走啊，不用走多远，这个小区休闲的地方还是挺多的。比如，你天天可以去小区会所，做美容、游游泳啦，还可以学学打网球，有很多事情你都可以做啦，只要你喜欢。”

“都可以做？我有时真搞不懂，自己来到这个世界上，究竟可以做什么事？我只不过是一个小女子，一个像蝼蚁一样充满挫败而又卑微的小女子。”胡蓉缓缓地说，盯着王进礼的目光里透出一种幽怨的神情。

“唉！你真是个奇怪的女孩子，不，是独一无二的，我喜欢。”

“是吗？”胡蓉无所谓地耸耸肩：“你说我是个疯子也可以。我算看出来了，我俩之间的生活好比一出戏，演戏的是疯子，看戏的是傻子，只可惜你并非傻子，我给了你近乎于疯狂的真情，聪明的你当然视而不见。你的名声，你的地位，才是你一直关注的东西，才是你最看重的，你无法丢弃它们。而有没有观众，对于我来说，是我生活的全部。我不知道哪一天你会完全腻味，把我一脚踢开。”

“你这么说我，不觉得很残忍吗？”王进礼握住杯子的手微微颤了一下。“我每天都要花很多时间，想想如何让你快乐一些。我一天忙忙碌碌，为了什么？还不是为了我们的将来，为了能让你和我们将来的小宝宝过上幸福的生活吗？你怎么不理解呢，我正是因为爱你才这样奔波的呀。我那个错误家庭的羁绊，迟早有一天会被冲破，你要相信我。你难道非得要我马上辞了职，跟你远走高飞？”

“我没有这样要求你，你一个大局长，很多事可以为所欲为，我有什么权利可以要求你啊。”

胡蓉想起午睡醒后站在窗户边，看到一对夫妇亲热地牵着手，提着一把青菜一条鱼回家，心忍不住恻恻地痛了起来。

“蓉儿，不要再胡思乱想了。当初我如果能保持一份距离看你、欣赏你，默默地爱护你、关心你，那样就好了，就不会像现在这样给你增添烦恼。我后悔没有早点明白，其实真心喜欢一样东西，不一定非要得到它。喜欢一样东西，应该要学会欣赏它珍惜它，使它变得弥足珍贵。不过，既然我们已经在一起了，我就会全力投入，因为我喜欢你，我一定要让你快乐，让你幸福，让我们之间的这份情感更诚挚、更长久。”

王进礼一边说着，一边殷勤地给胡蓉夹菜。他相信自己快摸透胡蓉的脾气了，他说这些的目的是要启发她，让她给自己留出空间。他知道如何耍小把戏逗女人玩，搞个噱头哄女人高兴，知道如何驾驭男女之间的感情游戏。尤其是经过那个女孩的事情后，他更有把握了，他所要的是让胡蓉安于做自己的情妇，如果不行的话，就让她主动地而且静静地走开，让她认为他是爱她的，不去做任何不利于他的事。

"你说得动听，可是我的要求过分吗？我想正大光明地做你的妻子，不想与你偷偷摸摸地过日子。在外人面前，我抬不起头来，即使是我弟弟，我都没办法跟他讲我们之间的事。"

"先不要讲，等我们把障碍排除了，一切都会水到渠成。"

王进礼一个劲儿夹菜给胡蓉，她面前的碗盘都盛满了。胡蓉还在为未来的道路发愁，只觉得浑身像有许多蚂蚁在爬一般难受。

"别张罗了，我吃不下。看着我。你要想清楚，我们之间不是游戏，不能随时反悔。如果你并不想跟你老婆离婚，就不要欺骗我，说清楚，我马上走开。"

王进礼内心稍微有些喜悦，因为她有这种想法，她不会缠住他不放，这样事情就好办多了。可他哪里舍得现在就放她走呢，他还想跟她同居一段时间，直到对她的那种肉欲迷恋降下温去。如果她想这么快结束他们的不正常关系，他就需要想办法来延迟来挽留。

"小蓉，要我说上多少次，你才肯相信我。我怎么不盼着尽快跟你在一起呢？说服我老婆同意离婚，客观条件上难度不小，但我承认，我其实也缺乏勇气。没有勇气的男人承担不起顶天立地的责任。可如果男人失去了权力和金钱，就变得更加脆弱无比，万不得已，我不想为了我们之间的事搞到那一地步。为此，我恨自己。对不起！也许，你不该爱上我的，我是不值得的，实在是不值得的。"

王进礼站起来，走到她身边，弯下腰，张开双臂，紧紧把她搂抱在怀里。他的热泪一滴一滴落入她的黑发，这让胡蓉相信，他内心有莫大的痛苦在挣扎。

第二十六章

憋闷得太久

热烈的夏天来了。G市城市绿化带里大片栽植的丁香花，如云霞虹霓般怒放了，艳丽而灿烂，把整个城市妆点得花团锦簇。股市好像被憋闷得太久，也在快速地升着温，大盘指数不断创出新高，个股呈现普涨格局。大街上的行人，如果说十有八九是股民，都不算过于夸张了，居民们炒股的热情犹如火焰山似的熊熊燃烧。

古锋一直按照申彤的授意来操作他的股票，账面市值已超过了五百万元，虽说只是纸上财富，却令他激动了一个多星期。他早有计划想把股风大酒楼的生意规模扩大化，便找个合适的机会，带着用报纸包好了的五万块钱，跑到王进礼的办公室，请他跟市财政局劳服公司打招呼，撤掉公司与酒楼相连的背对着街的办公间，反正那里大多闲置着，希望能将整幢楼连同里边的院子，全部租下来。王进礼当机立断，打电话搞定了此事，但钱他原封不动地退还给古锋。

他严肃地说："这是一件好事，能够让国有资产增值，你怎么也来这一套？我不是嫌少，我是什么人你还不了解吗？下次再这样子，小心我抓你一个行贿罪。"

古锋赶紧点头，"是，是，王局长，我这是经商学上了坏毛病，看我晕的，都忘了您在市里一向是以清正廉明著称，哪天您能步步高升，才是我们这些平民百姓的福分。"

就在古锋找王进礼后的第二天，G市发布任命书，王进礼如愿以偿地当上了市长助理，并兼任财政局长。

经过半个多月的日夜施工，那些办公间完成了室内布局改造和装修，并与酒楼打通连为一体，使得就餐位提高了三倍多。这样一来，股风大酒楼里经常聚集着一两千名股民，热闹景象远远超过了斜对面的证券交易所。

皎洁的月光粲然地照落下来，月影中仿佛流动着花的芳香。微风拂过，空气中飘来一阵阵沉郁的酒香。

鲍辉和古锋一前一后，走出了股风大酒楼。

“从今后，我们兄弟俩应该尽释前嫌了。”鲍辉转过身，拍拍古锋的肩膀。

古锋叹了口气。下午时他把鲍辉约来，喝了一晚上的酒。在他的步步紧逼之下，鲍辉终于承认，大学时他对李雅始乱终弃，李雅很鄙视他，再也没有理睬过他。那个让她伤心绝望的“套中人”，绝对不是他，定是另有其人。

这家伙，怎么说他呢？自负颇有些才情，善于花言巧语哄女孩子高兴，读书时的确是众多女生心目中的一匹白马。不过，真想不到，那个时候他竟然能把“怪校花”李雅弄到手，本来还猜想是最近一两年的事，还以为他是李雅自杀的罪魁祸首。到底谁是那个“套中人”，也许永远都是一个解不开的迷。

古锋跟鲍辉握握手，“好吧，我相信你，不是你直接害了李雅。”

“嗨，你是说我，是间接帮凶了。我知道，如果说，这跟我一点儿关系也没有，也很难说，也许她对生活失去信心，我也有责任，可我不愿意看到她发生那样的不幸啊。我只希望今后，怎么说呢，我再也不把感情当儿戏了……”

“算了，算了，上车吧，慢点。”古锋一阵子又觉得鲍辉极其可恶，希望他尽快从眼前消失。

鲍辉晕乎乎地晃着身子，拉开车门一头扎进驾驶室，“我没事，呵，这股风大酒楼牛啊，成了炒股大本营了。我看，你应该到其他城市，开连锁店，扩大规模，目标是上市，啊，把它整成一支股票，啊。”

古锋点点头说：“对，对，你说的对。路上一定慢点，啊。”他顺手将车门关上，身子朝后闪了闪。

鲍辉说出内心的愧疚后，情绪很好。今晚上的酒喝了不少，但他知道如何把握尺度，实际上他的头脑还是很清醒，醉醺醺的样子是做出来给别人看的。他认为一个虚伪的人是很少喝酒的，饭桌上的矜持样子常常表明他们是假正经，表里不一，不过喝酒是应该有节制，不可过量，否则不仅伤身体，还会耽误正事。

他慢悠悠地一边开车，一边拨打手机。

“宇春，在哪啊？”

“我在市府办加班呢。”

“你也太辛苦，这么晚了，我马上过去接你，送你回家。”

“不用了，我打车就行。”

“嘿，反正我闲着没事。就这么定了，你让我当一回护花使者吧。等到了市政府大门，我打电话，你出来。”鲍辉的声音沉而柔和。

“那好吧，你愿意来就来吧。噢，你好人做到底，顺便买一个盒饭，我晚饭还没顾得上吃呢。”刘宇春的语调很动人。

鲍辉兴奋地答应：“好啊，我很快就到，一起吃夜宵。”

第二十七章 江湖险恶

这个周末，从早上开始，毛毛细雨就下个不停，真是细雨润物，不声不响之间，股风大酒楼外边的水泥路面上，已是雨水横流。这场雨下起来细细的，濛濛的，似雾非雾，是雨非雨的样子，好像那种粗网孔的绵纱被悬挂了起来，若有若无，影影绰绰。

到了下午两点多钟，杨明冒雨前来，他只是在酒楼大厅里，站着聊了几分钟。他说，等您姐夫回来上任了，您给帮着说句话，乡镇工作我有些受不了，太偏僻，希望能调到县里。杨明临走的时候，硬给古锋留下一包高档套装化妆品，上边贴着个“￥1598”的价格小标签。古锋想婉言谢绝时，杨明已跑出门，钻进在路边等他的一辆捷达车，缓缓驶入雨中。

古锋追出去，挥手相送。车已走远了，看不见了。他依然站在雨中，颇有些感慨。杨明挺机灵的小伙子，运气竟然这么差，成为G市第一个因为上班炒股而被查处的公务员。

当时，科长刘宇春被市委组织部找去谈话了，另一个同事也不在，杨明一个人坐在办公室里，习惯性地打开电脑中的股票行情仔细查看。股价一秒一个价，他的股竟然在大盘走好的情况下不断下跌，作为新股民，他的心悬得紧紧的，全部注意力集中到屏幕，丝毫没有注意到前来执行检查任务的那几个人。为首的是市监察局局长，伸手拍拍杨明的肩膀，你这是在做什么？杨明“呼”地站起来，脸色突变，非常尴尬。省两会召开后，杨明的表舅已经从省人大副主任的位子上退下去了，虽然也出面多方说情，但杨明还是没能逃脱处罚，因为市里正需要杀一儆百。于是，杨明从市府办下放到一个偏远的贫困镇，并扣发全年考勤考级奖。如果不出意外，古锋的姐夫马上要从中央党校学习归来，出任县委书记，正好管辖杨明去的那个镇，这就是刚才杨明来酒楼找古锋的目的所在。杨明为炒股付出的代价有点大了些。本来他的机会很好，刘宇春从组织部回来，马上交接工作，她升调市委办公厅副主任了，这给他提供了晋升机会。市领导班子调整后，干部变动力度很大，市府办调走了好几个，论资排辈的话，杨明竟然有望从副科级秘书升到科长的位子上。这一下，恐怕他把肠子都悔青了。

古锋站在雨中，仰起头来，晃了晃脖子。他看到小雨淅淅沥沥地下着，千条万条的丝线织出了空空濛濛，这令他感觉有些清爽。他的头发湿了，似乎身上有些凉意缓缓地涨起来。他忙紧走几步，回到酒楼里。

“你出门也不打伞，身上这么湿？”申慧关切地问。她身材高挑，明眸皓齿，留着长长的披肩发，美丽的气质非同寻常，常常吸引了很多就餐者的眼球。

“没事，小慧。”古锋走到收银台前，提起杨明带来的化妆品包，又返身回来，朝申慧示意道：“走，去你的办公室。”古锋说完，顺着走廊朝里边方向走。酒楼门面扩大后，楼下也配置了一间舒适的办公室，由申慧使用。

两个人一前一后，来到屋里。古锋把包放到茶几上，说：“这个送给你用。”申慧听了，眼里发出异样的光彩。她说：“怎么，不给我姐啊。”古锋笑笑，坐下身去：“说了，给你的。”

申慧把包里的几样东西拿出来，一一过目。她眸子里的光如同一朵鲜花，开了又开，放了又开，似乎周围所有的东西被逼得黯淡下去。“好啊，我喜欢。”她看完了，将包整理好，放到一边去。“你朋友干嘛送你这么贵重的礼物？”

古锋便简单地讲了讲发生在杨明身上的事情。申慧听完后，稍停了一会说：“这事啊，真是有人欢喜有人愁，他算是倒霉透顶了，可鲍辉一定高兴着呢。”古锋听她这么说，忙问她，“鲍辉？他又不是公务员，这与他有什么关系。”

“你还不知道吗？处罚杨明炒股的消息传开后，市里一片哗然。那些炒股的公务员纷纷按规定，删除了办公电脑上的股票软件，生怕被动真格的纪检部门逮到。就在这个时候，你那聪明的同学，鲍辉，也不知是凑巧呢，还是消息灵通，他公司最近刚好进了五千部大屏幕商务手机。那种手机，可以很快连接上股票行情的页面，虽然速度比电脑慢一些，但是看行情、交易基本不受影响。结果，它大受公务员欢迎，十分走俏，根本不用推销，没几天就被抢购一空了。听说，这一笔生意让他足足又赚了一百多万元的利润呢。”

“鲍辉的事，你怎么知道得这么清楚啊？”古锋听了，有些诧异地问。他暗地里担心鲍辉本性难移，偷偷引诱申慧。

申慧莞尔一笑，“你别乱想，我才不敢跟你这个花心的同学接近呢，这些都是胡蒙告诉我的。”

古锋马上想到，最近一段时间胡蒙来得次数更多了，每次都要找申慧聊上几句，便对申慧说：

“胡蒙这小伙子不错，厚道老实，而且现在事业也小有成就，股市分析员可是个耀眼的角色啊。做事八面玲珑，消息四通八达。难怪连鲍辉这些事，他都能摸得到。我看出他对你有意思了，如果需要出去约会，你打声招呼去就行，可不要因为酒楼的生意，耽误你的终身大事。还有，我约了他谈过，想让他和咱们一起做生意，也不会耽误他炒股。我听说，他的资金快突破五十万了。等他过来后，你们就有充足时间相互了解，我和你姐都盼着，你的终身大事早点解决。还有，我一直没机会劝胡蒙，你有机会多敲打敲打他吧。就是听你姐说，蒲松的国诚投资公司好像有猫腻。我们怕胡蒙受骗。”

申慧将滑落到一边的头发理顺，又将垂到额前的头发朝脸边理了理。“你干什么呢？是嫌我碍你们的事，要把我清理出户吗？我纯粹把他当一个小弟弟来看待，根本没那方面想法。”

古锋一摆手说：“你想哪里去了。啊，他才比你小一岁，你就这么能充大姐姐，现在姐弟恋才时髦呢。”

“别说了，别说了，让人头疼。你就不问问我喜欢谁呀?”申慧低下头去。古锋忙有些好奇地问：“是谁?我还说呢，酒楼里人来人往，难道没有能配得上我这漂亮小妹的年轻人?我们的生意日日红火，肯定有一批人是冲着你来的。”

申慧双手去捂住耳朵，“你根本不关心我，你再说下去，我真的生气了。”万缕青丝如瀑布般披在她的肩上，含着无限风情。古锋望着她，心里莫名地受到了一种触动，她刚才看似不经意的一瞥，却流露出无声的爱的话语，这让他瞬间明白了，一时不知道该说点什么才好。

外边的服务生引导孙师傅走进来，打破了刚才屋子里出现的僵局。古锋忙接待孙师傅坐下，申慧递上茶水。孙师傅直截了当地说明来意：

“你肯定听说了，周市长在整肃工作作风，我跟着他跑东跑西的，别人也盯着，不好出什么差错。所以我今天来把账户交给你，上边用的是亲戚的名字，请你代理我操作，买你看好的股票，账户上现在有五十多万元，我自己没有这么多钱，是两个亲戚不懂炒股，把钱交给我来操作。之所以我没先打个电话跟你说，是怕你推辞啊。你的水平很高，又当了大老板，可别怕我们老百姓也跟着赚钱啊。”

“这怎么会呢，孙师傅，这个，我是担心，给你弄赔了怎么办?”古锋有些犹豫。

孙师傅很诚恳地说：“我对你的人品一百倍的相信，你要是不放心，不嫌麻烦，就写个委托书或者协议之类，上边清清楚楚写上一条，说如果赔了钱，你不用承担任何责任，就算全部赔光了，我也不能赖你。还有，赢利要分你两成，这些文字东西你在行，你打印出来我签字就行，所谓账目清亲兄弟。不过，我只是股海里的虾米，你已经是一条小鱼了，你该不会是怕我跟在你后边沾你的光吧。”

“哪里，小鱼和虾米一样，都只有被吃的份，很难吃到他人。既然你这么信任我，我再推辞也不好了。孙师傅你信任我，我也不能怀疑你，我们口头约定了这件事就行了，但如果亏损你自负，那么，我要拿分成就免了，朋友之间帮个忙，别老弄到钱上。”古锋实实在在地说。

孙师傅一摆手说：“你这是嫌比例少啊，赢利改为分你三成吧，你花费时间，不能没有收益啊，再说这样，我也相信你有动力帮我赚钱啊。”

“这怎么能行，我岂不是成了非法专业理财？从客户收入中提成。不要再争了，你非要给，我就不给你代劳了。”

孙师傅听古锋这么说，也不再坚持了，很高兴地说：“那就谢谢你了。我坐等资金增值了。”他掏出手机看了一下时间，又说：“我要去机场接周市长，他刚出国考察回来，我得走了，一切麻烦你了。”

古锋一边送孙师傅出酒楼，一边问他：“听说杨明撞枪口上后，大家都换装备了。”

孙师傅笑笑说：“单位那点破事儿，你还不清楚。就拿市府办来说，最起码有一半的人在炒股，不让看电脑就看手机呗。就连开会的时候，大家都会拿出手机来炒股，反正大会小会开得很无聊。现在一些管理比较松散的局机关，经常有人找借口回家，实际上是回家看股票。”

“看来，市政府出台规定，不允许上班时间炒股，作用或许适得其反，其实让人心里更难受，上班就更不安心啦。”古锋深有感触地说道。

送走了孙师傅，古锋在酒楼外边的楼檐下站了一会儿。雨水刷刷地下着，气温降下来了，风也凉快多了，连枝头翠绿的树叶也有一种特别轻舞的姿容。

G市居民炒股的热潮愈演愈烈，让古锋内心里感叹不已。有资料显示，中外股市历来只有10%的人赚钱，20%的人平本，70%的人亏损。这么说，依靠炒股赚到钱的比例很小，为什么大家会趋之若鹜呢？亏损的人，往往是散户。这是由于，庄家可以操控股价，他们进，股价就涨，他们出，股价就落，主动权掌握在他们手里，而散户只能追随股价，完全是被动的，一不留神就成了庄家的板上之肉。唉，人总是如此，明知江湖险恶，却非要毫无畏惧地闯荡上一番，大有不撞南墙不回头之势。

外边的雨下得更大了一些，沙沙地响，撕开了一道沉闷，也打破了古锋的困倦，他仿佛又闻到了申彤秀发里散发出的芳香，又听到了她含含糊糊的娇语，又看见了她甜蜜的丰润多汁的笑靥。不知不觉，他在外边站了很长时间，直到身上打了个冷战，他才甩了甩头回到酒楼，走入申慧的办公室。

“我姐刚才打电话来了，说她已经到学校里，跟班主任老师见面了，晚上还要一起吃饭。老师听说她工作忙，就让她把身份证留下，等派出所上班后代为办理，她要坐早上第一趟班机回来。等上两三天，户口转移的手续就会快递过来，你俩就可以领结婚证了。你不是早有些迫不及待吗？这下可不要乐坏了，乐出毛病来。”申慧说话的时候，嘴角稍微上翘，小小的红唇极其魅惑地引诱着，而申彤安详的脸上，则往往令人有种不敢造次、心生敬畏的感觉，姐妹俩形成了鲜明的对比。

古锋心里是很高兴，听到申慧最后加了重音的话，愣住了。他直视她一眼，垂下了头。当他两次抬起头来时，两人的目光碰到了一起，他摸了摸额头说：“真让你给说着了，我这会儿好像有点头疼。”

“真的吗？”申慧扬了扬眉，似笑非笑的样子。

古锋没有回答，他径直地走到靠街的窗前，朝外边看。雨不停歇地下着，街上过往的行人撑着各式蘑菇状的伞，妆点了一处处雨景。今天申慧对他的态度有些特别，这让他的心“呼呼”地乱跳。

申慧呆了一会儿，盯着古锋的背影问：“你该不会是淋了雨着凉了吧？”

“没什么。”古锋淡淡地答道。

他看到有辆法院的车开到路边，停了下来，蒙蒙的细雨中看不清车上的人。这个时间段，只有那些午饭后待在酒楼里谈股论金的客人，一般不会有外人前来就餐。而晚饭的时间还早着呢。他正想着怎么迟迟没人下来，车又开动起来，很快驶出了他的视野。

古锋不知道，法院那辆车里坐着他表妹黄娜和她老公郝杰。

自从黄娜买了原始股之后，就特别关注这个项目，可一点也没听到公司上市的消息，当时就有点沉不住气了。

“蒲总啊，你不是说这个月华泰科技的股票就可以上市，可怎么等到现在，却没有任何的消息呢？你们怎么解释？”

“哎呀，黄小姐，这不是我们的问题。国家政策上最近要有调整，IPO暂时停顿了。你就再等等吧，别心急。正因为股改，华泰科技才会把原始股卖给你，否则人家早就上市了，哪里轮得到你。就等几天，没多久了，啊。”

“好吧。还有，股权证下来了没有？上次交完款后，你们公司只给我出具了一张收据。”

“下来了，可能业务员还没有通知到您，抱歉，抱歉啊。您明天就可以到公司来领，对了，记得交回原来签的协议书、交款收据才能领取股权证。”

“噢，我手里只有股权证，其他证据都交回去了，连多少钱一股买的股票，都显示不出来，这怎么行？”

“黄小姐尽管放心，做我们这一行，最要紧的是信誉两个字，最根本的一个原则是，客户利益至高无上。公司按照跟华泰科技的约定，照章办事，错不了。您就等着公司上市后发财吧。”

“好吧，明天我过去领股权证。”

“如果您时间紧，我安排专人给您送过去好了。”

“不用了，还是我自己去你们公司拿吧。”

“放心吧，黄小姐，我让下属开我的奔驰车去，十点钟前保证赶到你们局里。”

几次打电话给国诚投资公司的蒲总，他总是拿种种理由来搪塞她，却总没有确切可靠的信。老让她耐心地等一等，这叫她有些不安。

虽说下着雨，她还是决定利用双休日的时间，去国诚投资公司一趟，亲眼看一看那儿的工作状况。这次因为感觉有些蹊跷，她有点害怕。所以，小心翼翼地向郝杰讲了此事，并请他一起去。

以前说是公司周末也不休息的，可是到了之后，那个蒲总却不在。不过，他们亲眼看到公司上班的员工很多，显得很兴旺。业务员有的在讨论公司上市的项目、讨论有关原始股的事，有的在向客户打电话卖会员资格，向会员提供个股信息、按单收费。这样一来，倒觉得公司还挺有实力，挺可靠的，便放心地走出写字楼。然后，郝杰开着车带她出去，买了些东西。

回家走时，他们路过股风大酒楼。黄娜让郝杰停下来，要进去坐一会儿。她想让古锋帮着了解一下，国诚投资公司是否可靠。恰好郝杰家里来电话，有事叫他们回去。他们就决定不上酒楼去了，以后再问吧，再说，古锋又不是神仙，他怎么会什么事儿都知道呢？

第二十八章 爱情越来越稀罕

上午的阳光明亮而耀眼，透过高大的树木枝叶，可以看见湛蓝的天空，犹如手提电脑的液晶显示屏一样细腻而自然。

一辆机场大巴远远地驶过来，停在华融国际城外的马路边，申彤下了车后，大巴车马上开走了。她肩上斜背着一个女式电脑包，顺着路朝小区大门方向走。

这次外出办事非常顺利，明后天大学班主任会把她的户口转移手续发快递出来，下周她跟古锋就可以到婚姻登记处领证，旅途中她还研究了几家上市公司的最新报表，从中选定一家作为持仓的对象。在她的操作中，从来不追求短期内账面上的盈利，而是充分考虑公司业绩，并顾及股价下跌的风险，每做出一个决策都能对资金安全具有最起码的保护。为此，她的工作一直相当努力。她认为，作为一个女人，倘若自己不能站成一处独立的风景，则你的风景就会渐渐失去光芒，而爱情便意味着征服，你身上有一种气质在吸引着那个他，如果褪色，爱便会变化。在古锋面前她足够优秀了，可她丝毫不放松对自己的要求，她想为自己的家庭尽到更多的责任，为全家人的幸福生活，创造更好的物质条件。

路边新开了一家书店，早早地开门营业了。申彤好奇地停留了一下，朝里边张望。书被分成靠墙的两排，中间放着一张大长桌，有七八个人坐在桌边静静地看书，有的还喝着茶水，再往里看，还有张小圆桌，茶香弥漫，有三个人围在一起似乎在讨论问题。看这样子，生意挺不错。等有空时也进去转一转，买上几本书。

申彤脸上流溢着无比的欢欣与喜悦，轻快的脚步踏进了华融国际城的大门。她赶最早的班机飞回来，想早一点见到古锋。她实在太爱他了，她也能切肤感知到他对自己的爱，倘若有一两天的暂时分开，他会急得像个孩子般，数着每分每秒来盼望快点重逢。她曾笑着跟他说，两情若是久长时，又岂在朝朝暮暮。他说，既然我爱你，我就希望所有的时光都能与你一起分享。她相信，这是真正的爱情。

小区的健康苹果广场上，很多退休老人们在尽情享受生活的乐趣。有些人身穿着色彩明亮的衣服，伴着动人心弦的乐曲，生龙活虎，铿锵有声，个个手持两把彩扇，随着节奏挪动着，扇子有力地开合着。有些人则右手握一把闪闪发光的长剑，剑穗飘扬在半空中，步子整齐地挪动，优美的舞姿，健康的神韵。

申彤不禁放慢了脚步。她忽然想起外出前一天夜里，她跟古锋亲热完了之后，只搭了宽大薄薄的毛巾被，蜷在床上看电视，看了一会电视，又腻在一块。随着两人温度的升高，他们借助音乐的调情和掩饰，放纵着情欲。摇晃的灯光如波浪般，仿佛可以听得到海的声音，如同飘浮在大海上，一次一次交缠着身体冲上浪尖，一夜的欢愉让他们都感到了极大的满足。后来，她习惯性地将身体弯成一个勺子形，把背对着他的脸和胸贴卧在床上，他们的身段尽量贴得很紧，让她觉得无比的温暖而舒适……

想到这儿，她的脸上仿佛跟着了火似的红得发烫。

鸟儿的欢歌犹如一串串绿色的音符，从不远处满眼绿色的小树林中飘荡过来。申彤目光所及之处，一对五十岁左右的夫妻宛如年轻恋人般，手挽着手身子紧挨着，说说笑笑地迎面走过。我能想到的最浪漫的事，就是与你一起慢慢变老……申彤脑海中飘扬一首老歌的旋律，那是她跟古锋一起听过很多次的歌谣。

她又回忆起一件事。最初他们在一起，有一次她去古锋那里住，早上醒来她拿过床头的内衣，正要自己穿上，他一把抢过去，将凉凉的内衣紧紧焐在了胸口，直到它们像他的身体一样充满了热量之后，他才细心地帮她穿上。那天晚上有暴风雨，屋内有些冰凉，可申彤感受到了古锋的手，带着厚实的温暖，触摸到她的肌肤，一种触电般的感觉流遍她的全身。她知道，真正用温暖融化了他的不是那件内衣，是他那颗体贴入微的温情之心。

申彤不由地嘴角露出幸福的笑容，脸上红得更厉害了。她定了定心神，加快脚步回家去。

轻轻地推开防盗门，申彤感觉家里特别的安静。难道古锋和申慧这么早就去酒楼了？明明打过电话，说自己今天一大早回来的，或者生意太忙睡得晚，还没醒呢。她一想到古锋如同小孩子一样的睡样，就荡起了满心的怜惜。她尽量轻一点发出声响，脱掉皮鞋，换上拖鞋，又把电脑包轻轻地放到墙角橱上。然后她走到阳台边，将双层窗帘慢慢地拉开。柔和的阳光透过阳台的落地玻璃窗倾洒进来，客厅里一片明亮。

如果他还在梦中，我这就去把他弄醒，去挠他的胳肢窝，问他怎么这么懒，知道我今天回来还不早点起床恭迎大驾！申彤有些调皮地盘算着。突然她听到申慧的卧室里“啊”地叫了一声，是妹妹的声音，这声音不大不小，却分明地透露出一种非常惊讶的意味，大概是恍然梦醒的一句呓语吧。

申彤不知道发生了什么事，她掉转身来，先到申慧的卧室去看一下，免得让妹妹觉得因为古锋而冷淡了她。

她走过去，看到卧室的门半掩着，恰好可以瞧见申慧在急匆匆地穿衣服，似乎刚刚套了件上衣。她以为妹妹被恶梦惊醒了，没有再多想，伸手推开了门。“起来了，小慧。”对面窗户一侧的窗帘留着条窄窄的缝隙，明媚的阳光从中穿越而过，好像一线希望在黑暗中闪耀。而就在短短的一瞬间，这样的希望顿时消失在心灵的黑暗之中。

她愣住了，因为申慧的床上还有一个人，一个被申慧使劲推了推而莽撞地坐起来的男人。淡黄色的毛巾被从他赤裸的上身滑落下来，甚至隐约显出了他赤裸的腰际，显然他什么衣服也没有穿。

“彤彤。”这是多么熟悉的声音啊。他迷迷糊糊地叫了一声，又要闭上眼睛。

满脸羞红的申慧从一堆杂乱的衣服中寻出她的内裤，靠着毛巾被的遮掩往身上穿。

申彤知道发生什么事了，她的眉毛无缘无故地弹跳起来，她的头一阵眩晕，扶住门框才勉强站稳。猛然间，她扭转身子，向客厅冲去。

她听到了自己的心，像水晶一样碎掉的声音。她一手扯起脖颈上的水晶项链看了看，感到像是被玻璃刺伤了皮肉滴血一样的疼痛。她只觉得愤怒的潮水，在她全身血管中肆意流走。那一刻她简直想跑到厨房抄起菜刀去砍古锋。

她急忙去饮水机边喝了一大杯水，然后在房间里走啊，走啊，直到无比愤怒的火焰被抑制住，她才无力地倒在沙发上。

一线晨曦的光芒照射在床前，古锋努力揉揉惺松的睡眼，猛然瞥见身边的申慧穿好了内裤和套衫，跳到床下去。她雪白的肌肤在光线稍暗的卧室里分外显眼。自己竟然和申慧一丝不挂地躺在床上？刚才喊了申彤一声应该不是在做梦吧？他想不起昨天晚上发生了什么，这到底是怎么回事？只记得自己感冒发高烧，口渴难熬地叫水喝，是申慧给自己端了水还有两样感冒药，好像一样是退烧药，一样是消炎药。后来呢？

古锋连忙从零乱的衣服里翻拣着，迅速穿衣起身。他感觉十分恐怖，自己怎么如此罪孽深重？他猛然停下来，痛苦地撕扯着自己的头发。申慧已穿好了衣服，脸上并没有一丝责怪，她伸出手掌轻轻地抚摸了一下他的胳臂。“我喜欢你，是我自愿的，我去跟姐姐讲，不要怪罪你。”说完，她从卧室走向了客厅。

“在下棋时，是做局中人还是局外人，很容易选择，但在生活中，怎么选择，大概就颇费心机了，因为棋局可以重新摆好了重新下，而生活中的有些东西失去了就会永不再来。”古锋耳朵边仿佛响起了爸爸的声音。那是他们在一次父子对弈后，古校长对儿子语重心长的教导，对于这句话古锋记得清清楚楚，这些年也在为人处事中保持着矜持与慎重，不会轻易犯愚蠢的错误。可如今呢，他怎么也想不清自己到底对申慧做过了什么，但两个人赤身裸体躺在同一张床上，即使没有发生那种事，也是无法让人接受的。

申彤看见申慧来到客厅里，只觉得喉咙里头有块东西塞上来，可是她沉默着，什么也没有说。申慧上前挎起她的胳膊，将她往书房里拉。

“姐，对不起。你跟我来，我告诉你是怎么回事儿。”

申彤头脑中一片茫然，被动地跟着申慧来到书房里。申慧随手将门关严了，轻声说道：“对不起，姐，我没有控制住自己。昨天他淋了雨，晚上回来发高烧，都烧糊涂了，闹了大半夜，他大概是把我当成你了，一再呼喊着你的名字，把我抱在怀里。”

申慧坐在申彤对面，说着说着低下头去。“本来我可以拼命推开他的，可他太用力了，一个劲儿吻我的脸，吻我的脖子，我觉得自己无法自拔，就没有反抗。姐，事已至此，我后悔也没有办法，只希望你能原谅他。”

“原谅？我凭什么原谅他？多少狗男人爱拿喝酒喝醉了当借口，来欺负女孩子，你以前不是吃过一次亏了？这回好，又拿发高烧、烧糊涂了来当借口，鬼才知道他是不是真的烧糊涂了，发高烧他不虚脱却还有那个力气，分明是装的，我绝对不会原谅他！”

“姐姐，是我不好，我不想因为这件事让你痛苦，反正我的命苦，没什么。就让我们都忘了吧，一切跟从前一样，不要因为他一时的过失，就绝情绝义。”

申彤心乱如麻，头昏脑涨，恨恨地说：“你忘记了，我曾经跟你说过，爱情容不得过失，我们在伤害它的时候是什么样子，那么当它回来，不论你怎样地弥补这个伤口，都无法再还原成旧时的模样。我跟他之间，已经彻底结束了。我们马上赶他走，再也不要见到他。”

“可是，姐，我不知道你有没有看出来。其实，是我的责任，我早就爱上他了，我自己愿意。我知道，这么说你会恨我，我不知道该怎样说，可憋在心里又真的很难受。我不知道该怎么做，我不想让姐姐受伤害，可我觉得，我和他在一起会很幸福。跟你相比，我跟他不般配，但我从小处处让着你，处处比你差，你知道我的心里有多么自卑吗？和你相比，我算什么呢？我知道，古锋喜欢你，你的那个同事喜欢你，那两个基金经理也喜欢你，还有，那个赛麦格餐饮集团的老板早想追求你，如果不是年龄跟你有差距，你不是觉得很合适吗？你左右逢源，处处受男人呵护。可我呢，只是长着花瓶似的脸蛋，只会招惹男人的摧残，你想过没有，像我这样的女孩，能有什么样的未来?!"

申慧如同江水决了堤一般诉说着，眼泪恰似昨天的细雨那样流泻下来。

申彤有点惊诧而又怜惜地望着妹妹，她内心里如同飓风般不停地翻腾着。她时常感慨，股市如同战场，每天都是心理、智慧、毅力的多重搏弈，每个操盘手都是将军，指挥手中的资金兵士攻城掠地，但在股市里，谁都难以成为常胜将军，胜与败、进与退、攻与守，往往在霎那一瞬间形势彻底转变。而爱情呢，莫非也好像这股市一样变幻莫测，付出全身心的努力却终究一败涂地？这年头，成年人之间的爱情越来越稀罕，能否战胜痛苦，完全在于一个人面对痛苦时所做出的选择。面对自己的妹妹，她拿定了主意。

古锋埋头坐在他和申彤的房间，看到申彤从书房里走出来，他忙站起来，走近她，试图去拉她的手，可她一下子躲闪开了。他不知道说些什么才好，他还没有完全恢复充沛的活力，行动有些痴呆，思维也有些艰涩。

"彤彤，我……"古锋的舌头仿佛一条搁浅的鱼，动弹几下便硬梆梆了。

"你用不着解释。人们总会长久不断地为自己所做的任何事情寻找借口，但你忽略了，你不是一个善于找到合适借口的人。就别枉费心思了。"

"你，能不能宽恕我？"古锋表情淡漠无助地看看她，不时舔一下干涩的嘴唇。

“小慧能宽恕你，可我不能。在准备跟你领结婚证的时候，却发生了这样的事情。真是绝大的讽刺。我的眼睛里天生就容不下沙子，何况是这样刺眼的一粒沙子呢。”

“我真的很爱你，是我一时糊涂，可我后悔莫及……”

“不要谈什么爱与不爱。本来爱情就是个很虚无的东西，大多数人不过是沿着所谓的爱情寻找一个假定的归宿，或者少数人会借着爱情的借口发泄简单的肉欲。爱情不同于其他感情，它变数太多，什么是爱，什么是不爱，到底爱不爱，在欺诈与诱惑的诡计面前，毫无任何意义。”

“不，彤彤，我没有欺骗你，我心里只有你，昨天夜里我一点也不记得做了些什么。”古锋嗫嚅着，舌头如同在与上下颚做艰难的抗争。

“什么都不要说了，我们之间到此为止。我之所以还在这里和你讲话，是因为小慧。小慧爱你，你不能伤害她，我希望我们分手后，你要对她负责任，不能嫌弃她，你要跟她在一起，不要让她再受到任何的伤害了。你们俩共同经营酒楼，还有这栋房子，算是我送给你们的贺礼。我不会再待在G市，大家以后最好不要见面，我不想打扰你们，盼望你俩能在一块幸福地生活。”

申彤盯着古锋的眼睛说。她想起他曾经跟自己讲过，什么是幸福呢？幸福是由一点一滴积聚起来的，倘若你在适当的时间适当的地点遇上适当的人，那么幸福就会从天而降。他说，你就是降临到我身上的幸福。当时她深情地回应说，你也是一样，让我由衷地感到幸福。可如今，幸福竟是如此不堪一击，如同脖颈上他送的这根水晶项链一样，很容易就可以拉断，丢弃到地上粉碎掉。

“什么？你要走？你想去哪里？你要干什么？小慧，和我，你要成全我们？”古锋朝前走了一步，表情有点僵硬地站在申彤对面，距离近得他都能闻得到她身上散发出的气味了。

“成全？感情从来不是成全来的，你们要在一起，我没有任何阻止的权利。你如果不是存心故意占小慧的便宜，你就答应我，要对她负责任，她不能再受更多的伤害了，你要对她好，跟她在一起好好过一辈子。”

申彤面部的表情伪装出坚强，可她的声音有些哽咽，马上就要哭了。她还是非常孩子气地抬起右手，伸出纤细的小指。

“你真的要我这么做吗？……我，我答应你。”

古锋伸出小指，和她的小指缓缓勾在一起。他第一次看见她流泪了。“你哭了，我让你这么伤心，我永远不能原谅自己。”

“多久了，我有多久没有哭过，我都记不清了，我倒想尝一尝哭的滋味。”

古锋茫然不知所措。

申彤做事十分麻利，她打电话找到大学班主任，对方正在学校的派出所里，替她办理户口迁移手续。她说情况有变化，先不要办了，她今天就飞过去。

两个小时之后，申彤坐在了飞机上。她系好了安全带，脸色疲惫地合上了眼睛。她想起一句极通俗的话：投资有风险，入市要谨慎。是啊，爱情是个单行道，只要上来了就骑虎难下。婚姻只有一个篮子，所以根本没有其他途径分担风险，起码对于女人没有，这严重违背了投资理财的重要原则，即把鸡蛋放进唯一的一个篮子。所有的投资都算得上是孤注一掷……就这样，她胡思乱想着，脑子里阵阵嗡鸣声让她痛苦地蹙紧了眉头。

飞机飞离了地面，快速向上爬升着，很快爬到了云彩上边。

申彤坐在靠窗的位子上，头别着朝外看去。她看到自己越飞越高，超越了云霄。猛然她的心中悲不可抑，泪飞如雨，一种刺人骨髓的痛楚让她的心紧缩成一团。

恍惚之中，她想了古锋曾说过，“我们即使一个在天之涯，一个在地之角，我们也要祸福与共，风雨同舟。”她的嘴角流露出一丝微笑，不知道是自嘲，还是讽刺。

她是个要强的女孩子，此刻却觉得自己好像一只无辜的小动物，孤单地守着一盏灯，想照亮别人，给别人以温暖，而黑暗中却有人狞笑着放出锋利的毒箭，防不胜防。

过了一会儿，她又不觉淡然一笑，她不知道自己在笑什么，为什么要笑，但人痛到深处也只能用笑来抚慰自己了。

古锋怅然地从机场大厅走到外边的路上。抬头看时，一架飞机腾空而起，升高，加速，渐渐地消失在天边。他有点怅然若失，又似乎恍若隔世，不由地闭上眼睛，好像看到了一幅画面。画面上有位中世纪的欧洲骑士正策马扬鞭，疾驰而来，遥望草原高处有位金发碧眼的美貌少女，当他跑近了，马蹄眼看着就要踩到她的落地长裙，蓦地发现伊人已去，空有满目绿草旺长着相思。这是他与申彤相偎依地看爱情片时印象深刻的一个镜头，此刻却吻合了自己的心境。

在这个世界上，花开就有花谢，月圆就有月缺，有些故事往往来不及打开千千的结，便溶入了浓浓的暗夜。那曾经的热烈，好像夏日里晨荷上的露珠，微风一掠，便应声而落。无论如何，生活都得继续，容不得你重新选择。

想到这儿，古锋苦笑了一声。

他过去从没有想过，万一有一天申彤不在自己身边了，他将会难过到什么程度。他预感到，申彤的离去，将会使他的心情一天天变得沉重无比，他的生活中不能没有她。此刻，他只觉得周围的东西好像都在告诉他，他已失去了她。

第二十九章

另请高明

天空一碧如洗，一丝云也没有，太阳像巨大的明晃晃的镜子一样悬挂在头顶。偶尔有几只飞鸟横过，路上行人匆匆。

胡蒙径直走到蒲松的办公桌前，将一纸辞职信递给他。“蒲总，感谢您这段时间对我的指导和帮助。”

“哎呀，你可是我最得力的左膀右臂啊，听到你打电话说要辞职，我就十分舍不得。可有什么办法呢？天高任鸟飞，人各有志，我也没办法强留。这是给你的五万块钱，唉。”说完，蒲松从抽屉里掏出一包钱，推到胡蒙的面前。

“这，这是什么意思？”

“按照咱们说好的待遇，这是你该得的。不过咱们也是朋友一场，你又要去当自由股民了，这五万块，可能你并不放在眼里，却是我和公司的一份心意啊。”

“这……”

“拿着，啊。说实话，我不赞成你又回到以前那种选择上去。你现在本钱少，记住，千万别像有些人那样借贷炒股，甚至拿养命钱炒股，弄不好会要了你的命。股市里可没有什么后悔药，只要你人在股市，每天都可能为股票买了就跌、卖了就涨而后悔。如果有谁发明了后悔药，其价值无疑胜过伟哥。很遗憾，股市没有后悔药，唯一能医治后悔的，就是不犯或少犯追涨杀跌的错误。我业余时间不喜欢像别人一样去打高尔夫，那样太有铜臭气，我爱去钓鱼。这炒股呢，就像钓鱼，要有耐心。当大家都退出来不敢进的时候，才是买入的大好时机。我炒股多年，体会很深。你任何时候都要记住，你不是超人，股市涨跌由不得你说了算，也不由任何人说了算，而是由市场说了算。所以要辨清股市运行趋势，入市前应先观察股市的趋势，当股市趋势向上时，就应该坚持持股为主。反之，当然应该持币为主。趋势的观察并非一件容易事，不过我相信你对K线形态的分析水平，只要注意到了问题就不会太大。记住，要用闲钱炒股。啊，对了，要说个股，我建议你持仓ST科源。”

蒲松满嘴唾沫星乱飞地说了一通，把已燃尽的香烟塞到嘴边吸了一口，将烟头扔到旁边的垃圾筐里。

“蒲总，您对我实在太好了，不知道怎么才能感谢您。”胡蒙真的有些感动，他想起以前跟古锋、申彤聊天时，曾一度将蒲松想象得很坏。特别是当申慧说国诚投资公司不可靠时，他立即决定离开，不顾这样会对公司造成重大损失。现在蒲总受了损失，不仅没有克扣自己的薪水，反而为自己想了这么多。他心里很有些过意不去。

“朋友，啊，朋友说这些干嘛。你出去后啊，注意保守我们公司的秘密，我相信你不会跟别人乱讲的。干我们这一行，最要紧的是信誉。”

“您放心，蒲总，我一定会守口如瓶。”

“嗯，我事情很多，你也去忙你的吧。哪天愿意，这里的大门一直为你敞开着。这钱，可收好了。”

“太谢谢您了，蒲总，以后有用得着我胡蒙的，您尽管吩咐。”

“去吧，祝你好运！”

胡蒙从股风大酒楼对面的马路穿过来，为了避免被远远超出正常剂量的紫外线灼伤，他把几张报纸合在一起顶在头上，以遮挡强烈的阳光。这些阳光简直明亮得不着边际，明晃晃的，落在城市光怪陆离的玻璃上再被反弹回来，瞬间支离破碎。街道显得过分清楚，所有的坑洼和凹凸都无处遁形。

走近酒楼时，他看到一辆奔驰600因为车身长，斜着身子占了两个停车位，左边挨着辆别克林荫大道，右边则是辆奥迪A8，车号很熟悉，是王进礼的车。他左右瞅了瞅，靠到奥迪的一侧，假装无意识地咳嗽了一声，跟着将一口唾液吐在了车窗玻璃上。呸！什么玩意。他心里骂着。胡蓉最近情绪很不好，仿佛受到了感情上的重大伤害，他再三追问，她也不愿意告诉他。后来他想起姐弟喝酒时见过的那张名片，就问是不是王进礼，姐姐默认了，原来她被这个早有家室的G市高官给骗了，这使得他一想到此人便气不打一处来。刚才的举动只是平民百姓力所能及的一种情绪发泄。

“小胡，事情办好了吗？”

古锋站在酒楼门厅里，微笑地问。他请胡蒙来酒楼里工作一段时间，负责大厅的招待，是为了给申慧减负，他来了，她就可以省很大力气，只管包间重要客人的安排就行。看来还是爱情的力量，让他毅然离开了蒲松的公司。

“办好了。”

“没什么麻烦就好，对了，你刚才电话里，不是说还有一位朋友吗？”

“他走了，赶着回老家，家里急需用钱，说是他父亲需要几万块钱动手术，钱转走后，我帮他把股票账户销掉了。”

“怎么不留他在这里吃晚饭呢？别让人觉得你小气，呵呵。”

“嗨，你不知道，我跟他是今天刚认识的，萍水相逢吧，也算不上什么大交情，感觉他的样子有些奇怪，说不出怎么回事。今天我辞职拿了点现钱，出来后就到交易厅去买股票。他一见我，就拉住我，问他手里的股票如何卖掉。就这么简单。你别说呢，他的股票捂在手里，这半年多一直没动过，翻了好几番，总计卖了有七十多万元。这小子发一笔横财，治病，应该足够用了。”

“连股票还不会卖，就有这样的战果，看来这牛市里确实好赚钱。噢，他叫什么名字？”

“叫林力。他说以后要是来G市，会到这里找我玩，股风大酒楼的人气真旺啊，连外地人来一次都想再来。”

“做这一行，就怕生意萧条啊。来，去我办公室说话。”

古锋说完，领着胡蒙一前一后上楼。走进办公室，他关上门。

“小胡，你来的正是时候。今天王进礼过来吃饭，跟他一起来的那个人很重要，叫田伟利，前段时间市面上流传ST科源要重组，就是他的公司要进来。市里领导对口主抓人是王进礼。还有，吕刚不当副局长了，他看中了科源这块肥肉，多次申请，终于调过去，成了董事长兼总经理。今天这几个人聚在一起，肯定是要商讨合作事宜，我刚才接待了一下，他们有密事谈，我不方便再往跟前凑。这方面小慧不懂，等会儿你过去盯一下，上菜添酒什么的，看会不会有什么发现？ST科源的股票波动太大，有利好消息，最近却被压低了，我们不妨看一下有无炒作的机会。”

此前，古锋一直按申彤的指令操作，无论买入还是卖出，时机总是把握得恰到好处，获利十分丰富，账户里的股票最新市值在六百多万元以上。但是，申彤已经出国去了，他直接凭自己的判断来决策，以往形成的依赖心理常使得他犹疑不定，加上情感世界的骤变，他内心深处天生的那种赌性开始萌芽壮大起来。

胡蒙对王进礼心中充满了厌恶，姐姐一再叮嘱他不要在外边乱说，毕竟那不是一件光彩事，他此时也不好表现出来，便点点头：

“对，古哥，我说过好几次了，你就是不敢介入ST科源。古雯姐在那里边上班，风吹草动的，我们可是近水楼台，前几次进去的话，现在赢利也翻番了。最近公司的坏消息不断，我看是为了掩饰真相，制造混乱，吓退我们散户，好降低庄家的成本，估计近期内，庄家还要再吸引更多的股票，以确保它翻手为云、覆手为雨，股价应该会有大涨，虽说低点早过去了，但我觉得，我们应该马上杀入。”

“嗯，看看今晚这几个人的表现，是否能确认重组是实质性的，而不是外界传言的那样虚张声势。”

“好，古哥，我尽量打探一下。”

胡蒙走出来，想起了申慧，就先下楼去找她。

申慧引领王进礼进了最好的贵宾包间，她觉察到大老板田伟利几次瞥眼，朝自己鼓鼓的胸脯上看，忙寒暄了几句，安排好服务生，然后回自己的办公室里。没想到，田伟利坐了一会，见她不再出现，便找了进来。

“看到你，我有种似曾相识的感觉。”

田伟利的目光有些猥琐地盯着申慧，犹如饥饿的秃鹰在捕猎。眼前的她穿着一件紫蓝色小襟短袖束腰的上衣，下着褐色短裙，黑亮的长发从肩上垂下来，还打着优雅的旋，自然而风情，圆润丰满的身材和修长的腿显得窈窕动人，性感十足。

申慧不卑不亢地说：“您有什么事吗?”

“听王局长说，你在这儿的表现出类拔萃，我真心想挖你跳槽啊。伟利电子马上要借壳上市，公司董事会秘书一职正空缺着，我看你非常适合，想请你马上接手，待遇方面是年薪两百万，还赠送价值三千多万元的股票，工作也很轻闲，不过是一年开几次会，到记者面前念念讲稿发发言。请你务必接受，怎么样?”

田伟利说着，稍微活动了一下脖子，好像嫌领口有点紧。他穿了一件洁净的鹅黄色绣花真丝衬衫，外面打一条紫色条纹领带，下着一条笔直的深蓝色毛料西裤，手指闪着一枚金红色钻戒，看上去十分排场。

“我不过只有经营小小酒楼的本事，田总怎么看得上我?”申慧未加思索，随意地回答了一句。她语一出口，顿生悔意。

田伟利以为她动心了，上前两步，一只粗壮的大手搭上了她的肩膀。他眼神有点淫邪地说：“你是个聪明的女孩，应该知道我想要什么。”

申慧退后一步，晃掉他的手。“对不起，你另请高明吧。”

田伟利按捺不住，饿狼扑食一样冷不防将申慧搂住，并在她胸前乱摸，语无伦次地说：“什么山珍海味我没吃过，可我第一眼就看上你了，答应我，我可以让你轻轻松松地生活。”

“啪!”

申慧猛地挣脱开来，举起右手，用力抡在田伟利的脸上，打得他两眼直冒金星。

“你看错人了，这是在我的酒楼里。请你放尊重一点，我不是那种爱慕虚荣的女孩子，你就是给座金山银山，我也不会动心，更不会答应你的无理要求。”

田伟利醒过神来，又摆出一副神气十足的样子，傲慢地说：“好，好，我就喜欢你这样漂亮又有个性的女孩，你等着，我还会再来找你的，我想要的还从来没有得不到。”

田伟利转身扬长而去。他的内心里无比恼怒，原本以为她是做生意的，一定会看重物质利益，没想到开出这么高的价码，竟然不能打动这个女孩，他心有不甘却又无计可施。

申慧坐下来，干涩的眼眶里潮湿了。如今的她，再也不是那个从小村庄初到城市里的天真活泼的小女孩了，她已经明白，男人的权力、声名和所有的花言巧语，都只是一层糖衣，一揭即破，女人选择伴侣时，一定要看重他的内心是不是专情和温柔。她相信古锋是这样一个人，她早就爱着他，可他呢？

自从姐姐负气出走之后，古锋陪她住在华融国际城里，两个人各居一室，他并不想接受自己，哪怕只是表面的。这让她的心好像在黑暗和虚空里上下颠簸沉浮，找不到希望，她甚至都后悔那件事对于姐姐实在太残忍了。姐姐临走时对她说，古锋答应了，他会对你好一辈子的。可事实呢，他整日里的空暇时间，塞满了对姐姐一往情深的思念，根本无暇顾及自己的爱。就这样无助地爱着他，一种卑微的低到尘埃里的感觉，真是叫她绝望而又忧伤！

胡蒙敲门进来了。他目光坚定，眸子里含着深深的关切。“你怎么了？不舒服吗？”

“没什么，有事吗？”申慧努力镇静下来，模样如同静静开放的丁香，馥郁而又忧伤。

“没事，我只是想，过来看看，噢，你还是多注意休息，有事尽量喊我去做。”

胡蒙说完出去了。想想他刚才憨憨的模样，申慧心中满是惆怅。

第三十章 接过巴菲特的枪

股风大酒楼的这个包间装修得别具匠心，地面铺着清一色的红木地板，射灯照在墙上的装饰水粉画上，仿古风格的圆桌和靠椅，一边还摆着几件套沙发。

王进礼几个人闲聊着，热炒和海鲜一道道地不断上桌，什么龙虾、鲍鱼、鱼翅羹、清蒸石斑鱼等，很快就堆满了桌面。王进礼吩咐女服务生说："这儿没什么事了，你出去吧。"女孩答应一声，出去时顺手将包间的门带上了。

"我平时很少在办公室，一周内总要到其他地方转转，待个三五天，住五星级酒店，坐高级轿车到处跑，宴席一场接一场。我烦了，老是得跟人握手、合影、签署文件、发表演说，这个你们肯定也深有体会。"

田伟利说着，大口大口地啃着七成熟的烤牛肉。王进礼和吕刚都点点头，马丽在一边奉承说："田总真是大忙人呀，难得来G市一趟。"

"这次来我想多住几天，与吕总敲定科源重组计划，具体的报价……报歉，报歉，我接个电话。"田伟利刚一开口，他的手机就响了，接听的音量很小，他按在耳朵上，别人都听不到来电的声音。

"喂，怎么样？"

"老板，银行答应借给我们两个亿，是三个月的短期贷款。"

"好，太好了！这两亿元的销售收入，明天开始投到科源的股票上。就这样，啊。"

田伟利挂了电话。王进礼笑着说："田总真是大手笔啊，你已经取代基金，做庄科源，还嫌不够啊。”

“这里没外人，就打开天窗说亮话，我投资了三亿多元，用上千个自然人户头，分别持股，总共只拥有一亿多股，才刚过科源全部流通股的一半，要想彻底掌控局面，当然需要更多的股份。现在股价还在三元左右浮动，估计这两亿元进去，股价会大大提升，以平均持股成本六元计算，我还能拿到至少三千万股，加上你们手中的一千多万股，股票总量能占到70%以上，我们就可以为所欲为了。”

本来田伟利的公司规模很小，但他以掌握中佳油业造假的秘密为要挟手段，让中佳油业同意为其担保，他向银行贷款八千万，参与对中佳油业的炒作，在三个半月内，将其股价炒高了五倍多，扣除贷款利息、证券交易税与交易费，实赚一点五亿多。他就是拿这二点三亿的资金冲入ST科源，通过第一时间得知财政补贴等利好消息，大量低成本吃进，只是后来多次震仓才将成本提高了上去，相当于累计投了三亿多。

吕刚跟王进礼相互交换了一下眼色说：“股价上去没有问题，我想知道，重组后田总准备如何确保公司的业绩，保证股价稳定，以便我们有足够的时间，把手头的股票全部套现。”

王进礼沉思了一下说：“我知道，你想将报表利润提高，使之大大高于预期，以便拉高出货。还可以传递真假信息，编造各种并购及盈利预测造市。不过，科源公司的基本面实在太差了，如果田总的股票全面撤退的话，谁来接盘？市里意见是ST科源能维持则维持，宁愿三年内不对其征税。”

田伟利哈哈一笑，胸有成竹地回答：“我怎么会很快脱身呢？这个壳我要了，里边的肉太松，我会撑起几根骨头，让ST科源硬朗起来，到时候不仅王局长和吕总手中的股票高价抛售没问题，就算我全抛了，这个盘面仍然可以挺在那里。股价下跌在所难免，但决不会跌得太惨，就让那些股民捂在手中做解套的梦吧。当然，我们重组的目的决不是兑现股票走人，我稳住阵脚之后，会全力提高利润，争取早日摘掉ST的帽子。这也是我为什么要进来做庄，就是为了能够对敲拉抬打压，保持股票的相对稳定和活力。”

王进礼点点头，仍然追问到底："这几根骨头是怎样的？我们的马科长是会计专家，她肯定有兴趣听一听，你的报表将采用怎样的记账方法来保证'明天的太阳会出来'？这个我们还是先闻为快啊。"

马丽娇声说道："对，对，我不自量力，说不定可以帮田总参谋一点意见。"

"谦虚啊，马科长。其实我的手法肯定一说你们就会了解。"田伟利说着，从旁边橱子上取下他的皮包，打开来，拿出一摞打印好的文件，找出一份来，边看边说："第一招，我们要将特别费用的数量人为地夸大。特别费用可以人为地拔高，以便为未来的营业利润提供一个绝好的释放机会。重组后我并不实质性参与管理工作，仍由吕总全权负责。吕总可以对外宣布，有一笔大额的特别费用，把未来营业费用的数额也包含进来，这样一来，科源未来的利润数字就会上升，因为这些时期的有关费用已经被计算在那些特别费用里了。"

"吕总上任不久，任务就是扭转公司局面走出困境，想必拿到股票期权，一定会有足够动力去改善公司的表现。"王进礼赞许地插言道。

吕刚挠挠头发稀少的头皮说："我从部队里扛完枪下来，半路出家，到底怎么做，田总你说得清楚些。"

田伟利瘪瘪嘴，又看着手中的材料说："很容易啊，到时候你宣布清理前任留下的烂账，从资产负债表上注销那些过度估价的资产。注销资产的数量越大越好，因为这样就把这大笔的注销报告为特别费用。如果你这样做的话，投资者在评估公司股票价值时就会放心，一般不会再盯着费用。当明天到来时，太阳便会真的升起来。你可以发布报告称，利润数字已经改善了许多，因为这时的许多成本早就作为特别费用的一部分被注销了。"

"噢，是个好办法。还有呢？"吕刚点头称是。

"第二招是，将正在进行的研究与开发费用予以注销。这个手段可是新任CEO或一个正在走下坡路的公司常常使用的法宝啊，是一种大手笔的注销游戏。只要把收购的价格尽可能多地注销掉，并且说服审计师公司正试图尽可能地'保守'就可以了。所谓'收购的研究开发’，就是从兼并中注销进行中的研究开发费用，通过不断兼并其他公司，然后注销掉许多兼并成本。这些注销将会减少现期和近期的营运费用，从而增加报告的营运和净收入。关于目标公司，我已经安排人筛选了一家，华兴数字仪器公司。”

王进礼又插嘴道：“你眼光不错，这可是X市赫赫有名的三大民营企业之一。”

田伟利表示谦虚地朝王进礼笑笑，然后低头看看材料接着说：“我盯华兴数字仪器公司挺长时间了，这家公司质地优良，到时候可以为我们大量输血。一般情况下，收购方必须承担商誉，使用以后的盈利摊销这笔成本。我们可以采取建立‘负的’商誉的妙方，抬高以后的盈利数字。在正常情况下，商誉以‘摊销费用’的形式负面影响盈利数字，‘负商誉’则会以‘负摊销费用’即收入的形式增加未来的盈利。预计科源公司将向数字仪器公司支付十亿元，并且确认有形资产和无形资产共计十五亿元，超出收购价五亿元，即负商誉五亿元。另外，科源还将为‘收购进行中的研究与开发’指定七亿元的巨款。由于收购成本的大部分被注销，支付的十亿元远远低于收购的有形和无形资产，五亿元的差价便成了‘负的商誉’。按照会计指导原则，‘负的商誉’应该属于被收购公司的非流动资产，以减少它们的价值。这样一来，科源公司就可以把长期资产的价值减少五亿元。通过减少这些长期资产的价值，未来时期的收入就可以被夸大。”

“我明白了，之所以可以夸大未来时期的收入，是因为折旧或者摊销费用下降了。”马丽莞尔一笑，嘴里洁白的细牙一闪。

田伟利朝着她恭维说：“马科长不仅是绝代佳人，还是旷世才女啊。”

他们几个发出一阵哈哈的大笑声。田伟利正要再说什么，外边的门被敲响了一下，然后开了，胡蒙端着盘子，跟在女服务生后边走进来。女服务生将几盘菜往圆桌上放，屋里的客人都没有吭声。等菜上好了，眼看着胡蒙和女服务生走到门口了，田伟利又拿着手中的材料，继续往下说：

“还有第三招，即通过提供股票权证的一次性注销法。如今网络时代里，许多新经济公司经常这么做。科源公司将支取一笔股票权证的费用，送给加盟的供货商，作为将来支付这些公司现金收入的替代。这笔交易将这样达成，为了确保与上游供货商合作的业务关系，科源公司必须向这些合作伙伴进行支付。只要有一个合作伙伴接受股票权证代替现金，科源未来的收入就会被夸大，因为它可以把整笔数量作为特别费用注销。具体而言，科源第三季度末可以记录数量为一亿元的‘一次性’费用，在第四季度再记录两亿元的费用，用于购买一千万股的公司股票，送给加盟的供货商。通过把这些成本记录为一次性费用，就可以消除掉这些应该算作未来的正常营运成本。就算科源公司仍在显著亏损，报表也可以做得很好看。哈哈，等盘面一旦做好了，我们马上搞配股增发，从市场上圈钱，三五年内我们都可高枕无忧。”

马丽拍手叫好，“妙！想得很周到，三招并用，我相信玩得转。不过，名义上三亿元购买一千万股科源股票，年内你是准备将股价推到三十元，这幅度也太大了。”

田伟利将他手中的材料放回到皮包里，朗朗地说：“世上无难事，只要肯登攀。啊。”

“可是，这些措施不够光明正大啊，倘若监管部门认为这是在设置圈套、恶意圈钱呢?”王进礼有点儿不放心，浑厚的声音中透着点沧桑味道。

田伟利一拍胸脯，“怕什么？证监会的关系我已打点好了。王局长，圈套是用来圈人的，不是用来圈自己的，我们不能自己束缚自己的手脚。来，来，喝酒。”

“干了这一杯!”吕刚带头站起来，他们的杯子碰得哐哐直响。

田伟利重新坐好了，瞥见房间的门没有关好，露了一道缝，笑了笑，爽朗地说：“等我们签署协议，上边批下来，就隆重地开个记者招待会，相信重组的消息一发布，让那些以为这是空穴来风的股民悔断肠子吧。”

吕刚大声叫道：“好，没问题！不过出于科源内部一贯的工作作风，得开两天董事会，过一遍合同，讨论各种具体事宜，本周末才能签署协议，田总还需要多待几天，怎么样？”

田伟利马上回答：“没问题，每次我来也匆匆，去也匆匆，G市的景点还没来得及观赏，这几天权作旅游度假了。还有，手续办妥后至少隔上十五天再正式公布，以便我的两亿资金全部追加进来。明天我会继续压低股价，后天开始再吸纳更多的筹码。”他说话的嗓门更高。

“真真假假，虚实结合，只有这样，才能请君入瓮啊！”王进礼端起酒杯，小声地说：“来，为了胜利，干杯！”

由于谈话的私密性，他们没有让服务生待在房间里，倒酒添水一直由马丽承担。干完这一杯后，马丽一努嘴，拿眼瞟了在场人一遍，说：“哎呀，伺候你们三个，胳膊都累得有点痛了。”

田伟利一把抢过她手中拎起的酒瓶，“不好意思，这里我年龄最小，本应该我来。王局长和吕总，就不必怜香惜玉了。”

哈哈哈！……

酒喝得差不多了。马丽站起身来，打开电视伴奏，清清喉咙，试了试音响，觉得效果不错。“哎，我说呀，我们来个唱歌助兴。我先来一支，叫‘庄家之歌’，然后大家轮着，一人唱一首。怎么样？”

屋里三个男人都一起拍手叫好。DVD显示的是《小城故事》的伴奏，但马丽改了歌词：

股市故事多，充满喜和乐
要是你到股市来，收获特别多
红的红火的火，沪深股市真不错
请你的朋友一起来，这里来坐客
……

她的歌喉不错，赢得了满屋响亮的掌声。田伟利抢先接过话筒，说：“我配合一下马科长，来一支‘散户之歌’。”他唱的也是新词，伴奏曲用的是《中华民谣》。

高开低走莫割肉，寂寞的股民在风雨之后
醉人的分红你有没有，配股增发股价往下走
庄家的背影如此悠悠，往日的被套又上心头
醉人的分红我没有，配股增发让我心更忧
沪深股市你要走一走，千百只股票等钱投
涨来跌去的股海中，任受伤的我挥挥手
……（歌曲的结尾是田伟利故作尖细嗓音的反复念白）
公告连天万户候，财务报表伸出兰花手
消息解开心中事，一家欢乐万家愁
……

田伟利唱得绘声绘色，也博得一阵掌声。王进礼一定要让吕刚先来，吕刚拗不过他，也如法炮制，“我就来一支‘游击队之歌’吧。”

我们都是神枪手，每一颗子弹消灭一只黑牛
我们都是正规军，哪怕那股市晴又阴
在这高高的大盘上，每一只股票都让我们着迷
在那寒冷的熊市里，到处都有我们的好兄弟
没有车没有房，自有那股票送上前
没有钱没有款，股票给我们赚
我们生长在这里，每一分盈利都是我们自己的
无论谁要抢夺去，我们就和他拼到底
……

又一阵掌声过后，王进礼笑着说：“老吕不愧是军人出身啊。我呢，献给大家一曲‘接过巴菲特的枪’。”他上前选了一首伴奏歌曲，意气风发地唱起来：

接过巴菲特的枪
巴菲特是我们的好榜样
接过巴菲特的枪
千万个巴菲特在成长
学习他，集中投资从不分散
学习他，价值投资长期理念
学习他，十天半月不看大盘，为了社会公益捐出巨款
毫不利己，专门利人，做股市永不生锈的螺丝钉
谦虚谨慎，永远革命，做一个巴菲特的好学生
……

包间里酒香洋溢，残剩的酒氤氲在周围的空气里，潜隐地蛊惑人心，让没有醉的人想醉。

宴会在极其热烈的气氛中结束了。田伟利和吕刚谈笑风生地朝酒楼外边走的时候，王进礼在后边偷偷地跟马丽咬耳朵：“今晚去老地方。”胡蓉在多次交涉让他离婚未果后，终于幡然觉醒，离开了他，这让他重新燃起了对马丽的渴望。

可马丽一口回绝了他：“不行，我老公今天刚从美国回来，这么晚，得赶回去了，我们改天吧。我一会儿搭吕总的车，顺路，你累了，早点回去歇着吧。”王进礼听了，悻悻然只好作罢。

王进礼和田伟利向着相反的方向，各自开车离开了。吕刚也发动起他的车子，载着马丽朝田伟利离去的方向行驶。他们说笑着，临近一个路口的时候，马丽下了车，她说她老公散了宴席，一会来这边接上她。吕刚径自开车去了。

马丽沿着路口向右转，走了一百多米，富丽堂皇的嘉乐大酒店豁然矗立在眼前。打心眼里说，她喜欢田伟利，这家伙就像24小时通电的海德堡印刷机那样，最惦记的事情是，怎么样才能加快速度印刷更多的钱，赚钱已融入他的血液中成为一种本能。她想象着，如果有女

人嫁给他，他留给她的，肯定只是一个豪华的家和可供挥霍的巨额存款而已。

马丽轻盈地迈进酒店大厅，轻车熟路地一边朝着电梯走，一边拿出手机看了一下短信息。然后她乘上电梯，很快来到十一层的总统套房。

“我的好姐姐，来得这么慢。”田伟利伸手揽住她的腰。他穿着一件浴袍，头发上还沾着水珠。从一个底层打工仔混到如今的亿万身价，他的成功和财富似乎在强化着他内心的某种孤寂，他需要女人来填补他的孤寂，来松弛他高度紧张过后的神经和辛劳的肉体。

“哼，你勾引政府官员，可要付出代价。”

两人互相凝视，如入无人之境，好像都在用眼光抚摸对方，空气中流溢着暧昧的情愫。

“什么代价？春宵一夜值千金，我明天上午转给你三百万股ST科源，现在市值近一千万元，够真诚吧，等我们炒到三十多块时，你就变成亿万富姐了。”

田伟利轻声说着，一只手放到马丽的臀部上。她的臀部浑圆挺翘，如同传说中的伊甸园一样，带着无声的暗示和邀请。

“怎么舍得这么大的投入啊。”

马丽在宴席之间收到田伟利求欢的手机短信时，就打定主意接受。她知道，这种股票礼物她从王进礼那里收到过几次了，累积至今也是一笔很大的财富，却远不能与田伟利这样夸富斗财的赠与相比。眼前这个男人某种程度上很庸俗，他是在试图收买她的感情，将她看作一件奇货而不是一个活人。如果换成十年前，她根本不能接受，那个时候的她只需要关怀与体贴。

“因为我爱你呀，我是真心的。”

田伟利眼睛里放着火一般燃烧的渴望。对于这个到手的猎物，此时他心满意足之余，又想到，男人谁不喜欢打猎？抓鱼打鸟才是男人最爱，而那些捉不住的鱼和鸟才真真地勾人惦记。他的脸上好像显现出被申慧打的那一耳光，感觉更加火辣辣了。他使劲搂住马丽，亲吻她头发下的颈项，已压抑了好久的激情欲望，被她的肌肤撩拨起来。

第三十一章

抄底要趁早

午后下了一场雷阵雨，天空很快晴朗起来，降温的空气中夹有丝丝余热，苍翠的树叶在潮湿的地面上印出夏日热烈的影子。

“古大哥，ST科源的强劲走势就像这场雷阵雨，来得太及时了，真是甘霖大地。”

胡蒙坐在古锋的办公室里，兴奋地说。自从偷听到王进礼、田伟利等人的一部分对话后，他坚信ST科源的股份在年底之前会突破三十元，庄家在股市上向来呼风唤雨、无所不能。本来想在那天的次日就卖掉原有股票，满仓吃进，但古锋想起以前申彤对于这只股票的恶评，犹豫着是否应该介入，劝胡蒙等一等，看形势明朗点再说。

股场上的机会往往稍纵即逝。ST科源在王进礼宴席的第二天，走势开始稳健上升，不断出现大买单，尾市却又被大单迅速打低。接下来，股价每天都在反复中不停地涨停，不断地上升，等临近五元的时候，胡蒙按捺不住，将他和胡蓉的资金几乎全部投了进去，购买了八万股。由于市面各种负面消息如苍蝇般四处乱飞，一种关于ST科源阴谋的论调甚嚣尘上，散户面对这种狂乱的趋势，更多地保持着戒心与观望，短时间内涌入的很少，逢高卖出的居多。

“我姐昨天买了，一共十五万股，说是可以做短期炒作。你刚才说，鲍辉消息更快，在酒宴之后的第二天就满仓吃进了，难道这只股票真的要喷香起来?”古锋双手交叉在电脑桌上，沉思着说。

“不错，鲍哥一般不会采取这样的操作，肯定是有充分的把握，半个小时前，我跟他去证券所大户室找人聊天，亲眼看见了他的股票池，才相信他确实已经下饵钓大鱼。现在下手还不算晚。有首打油诗说的好，‘抄底要趁早，消息满天飘。夜来风雨声，股价涨多少。’再不出手，ST科源的价格就升上去了。”

“可是，我向来不看好这只股票，年初它因为财务舞弊事件受证监会处罚，股价一落千丈，后来解套了，股价却多次异动，庄家易手，消息面险恶，以前没有割肉的那些人也忍痛割肉了，弄得大家不敢趟这个浑水。怕是怕出什么大漏子，届时股票无法脱手啊。”

古锋还在想着申彤关于ST科源的分析判断，他的心里早已蠢蠢欲动，只不过性格上的不够果决令他迟迟没有动手操作，迅速购入股票。

胡蒙用鼓励似的语调说：“在中国单向做多才能盈利的股市中，要想赚钱，唯一的方法，就是买进上涨中的个股。可能古哥你觉得这是废话，我以前也觉得是废话，但经过一系列的遭遇后，才发现这不是废话，而是制胜秘诀。试想一下，如果我们的仓位中，始终持有的是上升通道的个股，而及时清除掉那些刚跌破上升通道，或正处在下跌通道中的个股，那就不会亏损。绝大多数人为什么输钱，根本原因是因为手上没王牌，没好牌。并不是大家天生倒霉，选的都是一路下跌、鲜有反弹的个股。事实上，他们也曾经拥有过牛股，那为什么最后还是输钱呢？一个重要原因就在于，不敢持有赚钱牛股，非常害怕上涨，非常害怕盈利！我上次清楚地听到了，伟利电子借壳ST科源重组上市已成定局，连日后的利润改善，他们都已经有了详细周密的部署。这就是赚钱的牛股，是我们可以暴富的王牌。”

“你说得没错。只买进或者持有上升通道的股票，是提高胜率的最佳方法，也是最简单的方法。因为我们的市场游戏规则是单向的，只有通过股票上涨，才能获得盈利。不过，股市上任何投资策略都有它的局限性，说的再残酷一点，再完美的走势，也会有令人大跌眼镜的时候。我担心这是个陷阱。”

“如果那天你亲自听了田伟利他们的商议，就知道这绝不是陷阱，而是馅饼！这就是少数人暴富的真相！如果觉得风险大，我们可以迅速逢高抛出，也不失可观的盈利。”

古锋听着胡蒙的话接连点了点头，他的眼睛在盯着屏幕，ST科源正在飘红，成交量继续放大，走势远远强于他对于它的预期。短时间内涨了3%多，价格逼近六元了。他开始麻利地在键盘上操作，将手中持有的全部股票悉数出售。稍后，他的账面上有了六百多万元资金，他以最新涨幅价钱杀入，达到满仓，满仓持有一百多万股！尔后他如法炮制，替孙师傅亲戚的账户，也满仓持有近十万股ST科源。

他刚完成交易，只见该股连续发飚，一路飚到六点二五元后涨停了。

“古哥，田伟利他们的目标价位是三十元，我们打个折扣，等涨到十六元就出手，你一下子就变成千万富翁了。”

古锋微微笑笑，舒展了一下懒腰。就在一瞬间，他心里默默定好了自己的目标，二十元，这个价位应该不成问题，等拿到两千多万元资金，他便退出股市，启动酝酿多时的少儿主题乐园计划，两千万他足以将乐园初步建立起来，他就可以实施全新的教育理念，为中国传统的沉闷的应试教育注入一股绝好的强心剂。

胡蒙望着他踌躇满志的模样，咧开嘴巴说：“明天太阳肯定会出来，把你所有的家当都押在明天会有太阳上升吧！古哥听说过这句话吗？这是一首百老汇音乐剧中的著名台词，意思是说忍辱现在，着眼未来。一位成功的炒手必须像一位成功的商人，正确地预见未来的需求，适时进货，耐心地等待盈利的时刻。只要熬过这段日子，成功就在不远处向我们招手，到时候感觉可过瘾了。”

“是够过瘾。不过，真正的高手在股市中搏斗的不是金钱，不是名誉，不是快速致富。金钱只是他们玩股票游戏成功后的奖品。对一般人而言，包括我们俩个，进入股市的目的就是为了赚钱，正是这一期望，很可能要降低我们在这一行成功的概率。因为它会使我们难以维持冷静的观察力，会诱导我们出现失误，功败垂成。我们一定得小心从事。”

“放心吧，我们这酒楼是一个股市的缩影，一有个风吹草动，我们就见机行事。”胡蒙似乎稳坐钓鱼舟似的，晃头晃脑地说。

窗外的阳光穿透竹纱帘子，一条条泻进来，印在他们两人之间的地面上，仿似一处樊篱的影子。

“田伟利那样的人，是不会怎么光顾这里的，可正是他那号善于投机钻营的人，才具有在股市上作威作福的实力。所以，如同天气预报常常失灵一样，真正狂风大作、暴雨骤降的时候，我们是无法未卜先知的。”

“古哥，你过于保守了。酒楼的很多顾客都十分信任你，有这么多朋友，你号召一下，我们也可以一起将股价往上抬。”

“我们决不能推波助澜，利用他人谋取我们的私利。小胡，其实，像股市这样的场合，跟官场相仿，那种与谁都不可能深交、与谁都浅尝辄止的感觉，也令人讨厌，虽然说从某种意义上看，这就是人生的本质，或者是人生的真相。试想一下，我们和哪一个人的相逢能够持久，或者说，即使能够持久，又能够持续多久呢？可是，我明知道如此，却还是有点接受不了。”

“我知道，古哥，你又想起申彤姐了。我听说过，你爱她，可她因为误会远渡重洋，你一定很伤心。我年龄小，好多事还不懂。你对我很关照，我十分感激。无论股市上输赢如何，我们都将是好朋友，我盼着，你早点从这份感情中走出来。还有，你难道没有看出来，申慧早就爱上你了，你为什么不能对她好一点？”

“小胡，其实我早就看出来了，你在爱着小慧，她是个很好的女孩子，我希望你多接近她，勇敢地去爱她……”

“不要说了，你说的我承认，在我心目中，她好像古希腊神话中的女神一样美丽神圣，但爱情是不能勉强的，我尊重她的选择，我清楚她只有跟你在一起，才能觉得幸福。你现在完全有能力满足她的愿望。也许人们会说我很幼稚，可我只要能了解到，自己所爱的人生活得很幸福，就足够了。真的，你不必为我考虑，如今是一个情书终结的时代，高科技通信手段充斥了我们的生活，鸿雁传情的美丽和浪漫，已经成为人们永远的回忆。但我真的怀念那种距离产生美感的爱情。你说我落伍于这个时代也好，但我只想远远地欣赏她，默默地为她祝福，这就是我的快乐。无论如何，你要对她好，你不要让她感觉到受伤害，这种滋味很难受的，就算拜托你了。”

胡蒙说完，扭头跑出古锋的办公室。他的眼泪再也忍不住，如暴雨般滂沱而下。

古锋愣住了。他为胡蒙说的话阵阵感动着，他想到了很多事情，与申彤一起走过的那些美好时光，与申慧尴尬相处的这段时间。

许久，他站起身来，踱到窗前。外边有明媚的阳光照耀着，雨后的绿叶更显得明亮鲜嫩。他有些迷惑了，自己与申彤的感情曾经是那样的弥足珍贵，如今却不知她人在何处，最近过得怎么样？还有，曾经答应过她要好好照顾小慧一辈子，如今却做不到，这样无动于衷地背弃诺言又是为了什么？是等着有朝一日，申彤与自己尽释前嫌携手走上红地毯吗？曾经向往那样一种爱情，穿过人生的风风雨雨，两个人始终能够相濡以沫，不离不弃，莫说是有一点点酸涩，即使是万般苦难，品尝起来也一定会觉得甘甜如醴。

晚上回到华融国际城时，已经十一点了。古锋洗漱完毕，站在窗户边出神地朝外望去。远处繁星满天，夜色浓稠如液体般缓缓地流过。小区里的树枝在风中不住地摇曳着，沙沙沙地如同那些电视股评家的喋喋絮语。

他叹了一口气，坐到床边，静静地躺着。

床前洒落下穿过窗棂的月光，忧郁而清冷，辉映在墙壁上，恍惚中闪动着模糊而伤感的影子。他想起申彤的音容笑貌，似乎伸手可及却瞬间就无踪无迹。只有失去了，他才感知到，被爱是奢侈的幸福，尤其被一个强大而且专情的女人爱，更是奢华的幸福。申彤给了他太多太多，而他给了她无尽的伤害，这不是以怨报德吗？他埋下头，盯着窗前跃动的光影，又一次无可救药地陷入到悔恨当中。

很快，他站起身来，觉得不能这样子消沉下去。胡蒙的话对他产生了很大刺激，他猛然觉得，这段日子里申慧习以为常的叹息和憔悴的目光，是对自己无声的怨恨。那件事情的发生对于她是怎样一种伤害，他完全忽视了，他忽视了她的感受。也许内心里更多的，是在拿着爱申彤的借口来逃避责任，自己对于她的态度近似于苛刻般的冷淡，分明是对她痴情爱心的折磨。他想，有些话需要跟她好好讲一下，不能装作若无其事，一直这样子下去。

从半开的卧室门看出去，外边客厅的灯光还亮着。古锋走出来，朝申慧的卧室方向走了几步，发现她还在沐浴。浴室的门虚掩着，有缭绕的水汽从门缝里飘出，隔着磨砂毛花玻璃，她抖动长发的身影在雾气中时隐时现。古锋急忙回到自己的房间里。

申慧听到了外边的脚步声，她的头似乎越垂越低，露出雪白柔弱的脖颈。这脖颈相当纤细，好像是再也无法承受更多的沉重压力。须臾，她关上了沐浴水龙头，拿发套将洗好的头发套起来，然后朝着浴缸迈了一步，慢慢地将身体浸入缭绕着雾气的热水中，头部则朝后，枕着浴缸专门设计的凹处边缘，感觉相当惬意。她知道，有些心事永远都不能说出口，仿佛河蚌里的沙子，吐不出来，只有自己疗伤。

过了一会，她拿过一块擦脸用的方形小毛巾，放到水里浸了一下，再取出来，又从旁边的台面上选了一款熏衣草精油，直接滴上数滴，再拧干水，让精油均匀地分布在热毛巾上。接着她把方巾圆卷成长条，一手将小毛巾轻压在闭起的眼部上方，利用蒸气活络眼周血管，并湿润肌肤，另一只手则运用食指、中指与无名指，在下眼睑皮轻快地弹点按摩，再换过手来交替进行了几分钟。

申慧披着一件丝质粉红睡衣走出浴室，站在客厅里犹豫了一下，古锋的房间半开着门，灯光分明地亮着。她瞥见墙角铁架上的吊兰，低垂着翠绿的叶子，便去舀了一木勺水浇上。尔后，她回到自己的卧室里，点起一盏香熏灯，灯光温暖柔和而又迷蒙，整个屋子里飘溢着玫瑰精油幽幽的香气，令人心醉。她将头上的塑料发套取下来，扔在一边的桌子上。她的神情十分慵懒，呆呆地立在床前，望着眼前的这盏香熏灯，思绪飞扬。

不知什么时候，古锋站到了她的身后。灯光很暧昧，她的头发依旧有些湿淋淋的，披散着，发梢处还挂起了几滴水珠。他忍不住轻轻地将她拉进怀里。

申慧转过头来，一种忧郁或是感伤的东西，触上了她似乎蒙上水气的眼睛。古锋的心里充满了惆怅，老早想好的话，在她面前如同被惊吓的鸟雀，扑楞扑楞地全飞走了。他只好听任她缩在他的臂弯里，把她的身体化成水一般的柔软。

他们对视了一会儿，目光如溪水般温柔地在彼此之间流动起来。古锋伸出手抚摸申慧的头，暖烘烘的，让她想要融化。在这样的时刻，申慧忽然觉得精神苏醒了，鲜活了，目光里流溢出一些游动和精美的颜色，仿佛有重重叠叠的画卷，在她的生命里尽情地渲染。她轻轻抿了一下嘴唇，说道："我们的生活不该是这个样子。"

"对，应该好一些。"古锋说话的时候好像思虑十分深重而繁琐。

"求你，不要再活在生活的深处。"

"那你呢，你的生活在哪里？"

申慧没有马上回答，停顿了片刻。她想到，时间早已证明有些道理是对的，一个人对另一个人坚持不懈地追求，总能让对方感动，而一个人如果太冷，也总需要一个温暖的怀抱。她看着他的眼睛说："我在你的生活里，你在哪里，我便在哪里。"

古锋心中酸甜苦辣搅作一团，好多涌上来的话又放回肚子里。但他终于说道："我，我的心里，只有一个人，只能有一个人。"

"我永远都只能给你当妹妹吗？"

她开始用脸颊摩娑他的肩膀，眼泪滴在他的胳膊上。

古锋的手指轻轻滑过她的头发，从她的发梢移到她的脸上，轻轻抚摸着。她的腮边有一行泪痕，他怜爱地将它擦干了。

他们静静地拥抱了一会，然后分开。

古锋说道："我曾经十分愚蠢地犯了错，我不能一错再错。真正的爱情是不能一分为二的，我无法改变自己。小慧，我现在还不能爱你，如果我说我爱你，是在骗你，但是我愿意承担责任，弥补我曾经的过失。不过，需要时间。”

申慧有点惊讶，自己此刻出奇的平静。“我明白了，爱情绝对不是一时的激情感觉，它需要长久的时间来检验。我会等着你。晚安！”

“晚安！”

是夜，外边有月亮的清辉洒落，铺向宁静的城市世界。

第三十二章
恶人有恶报

秋意渐浓了。古锋推开窗子，看见大街上铺满了枯黄的落叶，光秃秃的悬铃木高举在天空中，昭示着季节的轮换。一群大雁悄然掠过城市的上空，为灰黄的天际涂上了寒意。太阳透过路边干枯的树枝，洒下了深沉的光，温和迷蒙地照在枯叶上。清冷的风如同求爱者一样，锲而不舍地拥抱梧桐树上的叶子，一次一次感动脆弱的叶柄，直到叶子如无奈的蝴蝶一样不舍地坠落。他仿佛听到有种干燥的声音，悄悄地贴着地面随风潜行。

“嗡嗡嗡”，一阵手机的震动声把他从愁怅中惊醒，原来是杨明这家伙，许久没联系了，不知又有什么事。

“古哥，最近可好?”杨明的声音比从前变得更加谨小慎微了。

“马马虎虎，你呢?”

“我啊，真要感谢你啊。在姐夫这全县一把手的关照下，我的工作非常顺利。”

“那可恭喜你老弟了。什么时候到酒楼来，我给你加油助威啊。”

“呵呵，不敢当。嗯，嗯，有件事，我知道自己不该说。但心里又觉得对不住你……再说，说出来未必一定是坏事。”

“什么事啊?!出什么事了?你快说吧!”

“我完全是猜测，你千万不要着急啊。是这样的。我觉得，这边人事局里有个女局长，对姐夫有些异常……我听到一些私下的传言，觉得对姐夫不利啊。麻烦你合适的时候，提醒姐姐，但你们不要太紧张，把事情闹大了啊。”

“好，我知道了。太谢谢你了，多保重啊。”

古锋挂了电话后考虑片刻，立即约古雯，中午到股风大酒楼来面谈。他从小对姐姐特别有感情，这种关系她一生幸福的事当然耽搁不得。

中午时分。靠近酒楼的半截枯树枝上飘荡着两片残余的叶子，一片娇小玲珑，一片宽大坚挺，相拥着在瑟瑟的风中挣扎，随即飘零坠地。古锋不由地打了个寒噤，伸手将窗子推上，用力关严了，然后回到高背黑皮办公椅上坐下，握着鼠标敲击了几下，电脑屏幕上的画面被刷新了。

近日美国爆发了信用卡危机，这比以前爆发过的美国次贷危机更为严重，全球股市一律狂跌，人们连续经历着黑色交易日。来股风大酒楼就餐的股民们，原先见面的常用问候语“涨了没有”，早已更换为“被套了吗”。好多人都宣称自己就是“套中人”，被股市套牢了。

值得注意的是，沪深两市的个股鲜有良好表现，可ST科源却逆市飞扬。自从重组的消息正式公布之后，该股轮番上演了清欠资金、业绩预增、收购兼并等一幕又一幕精彩绝伦的“大戏”，推升股价的“题材”令人目不暇接，股评对其未来前景的分析也胸有成竹，其股价已经一路攀升到十元以上。很多股民开始懊悔，在利空消息满天飞的重磅轰炸下，中了ST科源的空头陷阱，如今恍如梦醒，普遍看好后市，趋之若鹜地争相进货。

想到自己手中持有的股票价值已超过了一千多万元，古锋的大脑思维像是被激活了一样，瞬间通畅无比。不管股市大盘如何，从ST科源的强劲走势来看，突破二十元指日可待，虽说现在已不能企求它能按照田伟利的部署涨到三十元。如果是二十元左右出货，自己的资金会翻到两千万元以上，少儿主题乐园计划就可以实施了，这可是他追求事业成功的一大梦想。

他觉得，人其实就分两种，一种人，他们总有能力实现人生的所有梦想，还有一种，因为他们没有能力去做想做的事情，所以会过成另外一种平庸的人生。而一个人要达成梦想其实并不难，只要你肯去播种，种子就会发芽，萌生出一片葱茏的生机。他笃信这一点，相信自己会如愿以偿。为此他时常提醒自己，整日里置身于城市的高楼大厦、灯红酒绿、繁文缛节之中，千万不要迷失前进的方向。一个放弃初衷的人，在茫茫人世间，在每日每时的变化运动中，其内心世界一定凌乱不堪。人必须战胜自我，不被任何外界事物所左右，才能梦想成真。

窗外的阳光斜斜地从玻璃外面射进来，室内隐隐飞扬着尘土，显示出生活的气息。古锋正在想入非非时，接到了徐伟的电话。

“小古，好久没见了。”

“徐主任，哪天有空光临啊。”

“一会儿我跟王局长就过去，留个小包间出来，就我们俩，吃顿便餐，谈谈工作，账还是记在市府办的上面。”

“放心吧，徐主任。”

古锋放下电话，刷新了一下电脑屏幕，发现ST科源的买单越积越多，股价不断上升，估计今天又会早早地涨停，完全不受美国信用卡危机、全球股市近于崩溃的拖累，真牛！他出了办公室，利利索索地下到一楼。申慧正在热热闹闹的大厅里边张罗，他走过去，耳朵里不停地传进股民们的谈话声。

“我们这两年的积蓄，包括我结婚的时候家里和朋友给的钱，现在基本都在股市里面，全部变成虚拟资产了。”

“看到那根线像跳崖一样，早上就慌慌张张出局，结果卖了个地板价，亏大了。”

“没人能对大盘做出准确预测，其实也完全没必要对大盘做预测啊。”

“我不忍心去看，一看跌了这么多就会忍不住去抛。不如不看，就放在那里，死马当作活马医吧！”

“现在我已经开始自己选股了，我的操作策略是做短线，买了股票不管赚不赚，最多一两天就把它卖掉。”

“天啊，我为什么不听朋友的话，逢高减仓？这下三百万元损失了一半!”

“哎呀，这经营股票呢，就像经营人生，有风险，有挫折，也会触底反弹。炒股是比心态，比意志。遇事处之泰然，得意时淡然，失意时坦然。”

……

古锋走到申慧跟前，拉她到一边说：“徐伟和王进礼两个人过来吃饭，小包间还有吗?”

“按现有的客人预约是没有了，不过，可以腾出来一间先给他们用。”

胡蒙从一边过来拿腔作调地说：“有权有势就是好，做什么事都方便。别人定好了房间，他们一来就能把人家踢开，什么玩意啊。”

“是啊，不然现在谁不一心想着当官。”申慧兴味索然地说了一句。

古锋笑笑：“有什么呢，带翅膀的也不一定是天使，他可能是鸟人。”

三个人说笑间，把接待事宜安排好了。古锋回到办公室，在电脑上查看一些最新的财经消息。

十多分钟后，王进礼和徐伟各自开车，一前一后来到股风大酒楼，徐伟开的是一辆帕萨特。他们停车的时候，有辆索纳塔出租车也靠到路边停下来，车上的客人似乎付了钱在等着打发票，迟迟没有下车。

此时，天空上有几块云朵低悬而缓慢地飞翔到太阳下方，如同洒下无数灰尘，将正午的光线化作纷纷的灰烬，空气有些阴暗下来。

胡蒙压抑着内心对于王进礼的蔑视，脸上堆起言不由衷的笑容，将他们两个人让到二楼的包间里。申慧领着一个服务小姐跟进来，胡蒙便出去了。徐伟看看王进礼说：“中午时间仓促，就随便吃点吧。”

王进礼点点头，“你来，你点菜。”

前来股风大酒楼的路上，他心事重重……

经过无数次的等待与失望，胡蓉那年轻的容颜日渐憔悴，掩饰在一副满足与快乐外表下的那颗心，也渐渐地裂开并渗出血丝。有一天，她恰好看见古锋，竟然也住在华融国际城里。她对他的怀疑依旧没有消除。于是李雅的影子，又时时萦绕在她的心头。她恍然醒悟，自己在重复李雅的错误，错误地爱着一个不值得爱的人。她决意搬回了报社的单身宿舍。

但是王进礼有些不甘心，多次打电话发短信，她就是不予理睬。从内心里讲，他十分迷恋她的纯朴而忧郁的气质，更迷恋她的身体，她不是那种让男人骗上床后，很快就索然无味、费尽心机来甩掉的女人，她身上有一种独特的魅力，深深吸引着他。所以，无论如何他得想办法再见她。昨天，他发短信骗她说，我与那个黄脸婆离婚了，九点后我在华融国际城等你。

等胡蓉踏进了房间，王进礼便使劲搂住了她，抚摩她，不停地说想她、爱她，他知道她对他有感情，说些好听的话非常管用。果然，她觉得头晕目眩，一股说不清的激情在她全身游走，突生的欲望让她全身躁热，她抬头看到他眼睛里闪着欲望，当他走到她旁边抱住她，她除了兴奋之外，根本不知道在做什么。

王进礼知道她中招了，心中窃喜，更热烈地吻她。她紧紧抱住他的脖子，并且在他的抚摩下呼吸渐渐急促起来。于是他把她抱到卧室的床上。黑暗中，他的身体用力贴到了她身上，而她的身体仿佛也张开了无数温柔而焦渴的口，吻住了她心爱的男人。房间和床好像都不存在了，只有他们糅合在一起的身体，在夜色的拥抱中，犹如大海中汹涌的波涛似的，起起伏伏……

不知道是几时醒来了，胡蓉睁眼看到睡在旁边的他，再看看地上一堆散乱的衣服，她赶紧坐起身来。王进礼心满意足地说："都后半夜了，好好睡吧。"

胡蓉使劲推了推他，问："你的离婚证放哪里了？拿来我看看。"王进礼当然没什么离婚证了，就装作睡迷糊了闭上眼睛不说话。

“是不是男人真的就这副德行，想沾腥，又怕鱼刺扎着嗓子眼。没想到你这么卑鄙，采用这样的手段来骗我。”

王进礼从眼缝里看到胡蓉穿好了衣服，忙一把拉住她的手不让她走开。“小蓉，我有权，也有钱，可我暂时没有办法离婚。我那在别人眼里看似美满的婚姻，活生生地像极了爬满虱子的华丽长袍，你知道我穿在身上有多么痛苦吗？”他很清楚，只要启发女人不切实际的幻想与想象，就能够把女人骗得团团转。

胡蓉冷冷地说道：“有权和有钱的男人，更能受到女人的关注，极容易红旗不倒，彩旗飘飘，可我这样的女人，不愿意与彩旗一起飘扬。我只想找个真心爱我的男人。”

“我真心地爱你呀，离开你，我无时无刻不在受尽煎熬。”

“算了吧，这样的话，你一定对其他女人也讲过。我应该早一点明白，像我们女人，千万不要把自己爱情的脚，插进别人婚姻的鞋当中，即使穿上了别人的鞋，也未必合脚，何况你从来就没能穿上他给过的鞋。爱需要付出，更需要回报。你这个骗子！流氓！我真后悔上了你的当。”

“不要这样说我啊，我没有骗你，我是真心爱你的。”

“没有骗我？明天上班后，你马上找你老婆，办离婚手续，中午前办完。下午再和我去办结婚手续。成不成，就听你一句话。”

“小蓉，你这不是难为我吗？你等着，等条件成熟，我们就结婚。”

王进礼满脸无辜的这句话不异于晴天霹雳，将胡蓉击得晕头转向。这个无情的事实让她心存的最后一丝幻想，彻底灰飞烟灭。她心目中的他，已然变得无比丑恶与狰狞。

“你给我讲，你从小到大吃尽了苦，你的婚姻有多么不幸福，无非是为了赢得我的同情，把我的心束缚在你的身边，招之即来，挥之即去，以后你做梦去吧。你一心升官发财还不够，还要千方百计哄骗女孩子，你这个人实在太可耻了！”

“啊，不是这样的，小蓉，你这么说，对我太残忍了。”

“谁对谁残忍？你为了达到目的，又不毁坏你的名誉，实在用心良苦，做过了头。如果你使我陷入悲惨的境地，你自己也不能不得到悲惨的下场。放开，快放开我，你再不放手，我就大喊大叫了，想必周围的邻居，都会对市长助理兼财政局长的风流韵事感兴趣。还有，今后你如果再敢骚扰我，我就把你的丑事，告到纪检委去。”

胡蓉拼命地挣脱，王进礼只好松开手，放她跑出了卧室。接着，王进礼听到外边的防盗门摔得哐哐响，没有一丝回旋余地。他知道，想再勾引这个女人上床，恐怕没那么容易了。好在跟这样痴情的女孩玩火，有惊无险，用不着承担任何责任。

“油焖龙虾，鹿筋烧菇，糟溜三珍，栗香牛排，菌肚烩鹅，蒿枪鱼酱，芙蓉沙参鱼翅汤，观音栗骨百合粥。这几样菜可以吧?”

徐伟把印刷精美的菜谱，递到王进礼面前。王进礼接过菜谱，看也没看，交给一边的申慧，不容置疑地说：“够了，够吃就行。”

“申小姐，给拿一瓶德国Kabinett酒，上次喝过，很滑润，度数低。”徐伟笑眯眯地望着申慧说。

王进礼恍然大悟般一摆手，“哎，还是来一瓶国产的Saymag酒，口味相差无几，价格便宜多了。全球金融危机，我们也要节省一点，怎么样，老徐?”

“好啊，好啊，就这样。”

这时，古锋进来了，恭敬地跟他们打招呼。王进礼勉强笑了笑，端起早已沏好的上等碧螺春茶吮吸了一口。

徐伟充满热忱地说：“来就要麻烦你们，不要老这个样子兴师动众，该忙什么，就去忙什么。今天我跟王局长，研究下一步的工作计划，自己吃就行，你们这个服务小姐也去照应其他客人吧，这会儿生意正忙，啊。”

“多谢领导关心！你们吃，有什么需要的开门喊一声就行。”

古锋说完，带着申慧还有女服务生都走出了包间，将房门关上。胡蒙正等在外边，跟他说：“古哥，我以前认识的那个林力来了，现在楼下我办公室里，他听说你是从市政府辞职出来的，想见你一面。”

“好啊，走。”古锋回头朝申慧说：“这里你盯一下吧。”

林力不过二十来岁的样子，个头不算高，体格雄健，脸部轮廓线条很强，皮肤黝黑而稍显与年龄不符的粗糙，应该是那种干惯了农活的人。他见古锋和胡蒙走进屋，有点儿拘束不安地站起来，有个长长的帆布背包搁在他身后的沙发椅上。

胡蒙热情地介绍说：“林力，这就是古哥。”

“您好！老板。”

“快请坐，坐呀！”古锋拉过一边的椅子，也坐下了。“小胡上次提起过你，你们是卖股票时认识的，你现在怎么样呢？”

林力回答说：“我还在X市的乡下干活，这次前来是有一件事。”

“噢，什么事，需不需要我们帮忙？”胡蒙说。

林力抠着夹克上衣的一粒纽扣。“本来与你们没关系，可这件事，已经憋在我心里好久了，我很受折磨。”

古锋有些关切地说：“谢谢你的信任，说一说，也许我们可以帮你。”

“今年初的时候，G市新闻报道过，有个女股民炒股赔钱自杀了，这件事，你们听说过没有？”

“你说的是李雅？”古锋忽然觉得眼前的年轻人有些神秘。胡蒙伸长了脖子说：“当然知道，她是我姐的大学同学。你怎么提起这件事？你是她什么人？”

“哦，是嘛，你们认识她，我只见过她一面。”林力的脑袋轰然作响，记忆深处的神经紧张地工作着，迟疑了一会儿，仿佛下了很大的决心说：“她并不是自杀的，是我把她杀了。”

他说话的速度很慢，好像子弹似的一个字一个字从嘴里迸出来，让古锋和胡蒙都大吃一惊。

套中人？不可能啊，难道李雅爱上的是他？李雅不是自杀？是他杀了李雅？这到底是为什么？一连串的问号在古锋脑海中快速旋转着，让他一阵眩晕。

胡蒙甚至警觉地握紧了拳头，防范着林力，眼睛朝古锋瞥了一下，似乎对介绍这样的人给他表示歉意。古锋尽量使自己冷静下来。林力低下了头，把双手插入旧牛仔裤两边的口袋里。

“李雅也是我的大学同学。警方不是断定她服毒自杀吗？你为什么杀她？”古锋急着想知道答案。

“是服了毒，但毒药，是我逼着她喝下去的。”林力插在裤兜里的双手不安地蜷曲着，指甲深抠进手心里，手心里空空如也，除了粘湿的汗液。他抬起头来，看着前下方的地板砖，接着说：

“我上完高中后，家里没钱交大学学费，就一直待在村子里务农。我爹得了重病，急需住院做手术，可家里没法凑这笔钱。走头无路时，我来到了G市，觉得靠打工赚不了几个钱，时间紧迫，我想到了拿钱替人出气，哪怕是杀人呢，就像那些警匪片中的杀手一样。我整日整夜在街上游荡，却不知道怎么样才能找到雇主。后来听说，元都洗浴城一带是个是非之地，我就到那附近乱转。有天晚上，里边溜出来两个家伙，一个光着头，一个把头发染了好几种颜色，嫌我看了他们几眼，就破口大骂，还追着我打我，我一发狠，就把他俩全撂趴下了。他们很不服气，一瘸一拐朝洗浴城里奔去，我担心他们人多势众，急忙跑出老远，拐出去几个街道。然后遇到了一个男人，戴着深褐色眼睛，留着满脸络腮胡子。他乘着出租车赶上了我。可能他觉得我身手好，就给了我五万块钱，让我替他杀人。”

古锋皱紧了眉头。和林力打架的那两个家伙，正是曾经袭击过自己的光头和毛脑袋，以前的估计没错，是元都洗浴城豢养的打手，企图报复自己。不过，他们跟李雅的事没有关系，那个买凶杀人的男人是谁？是谁干出如此丧尽天良的事情？

他刚要开口，胡蒙瞪着眼睛，抢先问：“谁让你去杀李雅姐？”

“你知道那人的真实身份吗？或者，他长什么样子，你还能认出来吗？”古锋追问道。

林力将青瓷茶杯放一边的茶几上，手慢吞吞吐地伸进口袋里，掏出一张十多天前的《G市日报》，报纸被折得皱巴巴的。他用手摊开报纸，说："呶，就是他。"

报纸上刊载了一幅半个巴掌大小的图片，图片上的人在眉飞色舞地发表讲话。

"啊？是他！"

胡蒙张大了嘴巴，仿佛不相信自己的眼睛。古锋急忙斜过身子去看，更是万分吃惊。

"王进礼?!"不久前全市下岗职工再就业座谈会召开，由王进礼主持召开，这是当时现场拍摄的新闻图片。

"对，就是他。"林力很肯定。

古锋觉得蹊跷："你不是说，那个人一脸络腮胡吗?"

林力提醒说："那东西，是可以粘上去的，是为了掩饰他的真实身份。"

"既然他化了装，你怎么确定是他?"古锋沉思道。

"当然是他。我去作案时，李雅求我不要杀她，还给我讲，她被王进礼骗了。半个月前，我又来到G市，收看电视新闻，听他讲话的声音，还设法偷偷见过他本人几次。那脸型，那动作，那声音，这个，错不了。"

胡蒙在一边非常激动："你真是个混蛋！为了五万块钱，你就杀害李雅姐，没想到你是这样的人，我还把你当朋友。"

"我早后悔了，这半年多，我经常梦见，她来向我索命。"林力抱住了头，发狂似的谵语道。

古锋情绪复杂地问："你怎么忍心对一个弱女子下手呢?"

林力使劲抓扯着头发，机械地启齿说："我真是糊涂啊，当时爹爹病重急需钱。王进礼告诉我，要杀的女人相当可恶。他说，他是做生意的，一念之错上了那个女人的当，跟她发生了关系，她就缠着他不放，一再问他要钱，把他的生意和家庭都搞垮了。我的女朋友，去X市城里打工，给一个有钱人，当了二奶，我就恨那样的女人。去杀李雅的时候，我心里还挺痛快的，可我后来醒悟，李雅跟我讲的事才是真的。我千不该、万不该，逼她服了毒，还伪装了自杀的现场。"

古锋长长地叹了一口气，“你为什么要把这些告诉我们？不怕我们把你送到公安局？”

“公安局能相信你们吗？他们早定案了。我杀人的办法，是王进礼一手策划的，什么炒股赔钱？那是他借用李雅的名义，故意炒赔了钱，来制造自杀的假相。我是罪大恶极，可他这样歹毒的人，不仅可以逍遥法外，而且还能升官，享受荣华富贵，这也太不公平了。李雅跟我说，她与王进礼同居了一段时间，总是逼着他离婚，他们结婚。还说，如果不行的话，她就去纪检委告发他，告他包养情人，还有挪用公款什么的。王进礼怕自己的丑行暴露，就让我杀人灭口。现在，我想让大家都知道他的真实面目。可我，跟你们去警察那时，又能怎么样？”林力情绪激动地说。

古锋点点头：“你说的有道理。即使你现在跟我们去自首，去揭发王进礼，警方也不会因为我们的一面之词，就将他绳之以法，因为证据不足。即使能调查出，他跟李雅有过密切交往，可只能说明，他有婚外恋或者一夜情什么的。如今我们这个社会，世人拿着个性解放、欲望正当宣泄、私生活自由等借口，容许道德沦丧，王进礼都不一定能受到舆论谴责。除非能找到什么证据，比如他操作李雅的股票账户、故意赔钱，或者是他亲口认罪，可这怎么可能呢？他那样精明的人，肯定设计得天衣无缝，也不会有什么良心的发现。”

“对，他现在当着官，警察不会相信我。还有呢，我欠李雅的太多，上次胡蒙帮我卖的股票，就是她给我的。当时说值三十多万，叫我别杀她。可我，我糊涂透顶。我跟她说，我不会贪图更多的钱财，就不讲信用。当一名杀手，你可以骂我是社会残渣，可你要知道，就算做杀手，也得讲职业道德，答应别人的事，就要说到做到。”

“你，还真有你的，对王进礼这样的恶棍，还讲什么诚信？”古锋生气地说。

“唉，本来我不懂得那些东西值钱，可后来我爹住院治病，把王进礼给的五万块钱花光了，我就拿着股票去县城，找证券交易所咨询，就来G市卖。没想到，一下子就是七十多万块，我们全家人一辈子也赚不到那些钱。现在，爹的病全治好了，家里给我还有弟弟，翻盖了几间新房，全家人过上舒服富足的生活了。我说是外出打工挣的，可我的双手上沾满了鲜血，我心里没有一天好受过。”林力说话间，眼睛潮湿了，嗓音也有发些发涩。

胡蒙似乎从九天云霄之外拉回了思绪，忿忿不平地说：“这个王进礼，真该杀！他不仅谋害了李雅姐，还欺骗了我姐。”

林力猛地身子抖动了一下。古锋扭头看看胡蒙，“你姐?”

“对，他还想让我姐做他的情人呢。”胡蒙愤恨地说。“古哥，他这样道德败坏、卑鄙可耻，不能让他不受任何惩罚。我真想现在，去废了他!”

古锋思维的机器高速运转，却擦不出什么火花，只好沉默着。

“我的事讲完了，就是让你们认识到王进礼的真面目。还想托你们帮忙办一件事。”林力顺手从帆布背包里，掏出一堆现金钞票。“这是三十五万元，无论如何，请你们转给李雅的家人。”他站了起来，回身拿起背包，挎在肩膀上。“我该走了，我有办法，减少自己的罪过。”

古锋忙说：“这钱，李雅没什么家人了。她其实很富有，以前早把全部财产，捐给福利院了。那还是以她的名义，再捐过去。等等，你要去哪？吃了饭再说。”

林力的身子朝外边跨去。“不了，像我这么十恶不赦的人，不配与你们一起吃饭。我还有事，我会去我该去的地方。”说完，他走出门去。

古锋和胡蒙忙跟出来，林力用手止住他们：“不用送我，不用送我，我们还会再见面，我要给李雅一个交待。”但他们还是把他送到酒楼的门外。

望着林力顺着街道离去的背影，古锋两个人惆怅了半天，直到看着他在前边路口拐弯，看不见了，他们才回到酒楼，重新坐到胡蒙的办公室里。

“古哥，真的没办法对付王进礼吗?”胡蒙问。

古锋的脑子里很乱，这件事发生的太突然，他还没想好怎么处理。从林力的神情来看，他显得精神很正常，再说胡蓉也受骗了，关于王进礼的事情十有八九是真的，可事过境迁之后，警察如何才能相信是他买凶杀人？自古以来，官场上的斗争就很险恶，上次杨明讲过，有好几个人包括徐伟，都对市长助理的位子垂涎三尺，万一是别有用心的人，在散布谣言呢？这件事毕竟太耸人听闻了。

“小胡，给你姐打个电话，把这件事告诉她，听听她会说什么。”

胡蒙点头称是，“对，要让她认清王进礼的真实面目，免得她还抱有幻想。”他抄起座机，拨了一串手机号。

“姐，我跟你说件事，刚才听说李雅姐不是自杀，是王进礼指使人干的。他怕李雅姐告发他包养情人、挪用公款，便杀人灭口，你信不信？”胡蒙急速地说。

胡蓉明显地愣住了，好半天才惊愕地说：“李雅是王进礼杀的？真的是他?!”

“对，幸亏你没有威胁要去告发他，不然后果很难设想。”胡蒙又说。

“这是谁说的？是真的吗?”

“姐，这种事，你觉得他能做得出来吗?”

“天哪！怎么是这样？可笑啊!”

“姐?”

胡蒙听到胡蓉那边挂断了，只好放下话筒。

古锋神色严肃，凝视着窗外：“上次你帮林力卖股票的资料，是不是可以说明，李雅不是炒股赔了钱就自杀。报纸上说她赔了一百七十多万，可她手里，还有当时能卖三十多万的股票，怎么可能会草率地轻生？如果林力去自首，警方就应该怀疑，起码得找王进礼核实情况。你姐再揭发他搞不正当关系，进一步调查他，也许会发现什么问题，暴露他的罪状，比如他从哪搞到那么多可供挥霍的钱？不行，我们得把林力追回来，让他去公安局。”

“可股票不是李雅名下的账户，是到乡下买了别人的身份证来开的户。有什么可以证明，那就是李雅姐操作的股票呢？还有，听我姐说，王进礼是个炒股高手，凭他的鬼心眼和消息灵通，赚点钱不是难事。恐怕我们操心也没用，弄不好打草惊蛇，反而给林力弄个诬告。唉，恶人有恶报，可他树大根深，让人无可奈何！”胡蒙使劲捶了一下桌面。

两个人默默地坐着，好长时间也没有说话。窗子半开着，外边的阳光仿佛在舔着他们的肌肤，有些灰尘在空气和光线中旋转荡漾。

不知什么时候，申慧开门进来了，口气略带轻蔑地说：“哎，他们走了，一桌子菜吃了没三分之一，真浪费！倒是酒喝光了。”

古锋醒过神来，“是王进礼和徐伟吗？”

申慧看到他麻木的表情，觉得有些奇怪。“是啊，他们不让送，我只送到门口，徐伟先去上车了，王进礼在接手机，我就进来了。你们俩，坐在这里下神啊？瞧，胡蒙也一副丧魂失魄的模样，发生什么事了？不会是你们吵架了？”

“还说呢，你刚才跟杀人犯在一起，真危险！”胡蒙半开玩笑半认真地说。

申慧更为不解，问：“什么？你发什么神经？”

话音刚落，酒楼的大厅里哗然乱成一片，如同一滴水落在滚烫的油锅里。古锋他们隔着窗子，发现街上的行人一律朝着酒楼方向看，显得很惶恐，甚至畏惧。

“出事了。”

古锋想到了林力，猛然跑出去。他冲出大门口，拨开人群，朝旁边的停车位看去。林力正从王进礼的背后拔出一把尖刀，寒光一闪，鲜血迸溅，染红了地面上的尘埃。王进礼捂住心口窝，痛苦地软倒在地上，一刀毙命，他连吭都没吭一声，倒下去一动也不动了。

“你干什么呢？”古锋朝前冲了几步，胡蒙也跟了上来。周围不时有人爆发出恐怖的喊叫声，人们你推我挤，乱作一团。

林力把刀“咣当”一声扔到地上，喊道：“你们来得正好，靠近点，我还有话跟你们说。”接着，他从口袋里掏出一只小瓶子，打开瓶塞，迅速将里边的液体喝光了。

古锋和胡蒙相互看了一眼，慢慢走近林力。不远处的徐伟躲在车里边，心有余悸地掏出手机。他必须赶紧叫警察来，叫救护车来。他不知道王进礼为什么被刺杀，但直觉告诉他，今天中午他们一直待在一起，在查不清案由时他就脱不了嫌疑，因为他跟王进礼竞争过市长助理一职，保不准人们会以为他在搞政治谋杀。

林力的脸上并没有冷酷杀手那样的凶恶，此时显得很镇定。他一摆手，示意他们不要再朝前走。他压低了声音说："认识您二位，我很高兴，等警察来了，希望你们别讲我卖股票的事，那是李雅送给我的酬金。她临走前嘱咐，要我杀了王进礼。我现在终于完成了她的遗愿，终于解脱了。我怕警察会找到我家里要钱，我不能连累家人。还有那些钱，不要交给警察，捐给福利院，希望李雅的在天之灵，也会宽恕我一点。答应我，好不好?"

古锋和胡蒙都点点头，林力便把身上的背包朝地上一扔，双手叉腰，眉头紧皱："王进礼雇佣我谋杀李雅的事，我早写在纸上了，就放在这个背包里，算是供认书。警察信不信由他们，你们也不必多费口舌，免得有什么麻烦。我总算是遵守了诺言，没有失信于李雅。我原本不该在这里动手，给你们添乱子。可我没办法，我跟了十来天，一直找不到合适的机会动手，我不能再拖延了。你们别怪我，我要走了。"

古锋听了，上前一步说："唉，你怎么了?"

林力苦笑一声，双手按在肚子上。"我只做了一件坏事，就把我这一生给毁了。我跟王进礼，都是罪有应得。可李雅，实在太无辜，我好后悔!"

远处响起了刺耳的警笛声，由远而近。林力发出一声如释重负的叹息，兀自摇了摇头。猛然，他的浑身开始抽搐，笑容逐渐凝固。

古锋和胡蒙都不敢上前，围观的人群又是一阵阵骚动和惊叫。只见林力用两只手拼命抠住喉咙，面色青紫，双目暴凸，一缕血丝好像小虫般从嘴角缓缓爬出，样子非常吓人。

古锋想起了报纸上曾刊登过李雅遇害的照片，林力此时狰狞的表情，跟她是何其相似啊。原来他刚才掏出瓶子，是服了毒。众目睽睽之下，林力像散光气的吹泡，身子顿时委顿成一堆，倒在王进礼的身边。

警察和救护人员赶来了，开始处理现场，调取人证物证等。古锋、胡蒙和徐伟还有其他几个自告奋勇的围观者，都当场录了口供。足足忙到下午三点以后，酒楼这边才恢复了正常。

丑闻就像燃烧着的爆竹，一旦在底部烧起来，也就一路噼噼啪啪地蜿蜒，直至灼尽。此后一连好多天，市长助理兼财政局长遇刺身亡的故事，通过几个版本在G市流传着，成为人们街谈巷议的主要论题。

官方的结论是，王进礼处理农民工劳务问题时，被人挟嫌报复杀害。这位全市最年轻的副厅级干部的追悼会，开得十分隆重。

民间主要的说法是，王进礼利用股市波动的“价格差”，多次在高点卖掉股票，然后又趁回调时重新买入，这样在交易账目上显得一只股票并没有赚到多少钱，从而骗过了妻子。他把全部工资交给妻子，却利用股票的收入包养了一个情人，因为情人强烈要求“转正”，并威胁要去纪检委告他，他便收买杀手除掉了她。后来杀手嫌他未付清尾款，就杀了他。另外几种版本说得悬乎，无非是王进礼到底包养了多少二奶，有说三五个的，有说七八个的，还有说是十几个或者二三十个，说王进礼是股市大鳄，炒股赚了几千万甚至几亿元，根本不需要像其他生活作风败坏的官员那样，靠贪污公款、收受贿赂来维持情色高消费，等等。

股市近期跌跌不休，个股普遍走低，ST科源成为股民争相追逐的一只牛股。公司最新报告披露说，公司新的领导班子深入实施“加强管理、提高质量、开源节流、扭亏为盈”的经营方针，与时俱进，励精图治，采取了一系列调整、改革和经营管理举措，解决了人员包袱沉重、经营秩序混乱、管理机制僵化、损失浪费严重等问题，带领全体员工团结奋战，使公司一举扭亏为盈，取得显著的效益，主营业务收入全年预计可增长35.8%，出现了质的飞跃。

不过奇怪的是，股风大酒楼里的就餐者当中，不断有人宣称买入了ST科源，这只股票的股价却没有如同人们想象的那样快速攀升，每天顶多是小幅有升，卖盘的力量一直很强，是什么人在看空这支股呢?

手中持有其他各种股票的股民们，都饱尝了赔钱的滋味。他们甚至连出手的机会都没有，又没有横刀割肉的勇气，只好在酒楼里发泄心中的块垒，时不时一群人齐声唱起歌来：

我和你，心连心
同是套中人
为投资，报国恩
相会做股民
来吧！朋友
掏出你的钱
我和你，心连心
同是套中人
……

第三十三章

咸鱼翻身何处去

最初得知王进礼出事，马丽万分震惊和恐惧，但很快就恢复了往日的平静。如果不是她精通财务，做了巧妙处理，王进礼挪用公款炒股的事情很可能被查出来，虽说挪用的炒股本金早已回到了其单位，但自己伙同他将赢利截留并据为己有的行为，肯定构成贪污罪、职务侵占罪还有挪用公款罪。王进礼的事有了定论，她才放下心来。这下，可以独享一千多万股ST科源了。王进礼和她用从农村买来的一批身份证开户炒股，两人共持有七百多万股ST科源，另外还有田伟利送的三百万股。根据田伟利的指令，她在股价上涨到十二元的时候开始逐渐出货，每天零零碎碎地抛售几十万股，等股价突破十五元的时候，她手中的股票已经出手近三分之二，套现八千多万元，她俨然变成了亿万富婆。

工于心计的她，很快抑制住内心的狂喜，将这笔巨款化整为零，采取各种手段转往国外银行。期间她与前来G市的田伟利，多次在嘉乐大酒店的总统套房幽会，尽享鱼水之欢。她老公上个月晋升名牌大学经管学院院长后，为了要个孩子，对她的态度由冷转热。很快，王进礼遇刺在马丽心头留下的阴影就消除了，她反倒有如释重负的感觉。

还有两个人在王进礼被刺杀后，一定会在心里偷着乐。一个是徐伟，被任命为市长助理兼市政府办公厅主任，为下一步晋升副市长铺平道路，他算如愿以偿了。另一个是刘宇泰，在以副局长身份主持了半个月工作后，被正式任命为市财政局局长，不到半年飞速的提拔，让周围人刮目相看。

这天中午，处在情绪和自尊心低谷中的黄娜，来到股风大酒楼，与古锋边吃边聊，借此排遣些许心中的郁闷。一顿饭下来，成了黄娜购买原始股上当受骗的诉苦会。

黄娜几次催问蒲菲特，也就是蒲松，华泰科技原始股到底什么时候上市？蒲松采用各种借口搪塞她。前段时间由于工作忙，她一直没顾得上再过问此事。可再打对方手机时，只能听到那个标准的服务用语：对不起，您所拨打的电话已关机，请稍后再打！她便在周末跑到"国诚投资公司"所在的写字楼，一看就傻眼了，早已人去楼空。接着她遇上了一个前来探视的阿姨，还有一个以前在这里干过的业务员，把事情搞清楚了，原来她们和公司的业务员一样，都上当受骗了。那个业务员说，我们发展了一些客户，推销了不少原始股，后来发现上当了，才发觉不但自己在经济上受了损失，还害了不少亲朋好友，真是害人害己！他编的是假名字，不叫蒲菲特，真名叫蒲松，也根本没有到国外留过学，公司也没办理任何注册手续，从头到尾他都在搞诈骗，现在人找不见，说什么也没有用了。那个阿姨则说，我找人咨询了一下，说是以前国务院发布过规定，说什么"因参与非法金融业务活动受到的损失，由参与者自行承担"，眼下蒲松逃跑了，我们根本没地方退钱去。

黄娜听了，自尊心如同呈现一片异常的明黄色，一阵眩晕涌到额头上。看来六万块钱全泡汤了。上次她来领取股权证，交回了原来签的协议书、交款收据，现在她手里只有股权证，其他证据都交回去了，连多少钱一股买的股票都显示不出来，想起诉他们都无路可寻。这个蒲松简直可恶之至！她心中的愤怒仿佛染上了明度极高的灰色，张扬却难逃消沉。没办法，这个事情不光彩，只能埋在心里，好难受啊。她的脸上不禁露出一丝苦笑，离开了空荡荡的写字间。

本来不应该那样草率的，黄娜只是有些急于求成，幻想着能通过股市赚上一笔钱，将郝杰炒股的损失一下子给弥补回来。可不料竟如此轻易地上当受骗。她咽不下这口气，见了古锋，将事情一股脑儿倒了出来。

听黄娜沮丧地讲了一通，古锋除了怪她没有早点告诉自己之外，也就只能一遍又一遍地好声安慰她了。其实，他的情绪也不好。李雅遇害的事件，算是完全结束了，可由此而生的阴影，却注定在很长时间里，都驱除不掉。

等表妹离开后，古锋傻傻地想，生活中的“套中人”，怎么就那么多呢？为了功名，为了财富，为了爱情……人生竟有那么多时刻，不知不觉，被深度套牢！

黄昏宁静而安详，一轮红日慢慢西沉，向晚的风悄然而来，清凉而温婉。股风大酒楼在斜阳微风中迎接着一拨又一拨的客人。

股市低迷并没有影响酒楼的生意兴隆，倒是斜对面的证券交易所，有时门可罗雀。很多人一进交易所，就会觉得如鲠在喉，吐不出，咽不下，想不通，憋得慌，犹如生活在黄梅季节，于是更将氛围独特的股风大酒楼，当作了根据地。

听从胡蒙的建议，酒楼新辟出一处大房间，购置上五个橡皮人，名之为“情绪调节室”。此时这里正挤满了股民。他们朝橡皮人身上张贴痛恨者的名字，来一通疾风暴雨般的拳打脚踢，甚至把痛恨者的头像图片贴在橡皮人上，狂揍捶扁一番。橡皮人不但不反抗，音响里还会发出痛苦的叫声和求饶声，这让很多人觉得解恨。

疯疯颠颠的锅炉工挤进来，见此情景，咧开嘴“哈哈”大笑，然后跑到大厅里，说唱他的快板书：

利润已乘牛股去，此地空余牛股楼
牛股一去不复返，大盘千股空悠悠
高价买入低价出，亏本凄凄狠割肉
咸鱼翻身何处去，行情跌落使人愁
……

忙碌了一番，申慧有些疲劳，就嘱咐当日的领班几句，自己到办公室里休息。过了几分钟，胡蒙进来了。

最近接触多了，申慧对胡蒙的好感与日俱增起来。她甚至开始后悔，曾经处心积虑从姐姐手里抢夺古锋的感情。如今她不能不承认，感情的事是不能勉强的，任何单方面的热度都无法点燃熊熊的爱情火焰。在胡蒙真诚的追求面前，她心里的失落渐渐变成了希冀。她觉得，一个真爱自己、深爱自己的男人，他会怜惜你，不会侵犯你，轻拿轻放，因为疼爱，因为在乎，所以爱得非常讲究，也容易满足，浅浅的简单的吻，就可以满足他的情欲，由内而外的喜欢与爱，让他已经很幸福了，所以只要能和意中人在一起，他就可以很放松、很美妙、很写意，不求感官的满足。而胡蒙恰好是这样一个人，她开始感觉到了。空暇时间里，她曾坦率地把自己不堪回首的过去，讲给胡蒙听。可他说，我爱你，我只想能够跟你在一起白首偕老，其他的我都不在乎，我只是担心你能不能给我机会？当时她没有回答他，就跑到大厅里张罗生意了。

“有什么事吗？”申慧说话时的面部表情很动人。

胡蒙略有些腼腆地说：“怎么，你还是不愿意接受我吗？”

“爱情和你喜欢参与的股市，有相似之处，高开的一方未必不低走，你没好好想想，我们相爱的话，好景也许并不长。”申慧说话间，将头歪向一边，用右手托住腮帮。

“为什么呢？我是个很简单的人，我一直相信守候的爱情，相信总有一个女孩，会在岁月的拐角处静静地等我，然后长相厮守。我想我已经擦亮眼睛，用心找到了，今生今世我永远不会放弃。”

“你或许很难养我的，因为我特别爱财。有些女人会把那些搜遍全身只有几块钱的男人，当作好男人，哼！在我眼里，他们就是一堆被老婆奴役的可怜虫。人不爱钱？笑话！有钱，才有烛光晚餐，才有海滨度假，才能从容地沉浸于两个人的浪漫世界中。”

“你说的有道理，我确实需要努力，就像古哥那样，做出一番事业来，才能有资格来爱你。”

胡蒙说话时，帅气的脸上一双清亮有神的眼睛，犹如一潭湖水般深不见底。申慧盯着他的眼睛看，好像想探寻他的目光里蕴藏着什么，然后抬头转向侧前方似乎想到了什么：

“你不考虑一下，如果一个女人在结婚前，爱慕虚荣，为此付出代价的，只是她身边的男人；如果一个女人在结婚以后，仍然爱慕虚荣，为她买单的，就会是整个家庭。我就是这样一个女人，你还敢接近我?”

胡蒙摸了一下脸颊说：“你根本不是贪图钱财、爱慕虚荣的女孩子，干嘛不讲讲你的真心话，我知道你在试探我，你在吓唬我。”

“你听着，我想找这样一个爱人。脾气好，但不是没脾气；有钱，但不是太有钱；本分，但不是太本分；有事业心，但不是工作狂；比较帅，但非大帅哥；懂浪漫，但不能太浪漫；重感情，但不能太多情。你符合条件吗?”申慧说完，有意纵容地笑着。

胡蒙觉得连她一枚枚粉红的指甲都性感十足，让他控制不住想攀爬而上，却力不从心。他的脸一下子涨得通红，似乎委屈的想流泪，他的身子站起来，慢腾腾地朝外边走，嘴里说道：“我，我会全力来争取的。”

申慧迅速瞥了他一眼，垂下了眼睛，接着走近两步，突然伸手拉住他的胳臂，“人家跟你说笑呢。你的心总是不设防的，像个孩子，让人放心不下，这怎么能照顾我呢。”

胡蒙有些拘谨地问：“你答应做我的女朋友了?”

“我，我得再考虑一下，你也要想清楚。男人怎么会喜欢一个曾经下贱地委身于坏蛋的女人呢？转眼之间他就会看不起她。你不要拿自己未来的幸福做赌注。”

“爱一个人就是横下心来，把自己小小的赌本跟她合起来，向生命的大轮盘去下一番赌注。我发誓，一辈子对你好，否则叫我关入十八层地狱，永世不得托生!”

“你别说了……”

娇艳的红晕霎时布满了申慧的面颊，好像她心脏中的血霎时都涌上了头部。

“你还是不相信我，那就让时间来检验我对你的感情。什么时候你愿意接受，我都会用最快的速度出现在你身边。”

胡蒙情绪激动地盯着她，眼睛传神而灵活。稍过片刻，他一转身跑出去了。

次日，两市出现盘中震荡，早盘惯性大幅高开，追涨资金迅速涌入，沪指一度逼近涨停，随后获利盘迅速涌出，两市发生跳水。胡蒙伺机把ST科源的股票全部抛掉了，套现一百二十多万元。他先向古锋征求过意见，古锋建议应该再等一等，因为股价虽有反复，却还在向上涨，突破十六元甚至二十元用不了几天了，不过既然他执意要离开股风大酒楼，回老家探视双亲，然后去X市安家创业，这时把股票清理一下也好。

暗地里，古锋极力劝说申慧挽留胡蒙，可申慧说，她的心里必须有一面盾牌，好让她的心灵经得起命运的打击。

胡蓉也辞掉了报社的工作，要跟弟弟一起离开G市。她从来不曾奢望过这辈子可以不劳而获，可以养尊处优，可以支配足够的金钱，去满足自己微不足道的生活欲望。在投入王进礼怀抱后，这一切已经实实在在地变成了现实。当她搬出华融国际城跟他一刀两断时，他还往她的账号上打入了五十万元。她很惶惑，不知道这样子接受了，对于她来说，是一件令人艳羡的好事呢，还是命运作为捉弄她而刻意安排的惩罚？

王进礼被杀后，她变得沉默寡言，竭力不再去想过去的事。正是这个人，曾经给她无限的希望，可他轻易打碎了，一下子把她扔进无尽的深渊中，让她遭受一种万劫不复的苦难，至今还在隐隐作痛。她甚至都害怕听到李雅的名字，那会让她深受刺激。不过，人永远不应该是某个游戏或者某种情绪的奴隶，而是要把自己带出去。

送走了胡蓉姐弟俩，古锋感到非常失落。这时家里打来电话，妈妈告诉他：“你姨父听说交给你的十八万元都买了ST科源，现在市值近五十万了，兴奋过度，变得疯疯颠颠，住进了精神病院。”

古锋更是惆怅，恍然间孤独和疲倦一股脑儿涌上心头。到了晚上七点多，他和申慧将酒楼的事情交待一番，提前回华融国际城休息。申慧一进屋，就把自己关到了卧室里。古锋心里也很烦闷，就到小区里的健康苹果广场上散步。

突然有个稚嫩的童声嚷起来，“我捡到一块丝巾。”闻声望去，一个十来岁的小女孩朝不远的前方弯下腰，那儿好像躺着一枚精巧的丝巾，可小女孩伸手去拿那枚丝巾，却拾了个空。后边她爸爸妈妈都跟了过去。“你们看，是月光。”小女孩说着蹲下身去，古锋也走近了，发现真是月光。抬头看去，沿着树枝斑斑驳驳的缝隙，一束月光正斜射在地面上，在地面形成一个块状的丝巾，上面还有树枝状的条纹、叶子状的云朵，是如此美丽、清晰。只听得小女孩又朝她爸妈说：“这里的月光是圆的，收到这枚月光丝巾，我们的日子会好的。”

孩子天真无邪的话语，令古锋的心里感慨万分。也许是自己的心情很不好，或是自己心事太重，竟然没有看到如此精美的礼物，它就在自己的身边，不用掏什么金钱去交换，更不用费太多的感情神经，但是没有孩子的提醒，自己就不会看见它。是的，成长的过程中我们已经丢掉太多的东西。像这月光挂在天空上，千年展览却少人问津，就是因为成人过于世故、过于注重自身的存在，而忘却了大自然的纯真。

申慧一个人在家里，趴在床上痛哭了一场。

她开始明白了，只有放弃自己内心的偏执，才能从一念之错的过失中走出来，她要告诉姐姐，她是如何在古锋的退烧药中加入安眠药来伪装假相的，自己与古锋之间并没有发生太过分的事。而胡蒙才是属于她的幸福，她不能再折磨他了。有一次和他聊到爱情这个话题，他说爱情就像喝咖啡，刚开始喝的时候，往往会感到浓烈而富有激情，可一旦喝成一种习惯之后，它给人的感觉就会变得平平淡淡，而平平淡淡才是爱情最后最真的归宿。婚姻的开始是激动人心的爱情，接下来，就是在一朝一夕的日子里、一菜一蔬的等待中，慢慢经营出来的亲人一般的情感。他说，一个真正有责任心的男人，不仅要知道爱人的快乐，还要了解她的痛苦，而且要分担她的痛苦。

想到这里，申慧擦干眼泪，幸福地闭上了眼睛。她猛然意识到，有胡蒙在身边的日子里，她的痛苦早已减少了一半。这就是爱。可是，她还是不能下定决心，把事情的真相告诉姐姐。

等古锋散步回来，申慧跟他聊了很久。她说，一开始，我完全沉浸在即将拥有自己心爱男人的幸福之中，可后来我发现，你时不时在想着我姐，你每次在我面前，总会出现情绪的低落，并不是特别在意我的感觉。我费了这么长时间才明白，我并不是你能爱上的女人，甚至我是你可恨的敌人……

当夜，他俩都失眠了。

第三十四章

为股市的繁荣买单

清晨，古锋打开窗户，惺忪着双眼朝外边看。阳光穿透茂密的树冠散落在地上，空气中随风传来湿漉漉的泥土夹杂青草的味道，远处的小树林似乎还发出瑟瑟的叶片声。他关上窗子，窗玻璃上的冷气结成丰富而晶莹的图案，似乎在昭示着生活的复杂多变。

正好是周日，杨明回到市里，找古锋吃了顿饭，杂七杂八聊了很多东西。古锋只记住了他刚开始讲到的那条爆炸式的新闻，市委办公厅副主任刘宇春与市委贾书记在办公室的里间被人捉奸，事情闹到了上级纪检部门，刘宇春接受调查时一把鼻涕一把泪，揭露贾书记利用职权逼迫自己，而贾书记无话可说，被调任省人大常委的闲职了。周全则接替上来，被任命为市委书记。

古锋心里揣想，刘宇泰和刘宇春半年内飞黄腾达，果然是有贾书记这棵大树给撑着，贾书记出了这样的丑闻，下一步刘氏兄妹仕途要想精进，恐怕就不会过于顺利了。

杨明告辞的时候，古锋想起有几本新买的书放在申慧那里，他想要杨明顺便捎给姐夫看，嗜书如命的姐夫大概会感兴趣。他领着杨明下楼，杨明自然十分愿意有接近县委书记的机会。他们一前一后来到申慧的办公室，门没关，人不在。

“书在这呢。”

古锋说完，去旁边的柜子掏出个手提袋子，将书放进去。

这时，申慧姗姗而至。

“小慧，我让小杨把书带给我姐夫看看。”

“好啊，我差不多都读完了。”申慧笑着朝杨明点头示意，她的嘴唇色泽鲜润中看。杨明也回笑一下，眼睛却有些看直了。古锋将书袋递给他，“给，拜托你了。”

周一上午，ST科源抛出了一个公告称，公司股价异动，业绩较差，也无其它应公布而未公布的事项，提请广大投资者注意风险。古雯打电话给古锋，说我已经把手中的股票抛出去一半了，现在股价在下跌，你也赶紧抛吧。古锋答应了，再看ST科源的最新价格，由于几笔大单的卖出，已经落到了十五元以下，不过盘面上的卖单不多。显然股民们对此并不以为然，因为这种提示公告早已成了庄家与上市公司联手做庄惯用的手法。几乎每只股票在炒作的中途，都要用这种公告来震仓，把不坚定分子清除出去，庄家轻装上阵，全力拉抬。于是大家反而会纷纷追高或逢低接盘。

古锋觉得，根据上次田伟利等人在股风大酒楼的密谋来判断，股价距离他们炒作的目标价位三十元还远着呢，即使是在全球股市一片萧条的情况下，ST科源突破二十元仍没有多大问题，这不过是田伟利他们在耍手段来降低成本。而且管理层近期接连采取一系列政策举措，包括加大基金、集合理财计划、QFII额度的发行力度，放缓海外公司回归A股的节奏，降低银行存贷款利率，规范大小非解禁漏洞，鼓励国有股增持、上市公司回购股份，以及通过主流媒体发布对市场更多的正面暗示等，政策面上救市的利好消息不断。他自以为深思熟虑过了，就决定持股观望。

接下来三天，ST科源走势仍然显得较弱，因为底部在接连波动下跌之后探到十三元期间，反弹起来属于无量反弹，并没有出现底部有抄底资金介入的迹象。短期来看，上涨的力度似乎不是很强，但它仍然会有小幅上涨的可能。

鲍辉跑来酒楼转了一趟，在大厅里听到股民们悲观的议论，忍不住大发感慨。他眉飞色舞地跟古锋讲：

“股票这个东西真的很怪，别的商品卖不掉，挂上牌子说是处理品，减价货，很快就卖掉了。股票却相反，越便宜越没人买，甚至有的股票的价格跌到了净资产以下也没人买。越是贵的时候买的人越多，大家都争着抢着来买。这反映出我们的股市还是一个不成熟的股市，缺少理性的股民。在股市低迷时，大家害怕它跌了还要跌，所以都不敢买。等股价涨起来，看到别人买卖赚了钱就也来买。其实只要不打仗，经济不崩溃，不出现大的政治动荡，股市是不会垮的。”

“你这么有信心，可有些客人来吃饭时都不愿看大盘了。”古锋四下里瞅瞅。

鲍辉点点头，“现在很多被套的股民都有这样的想法，跌成这样，不看了，眼不见为净。其实这样的想法是不对的。股指下降中也有几个区域是机会，不能被动，要主动，只有这样才有可能反败为胜，将损失挣回来。”

到了星期五上午，古锋去蔬菜批发市场，处理供应商涨价的问题，然后从酒楼的后门回到办公室，打开电脑上网，刚好过了十一点。他发现ST科源竟然停牌了，心里觉得有些不妙。他跑到人声鼎沸的大厅里，听到股民们谈论的热门话题是ST科源。这是一场彻头彻尾的重组骗局，科源未得到伟利电子的一分钱支付，现在诸多问题被曝光出来，要命的是公司严重地资不抵债。伟利电子的老总田伟利是这场骗局的总导演，此前他将伟利电子的全部权益转给了两个乡下老农，金蝉脱壳，据说他还是中佳油业制造假库存，来粉饰上市公司报表欺骗股民的始作俑者。正是这样一个家伙，竟然捞到了省工商联副主席、省青年企业家协会会长、全国民营企业研究会秘书长等一系列官方色彩的职务。如今，听说他移民海外，难觅踪影。

田伟利？不就是申彤在谈起中佳油业时，提起过的那个被称作“伟利”的家伙吗?！没想到自己竟然如此健忘。古锋顿时闷气填胸，胃酸倒流，有一种想打翻一切的冲动。这下糟糕透顶了，近七百万元换来的股票捂在手里，值不上几文钱，只能等待命运的宣判了。当一个人倒霉到极点，想要挽留什么却无能为力，才会了解人其实是如此渺小。而当生活变成一个圈套的时候，谁都会显得无可奈何。

当晚，古锋躺在床上，全身的每一块肌肉、每一根骨头都又酸又痛，眼前有许多白云涌动，感觉晃晃悠悠，无着无落，似睡非睡，次次惊醒。似乎有一把尖刀准确地对准他的胸口，逐步逼近，又好像有一根绳索套在他的脖子上，就待拉起。这种恐怖和悬念的折磨，把他的精神一步步逼向危机的边缘。

后来他终于睡着了，做了一个梦。他潇洒地掏出一把手枪，对准田伟利的脑袋，啪啪啪地打光了弹匣的所有子弹。恍惚中他看见那个家伙晃晃悠悠地倒下去，头上汩汩地冒着鲜花般的液体，而他则发狂地朝天大笑，我是谁，我是超级巨富，我是世界第一等！他昏睡了过去。

不久，ST科源宣布破产清算，终结了股民们稻草般脆弱的希望。古雯到酒楼里，好言好语地安慰他。她拿走了古锋手中所有的股票，替他去登记债权，说是运气好的话，将来能兑一两万块钱出来，所幸她手中的股票全出手了，总收益翻了一倍多。另外她说，丈夫有外遇的传闻也澄清了，是政敌设局设套子，企图陷害他，现在已经化险为夷了，具体情节如同惊梦一般，等以后有空时再详细地说给他听。

古雯离开后没多久，古锋接到孙师傅打来的电话。

“小古啊，我给你的五十多万元，都是亲戚的钱，ST科源出事了，亲戚却反脸不认人，非得索要本金，并且威胁说，他们并没有委托任何人炒股，如果三天内钱不能偿还，就去报案，让警方追查，是谁盗用了账户密码进行非法操作，并且请求检方，以涉嫌盗窃罪批捕盗用者，哎呀，你看这事情闹的，我真是左右为难啊。”

古锋听着，情不自禁地打个寒战，没料到这个孙师傅深奥得多，似乎他早就布好了一张看不见摸不着的网，紧紧地笼罩住你，让你无从挣脱。他冷冷地笑笑，“你不用说这么多了，我把钱退还给你就是。”

孙师傅幽幽的声音又传过来，“我的一点钱就算了，凑个整数，你给我五十万元吧。”

古锋“嗯”了一声。“你把你亲戚的银行卡号，发短信到我手机上，我把款子打过去，免得到时候人家说没收到钱。”说完，他愤怒地将电话挂断了。他竭力告诫自己要平静下来，其实早就应该明白，每个人都戴着面具生存在这个世界上，都或多或少有不为人知的两面性，只是在不同的情景下会表演出不同的面孔。

此刻，古锋感觉自己宛如漂浮在海面上的一叶小舟，孤立无援，心中只有恐惧感。虽然待在办公室里，中央空调不断向外输送着暖气，可有一种无声的寒意，像刀片一样划过他的背。

他想，已经好久没有回家看看爸妈了，便买上一些物品，驱车到城郊去。

古雯已经将古锋炒股惨败的消息传回了家中，古校长和古妈见了眼睛里满是失意的古锋，尽力给他安慰。古校长正在院子里修剪他栽种的一棵铁树。他只简单地说了一句：“没事，不就是几百万块钱吗？你下次一定会成功。失败就失败了，下次再来。”接着他猫下腰，继续用撬铲除掉树根周围的杂草，又用长钳剪去树根部枯萎的枝叶。他穿着厚厚的毛衣，几滴汗水顺着额头流到他的眉毛尖上，在眼角处转了个弯，流进了眼睛里，眼前蒙上了一层雾幛。他连忙抬起手背揉了揉，用力睁开眼。

古锋的嘴巴大张着，目光低垂着，他本来以为爸爸会狠狠地批评他一通。

古妈像当年在课堂教育学生般对他说：“你还记得吗，我以前跟你讲过，生活就是一场战争，而最高层次的战争对抗就是精神与意志的较量。在与命运的战争中，谁都可以选择在受伤后退出，但退出的人就永远与成功无缘。只有咬着牙坚持到底的人，才有希望获得成功。命运是一个势利的女神，她尊敬那些意志坚强的灵魂。你有远大的志向，我们相信你不会因为这次的挫折就一蹶不振。院子里冷，到屋里来吧。

古锋沉默着，心里如同在外漂泊的游子回家一样，感觉到了久违的温暖。

次日，古锋早早地来到股风大酒楼，集合员工们，宣布将酒楼转让的决定以及相关的安排，吩咐他们照常营业。然后，他坐到办公桌前，呆呆地想着心事。

古雯打来了电话："你知道吗？今天上午刚宣布，刘宇春成了市委常委、团市委书记。"

"兔子尾巴，短尾也好，还是马尾巴，长尾也好。这与我有什么关系？"

"你听我讲，根据你姐夫了解的情况，刘宇春并不是传说中贾书记的情妇，其实她跟周全有染，以前她到市政府办公厅当科长，刘宇泰当上财政局局长，短短时间里，这对堂兄妹坐直升飞机一样的提拔，都是周全在背后操办。真是人心叵测啊！"

现任市委书记周全？自己心目中十分敬重的好领导？古锋嘴角露出一丝苦笑。

他来到橡皮人前，狠劲打出一拳，橡皮人顿时被击倒，但马上又像不倒翁一样弹回。他看准时机，又猛力搂住橡皮人的腰把它撂倒。一番"海扁"后，他似乎还不解气，又朝橡皮人肚子一顿狠踢……

接下来的时间，古锋如坐针毡。下午三点多，总算等到鲍辉来了，与他谈妥，将酒楼盘给了他。

对广大投资者而言，这又是血淋淋的一天，六百余支个股跌停，股灾继续，没有要结束的迹象。酒楼里的客流量大大减少了，不少股民已经连续数日不看股票行情，前来就餐的常常借酒浇愁，向朋友咒骂股市。情绪调节室里，橡皮人似乎每分每秒都被拳打脚踢。很多人打定了主意，等形势好一点，就逐步把手中的股票出手，并且不再介入股市。

鲍辉利用从马丽那里得知的消息，买卖ST科源股票一举获利二千多万元。当他坐在以前古锋办公室的电脑前，把七十万元转到古锋的银行卡上时，他拼命压抑心中的喜悦，脑海中充斥着一种暴富的胜利感和赢得刘宇春青睐的成功感。

古锋拿到转让酒楼的款子，马上了结掉孙师傅的逼债，然后打电话跟乡下的表弟联系，汇了20万元过去，他估计姨父治好病得花不少钱。

酒楼的事宜料理完毕，古锋便回到华融国际城，静静地躺在床上，反思大半年的遭遇，惆怅不已。

申彤说过的没错，如果谁认为他能在股市一炮打响，一飞冲天，他准是在白日做梦。即使他运气好，一进场就捞了一笔，这笔钱来得容易，但它只是股市暂时借给他的，他如果不即刻上岸，股市迟早会向他讨回去。要想从股市轻而易举赚钱，只有那些游戏规则的制定者才能做得到。不够完善的中国股市，除了融资圈钱这个功能，似乎缺乏其它重要的功能，这一轮牛市把无数银行存款骗入股市，算是发挥到了极致。不健全的股市太黑暗了，对于中小投资者而言无异于吸血鬼。

突然间，古锋醒悟道，原来股场就是披着羊皮的赌场。从“股”字和“赌”字的拼音上来看，“du”和“gu”两者有着共同的韵母“u”，怎么看模样都是一个深深的井，一个陷阱。一旦掉进去，便如同森林中的动物掉到猎人的陷阱中，不管你本来是凶猛的狮、虎、豹，还是绵软的鹿、猪、兔，一律任人宰割，听天由命。如果猎人觉得你还有用处，就会从陷阱里把你拉出来，放你继续奔跑，继续角逐结局早定的游戏，否则干脆让你在陷阱里活活地饿死。实际上，赌场和股场上的庄家，还有设局设套子的，他们就是猎人，只有他们才能够成为最后的赢家。中小散户到头来，通通不过是凶猛或者绵软的猎物罢了，除非是引君入瓮的猎犬，掉进陷阱里，可以趁火打劫地咬几口肉，然后借猎人掷下来的隐形绳索爬出陷阱。

再看看“股”字和“赌”字拼音的声母，有异曲同工之妙，只不过“股”字的声母更富有迷惑性。从形状上看，“d”让人们看到了馅饼，可上边插下来一把明晃晃的刀子，这又让人们望而生畏，所以大多数人都不敢进赌场。而“股”则不同，“g”让人们往往只看到了大大的馅饼从天上掉下来，却忽略了在馅饼下边还垂了一把钩子，要知道，馅饼不过是诱饵罢了，只要这个饼被炒得足够喷香，人们就会争先恐后地愿者上钩，即使粉身碎骨也在所不惜。

可股民买股票干什么？绝不是像去赌场换筹码，或者去买彩票，去凭运气赌一把，而是为了得到上市公司的回报。长期以来，上市公司圈钱的手伸得很长很长，回报的手却缩得很短很短。有的报表上盈利丰厚却一毛不拔，有的象征性地洒点胡椒面，扔几枚硬币出来，百元股分你每股两毛钱作为“封口费”，看你还敢说我不分红？既然分了红，就可以大把大把去资本市场圈钱了。而分文未分的公司，往往占到了半壁江山。当初，管理层曾提出把上市公司分红作为再融资条件，谁知被当成了耳旁风，那些不分红的公司提出增发方案，照样一路绿灯，而且还能圈到更多的钱。

最近股市哀鸿一片，惨不忍睹。有人形象地说，中国股市已经成为全球独一无二的赌场！出来混的早晚都要还，散户来赌，机构和利益集团坐庄，政府收税。此言非虚啊！

要知道，我们的财富巨头，除了榨取底层劳工获取巨额利润的加工业主，就是今天田伟利之流这些实施资本运作、兼并收购、上市配股的骗钱者，这与古老战争年代的“一将功成万骨枯”，何尝有本质区别？股市中获利的基本上是极少数人，如政企管理层的七大姑八大姨等。实际上是整个社会底层用自己的血汗和生命，在为股市的繁荣买单……

唉！生活中总是免不了有残冬与惨春，严霜与毒日，纵然青春易逝，溪水干涸，但只要在内心里有着一股泉流，不息地奔流着，坚守着那种可以逾越时空的真诚信念，一切就会好起来。饶是如此自我安慰，古锋还是免不了心中浓郁的后悔之意。股市是一场看不见硝烟的战争，一旦你战败，失去的可不止是金钱，还有爱人、亲人、家庭，甚至生命！他总算有了切身的体会。

如果有申彤呢？无论如何，绝对不会是这个样子。古锋想起两个人的甜蜜往事，顿时泪流满面。得不到的东西能让人心安理得，可能够得到却眼睁睁地错过了，这种后悔与惋惜会让人日日夜夜饱受煎熬，饱受针锥刺心一般的痛。

申彤，你现在什么地方呢？

第三十五章

忘了什么叫做伤痛

自从负气出国后，申彤一直在旅行中挥洒爱情的失意。亚马逊的峭壁沿，撒哈拉的沙山上，新德里的旧宫前，巴比伦的旧城墙，摩纳哥的海岸边，格林尼治的钟声旁，她似乎要踏遍世界上任何有太阳的地方。每当沐浴在阳光下，微风轻吻着她梦寐的眼睫，如丝般滑过她的手指间，就像嬉戏于花间的蝴蝶，可以载走她无尽的思绪，让她忘了什么叫做伤痛，什么叫做寂寞。

这天上午，申彤徜徉在俄罗斯东部的一座小城里。

她站到一处广场上。不远处教堂的钟声响起，低沉的声音在黄昏中回荡，仿佛兵器在碰撞，战马在嘶鸣。年龄不一的孩子们在喷水池边和圣徒的青铜像边，快乐地嬉戏玩耍。几对情侣坐在酒吧的街边露天座上，窃窃私语。放眼远眺，几座数百年前建造的瞭望塔清晰可见，塔的后边时隐时现的是落日的余晖，好像在为这幅恬淡闲定的画面，勾勒一道浓重而生动的金边。有个邮差骑着自行车停在教堂路边的邮筒前，一脚点地，往邮筒里边塞了几封信，塞完了，好像有点不放心，又扒着邮筒口缝，眯着眼朝里边瞅了瞅，才吹着口哨顺着路离去了。

申彤从挎包里掏出手机，拨打一个再熟悉不过的号码。

古锋听到手机响起来的时候，G市已是黄昏欲来的时分。站在这所城市第一高楼财富大厦的顶层阳台上，他并不清楚如何鬼使神差跑到这上边来，来这儿的目的是要干什么。他隐隐地记得，在几年前股市狂跌五千多点的那次行情中，有两个股民先后从这上边，练习高台跳水般竖了下去。他惶然地垂着手站在这里，无尽的空虚向他袭来，整个城市的轮廓尽收眼底。他惊惧地发现，自己犹如置身于一座空城，茕茕孑立，孤独无助。他孤单单地伫立着，听任时间如同流水一般，从他身边哗哗地流过去。

一抹彩霞在城市上空铺展着一条通向远方的路。古锋深深地吸了一口气，朝着阳台的边缘走去。风悄然吹来，他不禁打个冷战，这偌大的世界，我的喜怒哀乐又算得了什么呢?

手机铃声响起来，他看了一下号码，非常陌生，他懒得接。但铃声执拗地响个不停，他气乎乎地接通了。

“喂，哪位?”

“是我。”

申彤简短的嗓音里，充满了万紫千红的盛春气息。

古锋的心头顿时感到一阵狂喜，夹杂着一种压抑，或是一种刺痛，还有一种无比懊悔，越来越厉害地吮吸他的心。他仿佛看到了，那个清雅如山风的女孩，甜甜地笑着，他们静静地偎依着……那么甜蜜的样子!

“彤彤，你在哪里?”

“最近股票生意怎么样啊?我已经金盆洗手，退出股市了，如果你有盈余的话，就存到我名下，我帮你管钱，你安心地赔钱，如果运气差，我们也不会赔上本钱。”

申彤说起话来声情并貌，颇具活力，从里到外透着一份特有的亲切与诚恳，如同面对面叙家常一般娓娓道来，似乎两个人从来就没有发生过任何不愉快的芥蒂。

古锋沉默了一下，脑海中冒出四处迸溅的火花。“我买的股票都变成废纸了，酒楼卖掉了，钱赔光了。没有你，我什么都不是。如今，我的样子太狼狈了，我配不上你的爱。”

“你说什么呢，胜败乃兵家常事。老实交待，你还胡思乱想些什么?”

“我还想，一个人如果从半空中掉到地上，会是什么滋味。唉，没有你，我一无是处，我简直应该象契诃夫小说中的套中人一样，从人世间消失。”

“是吗?那我该回去建一个民间公益组织，名字就叫做什么‘套中人财富俱乐部’吧，主要做三件事，一是理财知识技能的培训，二是投资权益的集体保护，三是投资者的心理辅导。总之，我们要把追求财富当成一件快乐的事，不要在投资股市的输赢中，迷失我们生活的本来意义。好了，我得赶时间，长话短说，我订了莫斯科飞往G市的班机，明天下午三点钟到，机场见!”

古锋紧握着手机，久久不能控制内心的情感。一切仿佛跟做梦似的，她好像无所不能，而我的自我在哪里啊?

放眼望去，周围高楼林立，再往上是暮色渐暗的云天，很浑沌。恍惚中有架飞机刚好经过，远远的，小小的。古锋用力地抬头看，直到眼泪沿着脸庞慢慢滑落，他一再自言自语：“明天下午三点。明天下午三点。明天下午三点。”

他朝前走了几步，远空一片辽阔。申彤曾经说过，在我们这个商品社会里，每个人都被五光十色的待售商品包围着，像猪羊被圈起来，所以没有钱是万万不能的。当初靠着她的智慧在股市中发财，如今自己不名一文，难道又要靠着她的深情厚爱去生活?总以为自己胸怀大志，其实是志大才疏!

古锋出神地想着，脚下碰到了阳台边缘的水泥围栏。他手扶着围栏，恍然朝大厦下边望去。大街小巷上的人们好像蚂蚁一样忙忙碌碌、孜孜钻营。可蚂蚁呢，辛辛劳劳地搬运食物，艰难地生存着，却很容易上巨熊的当。巨熊折一根树枝伸进洞窝里做诱饵，等蚂蚁咬住了再掏出来，勤劳的蚂蚁便会成为巨熊享用的美味。

唉，蚂蚁般的人生啊!

套中人财富俱乐部?难道它就能成为一道屏障，堵住伸进洞窝里的树枝吗？申彤，你真是热心肠，相信这样的俱乐部会对普通股民有所裨益。其实，更希望我们的股市能有非常透明和严格的上市公司信息披露制度，并引进集体诉讼和辩方举证制度，严惩欺诈行为，进一步加强对广大中小投资者利益保护的法律制度建设，不能让田伟利之流逍遥法外。一个公正、透明、规范的股市，必定会推动经济建设事业持续、稳定、健康地发展，让我们祖国早日成为世界上最强盛的国家……

古锋打开电视，准点收看本市的晚间新闻。头条报道来的非常突然，让他精神大振。

田伟利在即将踏上出国班机的时候，被专案组人员及时抓捕。另外，市财政局的马丽和科源公司的负责人吕刚，也分别被缉拿归案。等待他们的，将是法律的严惩。

这真是天网恢恢，疏而不漏！

振作起来，一定要振作起来！不能因为一时的失败就放弃自己的追求！古锋兴奋地告诫自己。

理想从来都是高于生活本身的，现实也总是远离理想的。这道理如此简单明了，却被大多数人遗弃在自己生活的角落，一味盲目地追求近乎虚无的理想，患得患失、不停抱怨。实际上，太多的人陷在自己无意中设置的套子里面，难以自拔，沦为套中人。

古锋心潮翻涌，目光投向远方。明天，明天的阳光一定会无限好。

当天半夜开始下起了雨，淅淅沥沥，夹杂着呼呼呼的风。

第三十六章 人在套中无所逃

清晨起了床，古锋推开窗子，外边的风雨不知何时早已停了，东方的天边一轮鲜红的太阳喷薄欲出。

上午古锋给申慧做帮手，好好地将房子清理一通。雨后的天空总是分外晴朗，阳光从外边照进来，房间里的各个角落似乎都被映衬出一片喜庆气氛。

本来他们想提前去机场等，可不知不觉，吃过午饭已经快一点了。古锋赶紧开车带上申慧，驶出华融国际城的大门。

刚转到大马路上，古雯来了电话："你人在哪呀？"

"我和申慧刚出发要去机场。"

"那好，今天从机场接到申彤，你们直接回家吧。大家一起来吃顿团圆饭，你姐夫也在家作陪。还有，申慧一定要来哟。我们好好庆祝一番。现在，你处在事业的低谷，申彤要回来帮你，我们全家人都很感动。对了，你姐夫刚告诉我一个消息，这可是个爆炸性新闻，很快就会在全市传遍。"

"什么消息？"

"才几天呢，政坛就风云突变。新任市委书记周全，刚刚被'双规'了。刘宇春、刘宇泰都被撤职了。看来，他们都不会有什么好果子吃。"

"啊？这个，姐，没什么，跟我通通没关系。"

"嗯，路上慢一点。不说了，我们全家人在等着呢，要隆重地欢迎你们。”

“好的，到时候见！”

车行驶在市中心的财富大道上。一谈起申彤回国来了，古锋和申慧都觉得心情很好，开始说说笑笑。突然，古锋的手机又响了。这会儿车特别多，他将手机递给申慧。

“喂，哪位？”

“我是胡蓉，你是哪位啊？我想找古锋。”

“是小蓉姐啊，我是申慧，古哥现在开着车，方便跟我讲吗？”

“哦……是这样，胡蒙被警察抓走了。”

“什么？他们为什么抓他？”

“唉，他以前不是在蒲松的公司里干过吗，那个蒲松骗了很多钱，逃到X市，被抓住了，就咬着胡蒙是同党。我们姐弟刚好探了亲，去那里没两天，还住在酒店到处找房子租呢。没想到，就发生了这事。”

“蒲松嫁祸于人，警察怎么就相信呢？”

“哎呀，谁叫胡蒙曾经糊里糊涂，到电视上充当股评家呢，他已经被押送到这边的看守所了。我想请古锋帮忙，快想想办法，能不能放出来先不说，起码托一下人，关照关照，叫胡蒙少吃点苦头。听说，这种事不得不花钱，打点关系，不然，没事也给整出事来。”

古锋已经停车靠边了，他看到申慧的腮帮贴着手机，热泪盈眶，就急忙抢过手机说：“胡蓉，你现在哪里？别太着急，一定有办法把胡蒙救出来。”

“我刚下火车啊，你先忙，我到股风大酒楼找你。”

“哎，我们正要去机场，这样吧，你出火车站向东一直走，到路边的赛麦格餐厅，喝点咖啡等着，我们接到人，就去那儿找你。好不好？”

“好的，我等你们。”胡蓉的口气里夹杂了些许无奈。“还有，以前李雅的事，我冤枉你了，你不要放在心里。”

“你这说哪去了？沉住气，我一定全力帮忙。回头见！”古锋握着手机的手滑落到身旁，心潮澎湃。

唉，人在套中无所逃，大家同是套中人！

申慧低下头，擦拭着泪水。短短的时间里，她终于确信，胡蒙才是她真正深爱着的人。此前对于古锋的感情，开始是出于感恩，后来是出于对姐姐的嫉妒，她才会执迷不悟，那并非真正的爱。现在，她恨不得马上见到胡蒙，跟他生活在一起，可惜他已失去了自由。

古锋刚要开动车子，申慧猛地抬起头来说："等一等，我想下车去找小蓉姐，眼下她太需要安慰了，不能让她一个人，孤零零地等那么长时间。你自己去接我姐，行吗？天气这么好，航班应该不会有延误。到时候，我们就在那家赛麦格餐厅会合。"

"好吧，小慧，还是你想得周到。"

"记着，还得买花，注意看表啊。"

申慧下车时，紧紧地咬住下嘴唇，努力控制着她自己都弄不清的情绪，眼泪在她的眼眶中无奈地打着转。她目送古锋开车跑远了，转身朝后边的十字路口走去。一滴无处逃匿的泪水，顺着她的脸颊滑落下来，她的脸上立即被这滴泪水，划出了一道代表着心痛的痕迹。这一滴眼泪又好像是一个先驱的使者，它的滑落带动了她眼眶中所有的泪水，它们一发不可收拾地夺眶而出……

古锋手捧一大串灿烂夺目的鲜花，出现在候机大厅里。花香四溢，让人感觉五脏六肺无比的舒畅通泰。大厅里的人比较多，刚好有班机降落了。前来迎接的人们，或是朝着出口翘首期待，或是接到了亲友欢乐开怀。古锋翘首期盼的情绪，也随之升温。

下午两点钟了，大型显示屏上的各航班一切正常。古锋静静地站立着，心里一遍又一遍想像见到申彤的场景，那将是多么值得永恒记忆的时刻。两个人分别的时间并不长，却如同过了十年八载一般。此时的思念，越来越浓重，越来越难耐了。

机场的高音喇叭，突然提高了嗓门似的响起来：

"下面播送一个不幸的消息，从莫斯科出发，预定今天下午三点钟飞抵本市的班机，突遇恐怖分子袭击，在西伯利亚上空坠毁……"

古锋手中的鲜花，悄无声息地滑落。